爱情底片

在京都，一夜成名是常事。
说不定今天你住在贫民窟，明天就搬进了豪华小区。
抬眼好好瞧瞧，京都这个诱人的烤鸭谁都想吞一口。
如果你没绝活，要在精英芸芸中脱颖而出，难比登天呀！

文清丽 著

中国文史出版社

图书在版编目（CIP）数据

爱情底片 / 文清丽著. -- 北京 ： 中国文史出版社，
2018.7

ISBN 978-7-5205-0303-7

Ⅰ. ①爱… Ⅱ. ①文… Ⅲ. ①长篇小说－中国－当代
Ⅳ. ①I247.5

中国版本图书馆 CIP 数据核字(2018)第 113441 号

责任编辑：全秋生
封面设计：杨飞羊

出版发行：中国文史出版社
地　　址：北京市西城区太平桥大街 23 号　　邮编：100811
电　　话：010－66173572　　66168268　　66192736 （发行部）
传　　真：010－66192703
印　　装：北京温林源印刷有限公司
经　　销：全国新华书店
开　　本：787×1092　　　1/16
印　　张：16　　字数：248 千字
版　　次：2018 年 7 月北京第 1 版
印　　次：2018 年 7 月第 1 次印刷
定　　价：49.80 元

目录

CONTENTS

青春像束光，在眼前划过。明知一切虚幻不可靠，我还是迷恋舞台上那些年轻的身影。

——题记

引　子

　　如果你想出名，就沿着秀才赶考的线路，到达天子脚下——京都，只要你具有一股无法阻挡的锐气，又不笨，这个伟大的都城就会帮你实现梦想。哪怕在外人看来，它是多么异想天开。在京都，一夜成名是常事。说不定今天你住在贫民窟，明天就搬进了豪华小区。

　　站在京都人车如织的立交桥上，你要郑重地为自己的一生做好选择。抬眼好好瞧瞧，京都这个诱人的烤鸭谁都想吞一口。如果你没绝活，要在精英云集中脱颖而出，难比登天呀，年轻人！

　　如果你想成为一个好女孩，那么我建议你考京华艺术学院，她教会你淑女应备的风范。

　　如果你是一个坏女孩，我同样建议你上京华艺术学院，她教会你坏女孩成功的秘籍。

　　而如果你是一个心地不好也不坏的女孩，长得漂亮，还有那么点艺术细胞，恰好怀里揣着天生我才必有用的雄心，想把自己的潜能尽情地发挥出来，那你也必须上京华艺术学院。那儿有一股神秘的地气，插根筷子也能长成大树。还有，树栽在一起长得更快。这可是无数的仁人志士上下求索得出来的结论哟！

　　京华艺术学院是一幅画，以它倾国的华彩和富丽覆盖了中国的艺术舞台。一个艺术家要让人们承认，那么定要上京华艺术学院。它不仅仅教你才气，还教你怎样尽快出名；京华艺术学院是一首歌，以它汇集四海的胸怀奏起人生的交响。一个人要真正地想让自己的视野开阔，那么，你必须上京华艺术学院；京华艺术学院是一位绝世的佳人，让无数的青年捧着一腔热血跪倒在她的石榴裙下，只是为了亲吻她稀世的芬芳。

有人说：上了京华艺术学院的人要么得到了灵魂的升华进入到艺术的天堂，要么坠落人间地狱。这些人往往是一些没有背景、后台的平民子弟。因为他们长期营养不良，一旦见到美食，就露出了人性的本质，或高尚或贪婪，或出类拔萃或永无出头之日。

二十三岁的中尉军官、文学系新生汪哲报完到，看到一个漂亮女孩提着两个大皮箱艰难地往校外走，便主动帮着把行李送到出租车上，师姐感谢她，给她说了上面这段既让她憧憬又让她志忑的临别赠言后，又掏出小坤包里的钱包，汪哲说，不用不用。说话时，已感觉到一缕羞辱扑面而来，自尊使她为之变色。师姐说，你误解了。说着，拉开那个画着仕女弹琴的油画色钱包的拉链，取出叠得像小面包块似的纸，说，这是进京艺成功的法宝，姐姐看你面相好，又乐于助人，证明你是可塑之才，就把它传给你了，小妹，祝你好运！

姐姐，你成功了吗？

着白球鞋、穿孔雀蓝碎花长袍的师姐嫣然一笑，你说呢？不等汪哲回答，弯腰钻进出租车，高声喊，师傅，直奔首都国际机场。

汪哲进了宿舍，看完打印在粉色纸上的三号标宋，不禁莞尔。

绝　密

京华艺术学院女生成功宝典（内部试用）

女孩，你想事业成功吗？你想成为名媛、淑女吗？那么请熟读此宝典，并把它落实到你的日常行为中。

第一条：学会不同场合的化妆术。（10分）

第二条：懂得上流社会的女人应具有的高贵举止：出入宴会要穿礼服、睡觉要戴睡帽。不但要给五官化妆，还要给腿、脚，进行定期保养。（10分）

第三条：有独特的艺术鉴赏力。至少每月去一次电影院、音乐厅、美术馆，或到人艺观看精彩演出。（10分）

第四条：能品出美酒佳肴的不同质地。每月至少到带星级的饭店吃一次。每月至少去一次国贸、燕莎、蓝岛、赛特、王府、恒基、

丰联、金源等高档商场，哪怕就闻闻商场的味道。（10分）

第五条：唱歌、跳舞，拉丁、芭蕾之类的，至少会一种。（10分）

第六条：弹琴、品茶，至少有一种与职业无关的嗜好。（10分）

第七条：精读世界经典的女艺术家全部传记和作品：必读书：《弗拉尼亚·伍尔夫》（林德尔·戈登著）及她的作品；《杜拉斯传》（劳拉·德莱尔著）及她的作品；《乔治·桑传》（安德烈·莫洛亚著）及她的作品。再读《邓肯传》《飘》《红楼梦》《源氏物语》《围城》及《世界摄影艺术名作纵览》《艺术的故事》，听完世界经典名曲和中国古今名曲，看完历届奥斯卡影片所有获奖作品。（20分）

第八条：你一定要学会如何爱，明白怎样得到爱，还要懂得如何利用爱。（20分）

成功女校友：

中国作协副主席　张一然

　　　　　1984届文学系学员，上学前，某工厂搬运工

某市市长　杨洁琼

　　　　　1979届音乐系学员，上学前，系某音乐刊物编辑

著名好莱坞金牌编剧　柳莎莎

　　　　　1983届文学系学员，上学前，系军校政治教员

现当红影星　唐宛如

　　　　　1988届戏剧系学员，上学前，系群众演员

美国《时代周刊》封面人物　江一荻

　　　　　1987届文学系学员，上学前，某部新闻干事

国际舞蹈新星　宋　洋

　　　　　1989届舞蹈系学员，上学前，系中学生

著名女画家　欧阳樱

　　　　　1989届美术系学员，上学前，某出版社美编

四海地产股份总裁　宋佳羽

　　　　　1987届音乐系学员，上学前，某市歌舞团演员

……

第一章　欲望之地

学院路

京华艺术学院位于皇城根脚下的学院路 1 号，占了南面一条街。分东西南门。三门，均古色古香，如皇宫般富丽堂皇。

学院对面的 2 号、4 号、6 号分别是一家叫"国际商贸"的亚洲最大的购物中心、一条"苏杭街"，和一个专管制定各种法规的执法机关。

汪哲到学院待了一周，迷路三次。

站在全亚洲最高的电视塔上，京华艺术学院的曲径回廊，亭台楼阁，湖光山色，层林密布。一些远道而来的客人经常问："这儿是啥地方，是不是皇家的后花园？"

一个"后花园"的名称，让人产生多少旖旎的想象：绝色佳人、英俊才郎、粉墙曲径、花园厢房。赋诗作画、琴瑟传情、长亭别离、闺房思春、金榜题名、洞房花烛。艳情故事、隐秘往事、伊甸世界、纯金岁月。一个深闺中女孩子的所有梦想，无不尽有。

史书记载，这是一位令人尊重的皇帝给他最爱的小公主的陪嫁。

皇帝说女儿呀，你十八岁了，为父赐你一所花园。这个花园就是你的王国，你依着自己的喜好随意去装扮它吧。

皇帝有三个疼爱的孩子，两个儿子一个女儿。三个孩子长大，皇帝分别送了他们三所园子。并说，我不让你们走远，我要站在皇城下，经常看着你们，直到化成一堆白骨。

大儿子学的国际管理，一心想富国强民，十八岁那年，留洋回来，

说：我要把我的花园建成多功能的亚洲最大的商贸大厦。

二儿子学的是旅游，吃不惯面包喝不了牛奶，出国不到一月，就跑回家，带着一个书僮只身下江南了。回来他感慨道，江南好，江南好，风景旧曾谙。谁不忆江南！民以食为天，中国这个庞大的农业国，更多的人还是普通老百姓。我要把我的花园建成北方的苏杭街，既有江南的烟雨，也有北方皇家的威仪，里面要集大江南北的所有美味佳肴土仪，让各地商人挥尽千金，不思归程。这还不够，我还要普通百姓，在这儿，享受到物美价廉。

"苏杭街"没有大门，只有一个高高的牌楼直直竖起，如四层楼那么高。门楼上牌匾传说是大书法家于右任所题。

小公主没有上过洋学堂，但她聪明伶俐，痴爱音乐，经常在自己的花园举办各种艺术沙龙。深得皇父宠爱，给她的花园面积是两位哥哥的三倍。为了公平，皇帝曾对他的两个儿子说：你们留洋的留洋，下江南的下江南，可是你妹妹只能养在深闺，父王只能从土地上给她做补偿了。两位皇子点头言是。

于是小公主利用她所有的私房钱办起了一所京师艺术院，也就是今日的京华艺术学院。

皇帝对三个孩子的选择无比吃惊。他没想到钟爱的儿女没一个痴爱自己励精图治、呕心沥血打下的锦绣江山。

夜深人静，他搂着最宠爱的妃子商量立储之事，妃子趁机举荐自己的儿子。皇帝摇头道：此言差矣，一则此子不如长子有雄才大略，二则此子不如二子有仁爱之心。三则此子又没公主的温煦性情，即便拥登宝座，怕也难以长久，搞不好性命难保。我看还得找群臣商议。

陛下，你不是说你一向钟爱臣妾吗？难道就不能成全奴家夙愿？妃子挣脱天子怀抱，蛾眉顿竖，眉骨狰狞。

寡人宠你，金银财宝任你挑选，但社稷之事，非同儿戏。

陛下！妃子席地跪下。

皇帝龙颜大怒，长啸道：胡闹！不久夜深，拂袖而去。从此不再宠幸此妃。

最后皇帝立了一位既仁爱又有雄才大略的亲王的儿子为太子。新王登基后，为了表示对三位皇兄妹的钦敬，又拨款又派人整修他们的府榭

花园，赢得四方美名。

二十一世纪了，现在这三个昔日的礼物分别以三足鼎立之势在皇城根下格外引人注目。"国际商贸"现在吸引天下巨富前来投资，"苏杭街"成了平民吃喝玩乐的地方，而京华艺术学院则成了艺术的殿堂，全国学子纷纷进京迎考。

学院路的尽头是一条名字很好听的护城河，名唤珍珠河。两岸垂柳依依，仙境一般。

生活在这样的地方，京艺学生感到了极大的满足，真是学有所，吃有所，玩亦有所。国际商贸大楼里进出的都是白领，都是支配着上亿资金的外国人和中国巨商。

苏杭街不可小瞧，里面吃喝玩乐样样齐全。

而艺术学院则成了他们的后花园，无论是国际商贸，还是苏杭街的人们走到这古色古香的高等学府，听着里面琴声不断，都不由自主地把脖子伸得长长地往里瞧，可那一脸威严的保安，就像守卫着自己眼睛一样，紧紧地站在那只能容一人进出的小铁门旁，用他高大的身子挡在门前，但是人们仍然能从他头顶看到京艺那琉璃屋檐挑起的金黄色一角。

只有执法部机关，没人在意。它如个受气的小媳妇，蜷缩在最边的一隅，占地面积约国际商贸的百分之一。这个部的高楼既不艺术也不摩登。沉沉实实、方方整整地夹在国际商贸和"苏杭街"之间。而艺术学院则在这三地之中的中心，如位好奇的少女，认真地打量着周边不协调的建筑，一会儿偎着头看看，一会儿又托着腮想想，满目迷茫。

京艺的魂来自刚一进门就瞧见的长照壁上画的飞天女。她似人似神，无法说清。说是人吧，身着雪白纱衣，眉目间有股不着人间尘埃的仙气。说神吧，唇红齿白，指套钻戒，脚穿红舞鞋，颈围一条长长的红丝带，在空中绰约多姿，好像敦煌壁画中的飞天女。

国际商贸摩天大楼的魂则在于白天黑夜不停进出的各种车辆，清一色的名牌，奔驰、宝马、宾利、悍马……还有许多以穷学生有限的经验，根本叫不出名字，只感觉它们漂亮得让人疑心好像刚从最新汽车杂志上跑下来的。据权威部门的人说京都有一半的钱都跑进这座大楼里去了，

而且最漂亮的女孩，最有才干的男人都甘愿为它打工，哪怕不给一分钱的报酬。大楼造型听说是京艺学院第一届美术系全体师生花了一年的时间设计出草图，然后由大楼里各方东家集体拍板的。站在电视塔最上面的旋转餐厅看，国际商贸的造型如一艘航空母舰，不可一世地睨视着芸芸众生。

京艺的新生们每次听到这样的称呼，望半天国际商贸大楼一个个魔方般的田子格，喃喃道：航母，多好呀，咱们中国的强国梦呀！

老生们曾嬉笑着说：冒傻气了不是？请我们吃饭吧，我们会告诉你这航空母舰的确切含义。

师兄，这航母到底是什么意思呀？新生满脸的好奇。

漂亮女人舰呗！老生油滑地说着，朝着过往的一个个漂亮女孩鞠了一躬。是因为身上没有礼帽，还是脸上带着笑，反正想学绅士的派头非但没学像，还招来对方一句：讨厌！

女人舰！女人舰！为什么要叫女人舰呢？新生仍然憨态十足地仰望着，嘴里不停地喃喃自语着，眉头紧蹙着。

行人看有人望楼，也停了脚步，跟着望，一时，堵了交通，协警的大爷挥着三角旗不停地喊，走，快走，望啥，有啥好望的。整个一乡巴佬。

观楼的人收起目光，骑上自行车，忍不住说：我的娘呀，百十层吧！

国际商贸大楼里面都有些什么人？干着什么事？除了闪闪发光的钢蓝色的玻璃，里面什么也看不见。

新生收起远望的目光，央求道，师兄，告诉一下学弟秘密呗。

等你成了男人，就知道了！老生们说着，笑着，骑着变速车飞奔而去。新生又以望楼的姿势开始凝望远去的老生背影，嘴里仍喃喃自语：乾陵才像女人舰呢，这个楼明明就是魔方嘛，难不成它晚上就变成了女人体？

京艺的新生们把国际商贸戏称天堂，说如果能与那儿发生点关系，也许我的命运会从此拐个弯。岂止拐弯，很可能一生就被书写。它像一只鱼钩，在京都，在艺术学院投下它精心设置的鱼饵。

有人仔细观察过，凡是京艺的学生，每天路过国际商贸时，都要在大门口的海报栏里仔细地看完每张信息。看里面是不是要招人了，名牌

是不是要打折了，世界各地的演出是不是又来了。那可是来自上流社会的信息呀！确实，如果没有这些花花绿绿的海报，他们怎么可能知道这里面有集世界上最好的服装、美食、娱乐于一体的信息，怎么知道那里有一夜上万元的总统套间，怎么知道富人和穷人的确有天壤之别。

　　听说里面有写字楼、高档社区、商场、银行、饭店、KTV、超市、游泳池、医院、影剧院、图书馆，还有一个很大的森林公园呢……哎呀呀，一句话，它就是一个小王国。不出楼，啥生活都能享受。只是它的大门只向着很少的人开放的！哪些人，你懂的。那是通向上流社会的介绍信。为了进去看看，花掉一年的伙食费，大多数穷学生还是不敢去的。那么，这些贴出来的海报能不看吗？

　　凡进入这个国际商贸的人几乎全是坐着车的，这些人长得什么样子，隔着玻璃看不清。他们只凭着自己的想象给车主进行评判。比如车样式大气而色泽沉重的，就认定是官人；而那些小巧的跑车似的则认为是一个漂亮的类似吉卜赛女郎。每天出入的车辆有人算过，至少二百辆。能进入二百多辆车的院子，到底有多大？难道还比我们的学校大？这样想时，他们就笑了。能比吗？那是留过洋的先生建造的。一个养在深闺无人识的公主和一个留洋的先生，到底谁有气魄？不用说大家就能搞清了。

　　极偶尔的，有步行的人走到国际商贸的保安前时，总是诚惶诚恐地解释半天，然而仍是被拒之门外。他们是干什么的，看着装并不是富人。也许他们跟这楼里有各种各样的关系。也有少数的日子里，总有一些年轻的男女青年，他们也是步行着进去的，但是他们手里都拿着张烫金的绿卡。虽然如此，他们的眼神是胆怯的，步子是缓慢的，神态与整个大楼极为不协调。

　　而与它隔壁的执法机关的人员进去时，只要朝保安傲慢地把带有国徽的证件一晃，保安立即毕恭毕敬地伸出请的手势。

　　而"苏杭街"，穷学生则是高昂着头进去的。然而他们同样错了，他们只能在批发市场里转，最多买些日用品、水果之类的，到大排档吃些小吃。然而要进园中园、景中景，要真正走进他们梦想中的江南，真正地品尝江南风味，则同样需要一张证。不是出入证，而叫门票。这门票一张只是一个景，要真逛完，同样也得花一笔不小数目的钞票。汪哲每

次只到苏杭街批发市场里面转，市场品种和用途也分多种，如百货、菜市、花鸟、服装、美食、农贸等。走进批发市场，汪哲才觉得好像又回到了家乡。

龙　门

京艺朱红色的大门上，镶嵌着一个个大铜钉，如握起的拳头。门前左右分别立着两个小天使石像，一个背着箭，一个手里弹着七弦琴。这两个小天使不是西方的天使，而是我们中国的两个胖娃娃，身穿红裹兜，头扎小鬏鬏，颈挂百岁锁，额点大红痣，这让初次走进京艺的学生百思而不得其解。他们心目中的艺术学府应该是跟摩登大楼一样的现代化艺术学府呀，可现在竟然……

然而，毕竟是新生，他们发现屋檐上一条巨龙时，脸上重新浮现出了自豪的笑容。龙是随便能在寻常屋檐上趴的吗？

他们走进大门，绕过飞天女大照壁，就被满园人山人海的签到场面牵住了心。

汪哲这时候已签完到，她坐在旁边的一棵至少有五百年的银杏树下打量着一个个走进来的学生，猜测着他们的家庭，他们的性格，想象着他们身后未知的故事。越想越觉有趣。

一辆奥迪停在了戏剧系签到处旁边。接着，戴着墨镜的司机拉开门，走了下来。他快步从车后绕到右边后车门前，左手轻轻地拉开门，右手马上护住车门最上面，然后毕恭毕敬地弯下腰。他至少五十多岁，半头灰发，显然做这样的动作习惯了，手脚很是麻利。这时伸出车外的是一顶粉红色太阳伞，司机没防备，伞尖挂在了他头发上，他马上松开了扶车门的手，可瞬间又重新把右手护到了车门上，左手接过了伞，这时一个戴着润蓝色巨框太阳镜的女孩下了车，她着一身烟灰色的连衣裙，脖子上挂着银色细链、北极光吊坠的项链，下车后，没走，好像想让车上的人下来。女孩低头朝车内说了一阵话，汪哲从女孩腿间的空隙，看到车内坐着的人穿一双黑色方头皮鞋。女孩跟车上的人说了好一阵话，最后还是一个人走到了戏剧系签到处。她办手续的间隙，不时地望望她身

后的车，生怕它走了似的。

签到手续是烦琐的，也是流水性的，要办完，一大圈二十来个桌子必须一一转到，从行政介绍信、组织伙食关系，到领校徽、课本，忙而不乱，甚有条理。女孩每一次都显出了急切的样子，结果有几次可能是填错内容了，工作人员脸上的表情不太好，她只好又重新站在桌前填起来，两条大长腿不停轮换着，银白色的高跟皮凉鞋，跟有三四厘米高。

总算填完了，女孩跑到车前，拉开门，正要钻进车里。忽然签到处喊："刘虹，你的包没有拿。"

在女孩回来拿包时，后座上的男人面容出现了，不过，他也跟司机一样，戴着墨镜，从年龄推测他跟姑娘应该是父女，可看两人表情又不像，是老夫少妻，还是情人关系？汪哲说不清。

随着那辆神秘的奥迪远去，头顶的大喇叭音乐停了，播出的是一个清脆的女声，感情充沛，热情洋溢："亲爱的同学们，欢迎你成为京艺这个大家庭中的一员。京艺走过百年华诞，学术地位，世界知名。在这遍地流金的日子里，你的人生如何书写？母校将拭目以待。天高任鸟飞，海阔凭鱼跃，同学们，希望你在京艺两年的学习生涯中，心想事成，我们全体教职院工将为你竭诚服务。京艺，这所百年名校，将是你成才的加油站，助力器。加油！加油！加油！今日，你是京艺的学生，明日，母校将因你而骄傲。"

汪哲躁动的激情还没来得及消散，就被一阵流行音乐所淹没。

正在这时，一个又矮又胖、穿着文化衫的男孩背着铺盖，左右手各提着两个大挎包，满头是汗地站在音乐系签到处。可一张口，汪哲就知道自己判断失误，原来人家是女孩。这样的女孩能上台演出？她忍不住仔细地打量起来，女孩的腿又黑又亮，整身的肉在不停地颤动着。她胡乱地抹了一把汗，大声说："我叫胡茗，唱通俗的。"

签到的一位老师说："就因为你得过不少奖，我们才破例录用的。"

"谢谢，谢谢！要不，怎能说咱们学校是全国最高艺术学府呢！这叫不拘一格录人才。谢谢老师，谢谢老师，学生遇到你们，三生有幸，这厢有礼了。"

她说着，双手抱拳，朝一圈的老师们晃了晃，好似街上耍把戏的表演者，把周围的人都逗笑了。

胡茗，给大家来一首。果真有老师提议。

好的，胡茗端起桌上不知谁的茶杯，咕咕喝了一大口，可能因为急，喝得水都流到胸前了。她也不管，退后几步，面向全院人员，高声唱起来：

世上有朵美丽的花

那是青春吐芳华

铮铮硬骨绽花开

滴滴鲜血染红它

啊　啊

绒花　绒花

啊　啊

一路芬芳满山崖

世上有朵英雄的花

那是青春放光华

花载亲人上高山

顶天立地迎彩霞

啊　啊

绒花　绒花

啦啦……啦啦啦

一路芬芳满山崖

太好听了。她要不是形象差些，天生就是当演员的料。这么多的人，这么有名的学校，她一点都不怯场。看来每一个学生都有故事，每一个学生都有一段光荣的历史，每一个学生的身后都承载无数双希冀的目光。

汪哲想着，又把目光投向文学系的签到处。帮老师整理各种表格的女孩，一定是家里的老大，你看，跟汪哲一前一后报的到，现在跟老师熟得就像老生了，一会儿给老师递水，一会儿帮新生拿表。听说叫刘娴淑，来自贵州，看穿着打扮，家境一般。

校园里来来往往的学生没有一个人看书，难怪，上大学的年纪，参加了工作，现在苦尽甘来，总算踏进了大学的门，该放松一下了。

京艺的老师跟学生就是不一样。从偏远军营来的汪哲望了半天来来往往的人后，感慨道。让她大开眼界的是，进出的人们，无论老的少的，一

看就是搞艺术的，一见面，不是握手，无论男女，双臂伸开，接着就是把对方夸张地抱在怀里。穿着呢，也像在舞台上。要么，裤管宽大得能扫地。要么，衣服少得好像仅遮住须盖的部位。对了，他们是搞艺术的嘛！自然跟普通人不一样。即便是个老太太，提着菜篮，都描眉画眼的，说话呢，也像练声似的，拿腔捏调。手指，虽不是兰花指，但也自有一股风流。再细看，这不是她从小就爱看的那个《柳堡的故事》里的四妹子的扮演者吗？老太太怕也八十多岁了，即便一头白发，也卓然不群。

再看那位绕着大草坪快走的老者，白色紧身长裤，红色 T 恤，妈呀，他原来是那个唱红多部电影主题曲的歌唱家。差不多七十多了吧，你看身体硬朗不说，虽满脸褶子，人家照样把白色牛仔裤穿得修长、笔挺，跟二十郎当的小伙子差不离。

京艺，京艺，你有多少风华，我不曾知晓。

京艺，京艺，有多少人把你敬仰，你天下闻名，不是浪有虚名，而是真金白银，货真价实。好在，有两年时光，我会一一品味。

汪哲感慨完，目光重新回到大门，这时，她发现一位留着长发、长得特像周华健的男生嘴角带着一缕笑，眼睛骨碌碌地朝四周打量了一番，然后放下行李，把浓密的长发用手指梳了梳，然后又把胸前印着一只黑天鹅的白色圆领衫卷了一层的下摆取下来，往上提了提发白的牛仔裤，直奔文学系签到处。

汪哲把注意力投到了他的身上。

他递给系里签到的每位老师一根烟后，掏出火机要点，老师摆摆手，把烟放在了一边："叫什么名字？"

"我叫江天，让老师费心了。"

江天？汪哲心忽地跳了一下。

江天趴在桌前填表，等了一会儿，他忽然问："老师，咱们系里的汪哲来了吗？"

汪哲心停止了跳动，很想走到他跟前，但仍坐着没动。有老师说："你看，就是草坪上坐着的那个！你们先在树下的阴凉处等一会儿，来的学生多了，有老生会带你们去宿舍。"

"我们自己去，就不麻烦老师了。"

"别，你们还提着行李呢，文学系宿舍在后门，差不多有两里路呢！"

江天朝着老师弯了下腰，然后提着行李来到汪哲跟前，说："女作家汪哲，中尉，陆军步兵某部干事，对不对？"

汪哲没想到在京艺，还有人了解自己这么细，说明自己小有名气，心里甚是得意，但矜持地朝他点点头，说："过奖。"

江天伸出手来，说："认识一下，我叫江天，来自江苏。"

汪哲从草地站起来，说："我知道你的诗获过鲁奖，刚参加完青春诗会。"

"彼此彼此，但愿咱们能在京艺出大名。"江天调皮一笑，往草地上席地一坐，双腿相盘，递给汪哲一根烟，汪哲笑着说不会。

"怎么女作家还不抽烟，是不是怕学校领导训？别紧张，地方大学不像你们部队管理严，在这儿你想干什么就干什么，当然不要犯法，执法部门可就在咱对面哟。"

"你真逗！"

"该轻松一下了。你不知道像我这样的人，是费了多少心血才考进来的。真可以说是经历了枪林弹雨，一点都不是吹的。我高中毕业后，因为偏科，没考上大学。只好到城里边给人家当临时工，边复习功课。当了一年砖瓦工，当了一年工厂的通信员，还到报社当过半年校对。饥饿和贫穷让我真正懂得了只有具备真本事，就不怕在社会没有立足之地。终于在我所在的一家小报混了个事业编。好在上京艺，只要专业成绩好，年龄要求也不严。成绩出来了，我专业课是我们省第一名，在全系嘛，比你少一分。你以后就是我的一分妹了。来，一分妹，今天是我们阳光灿烂的日子，握个手吧。你呢？部队可能好点吧！"

她答："差不多吧。"

两人说笑着，不知不觉文学系学生就差不多到齐了。女孩子们共五个，大家分散站着，谁都傲慢地守在离签到处不远的树阴下。汪哲走到她们跟前，热情地说，自我介绍一下，我是来自西北沙漠部队的汪哲。一个全身倚在银杏树的孤傲女孩，看了她一眼，没有说话。一个长得像洋娃娃、吃着冰淇淋的女孩一直盯着江天看，好像没听到汪哲说话。只有长相随和、个子不高、一直微笑的刘娴淑说，你好，解放军！

最后那个吃冰淇淋的女孩看了眼汪哲，走到江天跟前，伸出手来，说认识一下，我家京都的，我爸在国家部委工作，我叫千光。咱们走吧，

我有车。

江天说，我还是跟大家一起走。

带他们走的人，还在不停地忙着，看来一时半会还忙不完。千光叫那个冷傲的来自浙江嘉兴的孙晓薇跟她坐车走，那辆奥迪是她爸的。被报到处的一个领导模样的人拦住了："让家里人都回去，车不能进去。"

最后报到的是一个叫张韵依的女孩。她目不斜视，傲慢得像芭蕾舞演员样挺着长长的脖子。一个卷头发男人送她来的，男人打着伞，拉着一只酒红色的箱子。刘娴淑主动向她打了招呼，张韵依这才把她爱人给大家做了介绍，说他在市委工作。她爱人跟大家打了招呼，买了七个火炬冰淇淋，一一送给大家。张韵依从上到下打量了一遍汪哲，淡淡地说，我知道你，来自西北。

江天给张韵依爱人递了一根烟，对所有的女同学说："各位美女以后咱们就是同学了，十年修得同船渡，百年修得同枕眠，咱们要好好珍惜呢，争取能修得同枕眠。"

"你真贫，比你的诗差远了。"张韵依笑道。

"是吗？你真读过我的诗？给我背一首，不，就一句。"江天笑眯眯地盯着她。

张韵依一时语塞，望了望大家，说，我从小就记性不好，让我想想，好像第一句是"深情的爱字"，其他就想不起来了。

汪哲接口背道：
深情的爱字
在质地粗糙的布上挥洒自如
妈妈放飞想象的大鸟
在土炕的煤油灯下
用针画我成长的足迹

画的光芒
内外温暖
针脚
一粒粒灵性的种子
种植在布匹里

长成一棵棵庄稼
把我喂成山一样的男子
在米粒中成熟
亲情中柔软
……

江天看着汪哲，半天不语。汪哲笑着说，没错吧，还要背吗？江天用左手指把额前的长发往后一捋说道，我想起一位诗人说：诗歌和任何文艺作品，甚至包括女人，最吸引人的部分，概括起来就是一个词，生动。生者，鲜也，活也。动呢，摇曳、战栗、跳挪移腾，款款而行。生得娇艳，必动得绝美。换言之，诗的奥秘，须生动。

汪哲说，你的诗就配得上"生动"一词。

江天自嘲一笑，烂诗，不值当，又问汪哲："你家是哪里的，我好像闻到你身上有股泥土的芳香。"

"农村的。"

"原来都是头顶着草屑的孩子，咱们一定行，一定能在这儿树起一片亮丽的风景。"

"是吗？你以为京城好混？"

"张韵依，你别拿京城吓唬人，可不要小瞧头顶草屑的孩子呀。汪哲的小说棒，这次可是咱们全系专业成绩第一名哟。"江天说着，转头问汪哲，"我说得没错吧，中尉，能讲一下你吗？多少人想进京华艺术学院呢，凡能踏进这个校门的，人人都有一部血泪史，我敢说，写出来就是一部畅销书。"

"我没有什么可说的。"汪哲感到嗓子突然生疼，极快地说完了话。

穿草坪，过湖区，躲开一辆辆自行车、小车，与来来往往的行人擦肩而过。学生宿舍终于到了，男女生都在一栋楼里，离后门有一百米左右，不时传来外面的车声、喇叭声，甚至看门的老大爷的声音都听得极其清楚：走开，走开，车只能前门进。

一进门，左边有间传达室，伸出头的是一个五十多岁的大妈，这是汪哲没想到的。大妈看着和气，不停地说，来啦，来啦，新同学。欢迎你们，我姓张，以后你们有啥事就找我张大妈。女生在四层，从右边上楼一至三

层，是男生宿舍，朝左走。大家听好了，男生不得随意进女生宿舍，要找女生，告诉我，我用广播喊她下来。楼梯右拐有间小食堂，哪位同学想吃小灶，给我言一声，我炒菜可好吃了。价钱比外面便宜得多。我再重申，男生，一定记住，不得随意到女生宿舍。晚上十点半前，我要锁大门。大妈我是不认人的，不管你是平民子弟，还是皇亲国戚，在我眼里，都是学生，就得听我的。说着话，大妈果然柳眉一蹙，双眼一瞪，刚还满面春风的脸立马阴云密布，甚至连刚才还和蔼的眼睛都有了几分威严。

江天走到小窗前，弯腰笑说，大妈，不准我们男生进女生宿舍，是不是女生就可以随便进我们宿舍，这不公平呀。说着，朝旁边的男生挤挤眼，便有人附和：是呀，大妈，现在不是男女平等吗？

大妈一句话没说，把开着的小窗"嘭"地关上了，背向他们看起了电视，电视里正在一男一女说相声。江天吐了一下舌头，小声说，看来，这个妈，不好惹。

晚饭还没吃完，文学系五个女生就分出了阵营，张韵依和千光可能都是天子脚下的臣民，在汪哲等外省人面前，有天生的优越感，动不动话里就有命令的口气。刘娴淑呢，对汪哲比较客气，开口即笑。孙晓薇，跟谁也不主动来往，要么一个人坐在床前读书，要么在水房里洗个不停。洗完衣服，洗盆子，大大小小三个盆子，本来就是刚买的，上面还贴着标签，仍倒上洗衣液，用牙刷刷了一遍又一遍。张韵依望着斜对面的水房，小声说，凭我多年在机关工作的经验，估计那主是个伺候人的护士，有洁癖。实践证明，张韵依判断错了，孙晓薇是个自由撰稿人，听说靠写作谋生。汪哲马上对她很是佩服，微笑示意，对方却头也不抬，好像面对的是一缕空气。

五人，分住两间宿舍，汪哲跟张韵依和千光一个屋。她牢记张家伦的叮咛，一定要跟大家处好关系，看无人睡上铺，便主动说，我睡。

张韵依嘴不动，像是用鼻子说话，你当然睡上铺了！她说着，把自己的团花羽绒被放在了右下铺。

汪哲本来行李都搁到上铺了，一听这话，把行李抱回到桌上，说，为什么？

因为你是解放军呀，解放军都是活雷锋，吃苦在前，享受在后。

就冲你这话，这上铺，我还不住了。

张韵依取下她长发上的黑色发带，说，你不住，那谁住上铺呢？

汪哲坐到桌前，没说话。千光看张韵依打开行李，马上铺起对面的床来。

怎么办？认输，还是斗争？显然自己在这间宿舍没有盟友。如果这次认输，以后就没办法翻身；如果跟她们对着干，怕将来自己就得永远孤军作战。另间宿舍，虽只两人，即便去，自己也是上铺，且讨人嫌。

汪哲没想到她梦想的大学生活，第一天就给她出了这么一个难题，如果张家伦在，就会帮她出主意的。看来大学生活，并非世外桃源。宿舍外，大呼小叫，你说学校饭难吃，她说某某某穿的是冒牌货；宿舍内，为蝇头小利争个不休。跟军营，不，跟社会，没啥两样。

正在这时，有人敲门。汪哲站得离门最近，马上跑去开了门。来人三十来岁，个高面容清瘦，像个诗人，走起路来，急促有力。一看有男人来了，指定不是学生。铺床的，坐着的，都站了起来。来人扫视了一眼全屋，不热不冷地说，介绍一下，我姓杨，以后就是你们的班主任了，怎么，汪哲，你还没打开行李？一会儿要熄灯了。

汪哲正要说话，千光心急嘴快地说，她不想睡上铺，解放军不都是活雷锋嘛。张韵依一听这话，直扯她的衣襟，可千光已经把话像踢足球似的硬邦邦地砸出去了。

杨老师又扫了眼全屋的物件，再看看眼前的三个人，说，京艺有个不成文的规定，凡有难题不好处理时，就拿考试判定。这样，大家都是文学系的，我出两道题，如果谁错得最多，就睡上铺，你们看好不好？

没想到京艺的老师也是这样，事事离不了考试，也好，答不出，算自己倒霉。汪哲心想。

千光嘴一噘，嘟囔道，又考试，考什么呀，我最烦考试了。

杨老师说考试是有不少弊病，可从古到今，选拔人才都离不开考试。文官比文章，武官比武艺，宫里选秀还有才艺表演呢，诗棋书画、品茶制香，不一而足。在无法决判时，考试目前还是最有效的手段。说着，背起手在宿舍走了一圈，回到门口，双手一拍，有了，大家都来自一线工作岗位，搞创作，只是业余爱好，就出个简单的，如果全答对，咱们再加题，由易到难，层层深入。现在你们都各自拿纸记题，

五分钟后交卷。

听题：《西厢记》大家都知道是王实甫先生写的，我想问的是男女主人公叫什么名字，还有那个小丫鬟叫什么？有一出戏说的是女主人公约了男主人公来花园赴约，最后又反悔，这折戏名叫什么？

如此简单，太小儿科了。汪哲第一个交了卷。老师看了一眼，面无表情。

最后一个是千光交的。

杨老师说，我念一下，汪哲答卷：男主人公叫张君瑞，女主人公叫崔莺莺。丫鬟叫红娘。那折戏叫赖简。张韵依答：男主人公叫张君瑞，女主人公叫崔莺莺。丫鬟叫红娘。那折戏名叫花园相会。千光答：男主人公叫秀才，女主人公是小姐。丫鬟是红娘。那折戏名叫约会。

汪哲全答对，住下铺。千光，只答对一个，丫鬟叫红娘。你住上铺。若有不服，可直接向学校有关部门反映，内部电话34593。十点半，准时熄灯。明后天，大家逛逛北京城，买齐生活学习用品，同时，留心一下全班同学表现，下周三上午八点在阶梯教室，选拔班干部。两年学校生活，祝大家开心。杨老师说完，不等众人反应，开门遽去。

张韵依关上门，马上打开那三张字条，看完小声说，这折戏叫赖简么？明天我得到图书馆去查查。

汪哲悄然一笑。

千光却长叹一声道，这小哥长得不赖，好像杰瑞米·艾恩斯，只是不解风情，一见美女，左考试，右考试，好像除了考试，他就脑子短路。他千万不要给我们上课，我估计他上课，那我就惨了。

你是被杰瑞米·艾恩斯迷住了？张韵依躺在床上，边做仰卧起坐边打趣。

非也，怕他判题时，还是这个德行。对了，张韵依，你又不胖，做什么仰卧起坐？

谁说做仰卧起坐就是减肥的？我是让自己的大脑长期处于运动状态，大脑活动着，思维就是灵敏的。她说着，看着汪哲。汪哲拿着圆珠笔痴呆呆地发问道杰瑞米·艾恩斯是谁？

也有你不知道的呀！不过，也理解，你们那穷地方，除了西北风，就是沙子。千光讥笑道。

明天你去问问你的杨老师，他会告诉你杰瑞米·艾恩斯是何方神圣。张韵依说着，重重地把自己的身体平放在床上，喘着气道。

汪哲也不理会，把杰瑞米·艾恩斯写在纸上，躺下就睡着了。梦中全是一个孩子的面容，那孩子一会儿流着鼻涕，一会儿光着身子。更可怕的是小孩在一个高高的悬崖上站着，汪哲急着叫，可就是发不出声来。眼看着那孩子快要往下掉了，她一步跑到跟前，孩子已不见了。

"宝宝，你在哪里？"汪哲放开嗓子喊道。

灯啪的亮了，对面的张韵依阴阳怪气地说："还让人睡不睡觉了？真是的。"说着，用背狠狠地砸了一下床，翻过身去，床咯吱地跟着响了好几声。

汪哲忍着气，赔着礼道："真对不起，我做了一个噩梦，吵醒大家了。"宿舍又静了，汪哲却一夜没有睡着。

又回想起刚发生的事来。好不容易上了大学，怎么能第一天就跟同学闹别扭？都怪自己小肚鸡肠。就为了个铺位，失掉了两个可能成为朋友的同学，又把难题交给了班主任，想人家千金小姐林黛玉初进贾府还不敢多说一句话，不敢多行一步路呢。即便张韵依说话不好听，自己也不该如此，越想越懊恼。

第二天晚上，早早从一里多路的正门旁的水房提了三个装满了八磅开水的水瓶爬到四楼宿舍，两个室友上床洗脚时，朝她难得露出了笑脸，可是她们无论上课，还是出外，都是两人同行。汪哲只好独来独往，好不孤单。

如何解决呢？擒贼先擒王，通过初步观察，汪哲感觉起主导因素的是张韵依。张韵依为什么对自己如此不友好呢？通过她的只字片言，汪哲感觉自己已被张韵依列为竞争对手了，有例为证。第二天集合时，张韵依跟千光说的，当时汪哲在花园里的枣树旁看那青色的小枣，就听张韵依仍用鼻腔说话：汪哲没什么了不起的，就是发表的作品比我多些，农村人，沙漠兵，少见识，对了，身上还有常年没有洗澡的味道。

汪哲忍着怒气，心中暗想：向对手示弱，是不是就可以化敌为友？便想小试一把。要逛街，她必先请教：韵依，到京都门怎么坐地铁呀？国家图书馆你觉得好书多吗？能不能给我介绍几本，你跟千光都是京都人，见多识广，以后要多帮助我这个来自小地方的人呀。

张韵依站在宿舍中央，双手像推石头似的在空中一前一后地边推边眼皮也不抬地说：不知道。

金水桥 洛丽塔

到京都一周了，女中尉汪哲还是感到来自四面八方的眩晕，一波接一波地向她袭来。它们如暗潮涌动，势不可挡。走到大路上，她总感到所有的车流都向她碾来。所有的道路，都充满了迷惑。甚至让她在沙漠感觉最亲近的人，在这个煌煌都市，都让她不可信赖。非偏颇，第一次出门，问路，两个人都告诉错了，而且都是她认为人类中最可信任的人：老人，小孩。还有，她的钱包也不知去向，背着的皮包被刀子划了长长的一字。

这眩晕不是不爱，而是太爱了，太爱了的表现就是分不来东西南北，分不清在梦里还是在现实中。脑子里一片车流、人流，一幅说不清看不清的都市奔忙图。那一瞬间，好似陷进了棉花堆里，上不去，也踩不实。她掐掐手背肉，感到一阵疼痛，她才确信自己是真真实实来到祖国的心脏了。

不是她一个人爱京都门，是每一个外省人都向往京都门。

他们把看京都门当作给亲朋好友炫耀的资本，不论那天他们看没看到京都门上太阳升，但他们很肯定地认为，这太阳绝对是中国最红最亮的太阳。那光芒使每一个外省人都能感觉到和沐浴着它的春晖。京都是官员入朝、秀才中状元的地方。因而我们的女中尉当然也不例外地感到京都的金山上，光芒的确照万丈，照呀么照万丈！

报到第二天，她连早饭都没顾得吃，就倒了三趟公交车，来到了京都门广场。就是在京都门的金水桥上，她第一次感到眩晕，赶紧扶住了栏杆。那汉白玉的栏杆哟，手一触，连手指好像都感觉到哆嗦。她以为是走得急，饿了。扶了一会儿，腿仍然打晃，须贴着墙走。后来她把这感觉告诉张家伦后，他抚摸着她的脸说：可怜的孩子。汪哲把这一奇怪的现象理解为水土不服。她想在省城她没有这种感觉是因为那儿有张家伦，遍地都是操着熟悉的方言的老乡。充其量只是出了一趟门。而现在四处都是陌生的声音、气息、路线、房间，当然不习惯啦。不，确切地说，她感到离开了张家伦，就有一种来自心灵中最深切的恐慌，这恐慌

让她的心总也找不到着落。

然而学校的生活再次让她感到一阵眩晕。这种眩晕是脑子所有的知识体系像风雨中的杨柳，摇摆不定。这来自一个个同学的轮番轰炸。这种轰炸使得她自惭形秽恨不能逃回到自己的小城，回到清一色的军营。在那儿，她腿不软，眼不花，心里，踏实如巨石。

周日，当她去军艺找当兵时的战友刘琦借书时，她一下子醒悟了。当时，正是下课的时候，一阵军号的响声传进她的脑海。乍一听，她的心猛地颤了一下，她觉得这个学校的军号一下子驱散了她心中那股飘浮不定的眩晕感，使得她没有落定的心好像落在坚实的大地上，摸起来，不再虚了，里面好像装满了沉甸甸的宝物。接着，她发现自己的步子快捷有力，眼睛不时朝着那一个个穿军服的学员望去。她就是在这一霎间意识到这两天她缺少的就是这种让她记起自己还是一名军人的感觉。这一发现，使她的心莫名地欢跳起来。她觉得她的心里充满了激昂、雄壮、激动，浑身充满了进取的力量。你虽然上地方大学，你不再穿军衣，但是你仍是一名军人，一名生活在都市的军人。在一切新生事物面前眩晕是可以理解的，但是你不能趴下。

她见到新兵时的战友刘琦的第一句话就是：我真后悔没上军艺，你们学校多好呀！军号使所有的军人血脉贲张。而我们学校总让我觉得自己少了什么，现在我知道了，少的是笃定。

刘琦笑着说：我们学校这么好，那你就经常来看我吧。天长日久，我们就建立了感情。汪哲，我说实话，张家伦对你不合适，他也不喜欢你，否则你们在一起待了那么长时间，他能轻易放过你？过去，你没提干，有障碍；你现在提干了，他却让你上学。这不是把羊放进了狼窝？爱都是自私的，这只能说明他不在乎你。汪哲，听我劝，有时放弃也是一种解脱。

谢谢你的招待，对了，刘琦，你知道一个叫杰瑞米·艾恩斯的是干啥的吗？吃完刘琦从食堂打回来的饭，汪哲手指摸着刘琦放在桌上的一排书问。

杰瑞米·艾恩斯？会不会是个唱歌的？

我也不知道才问你的嘛。哎，听说这本《洛丽塔》不错，我先借走了。

"哎，再等会儿。"刘琦还没找到钥匙，汪哲已走出他们宿舍。

第二章　眩晕，从内心开始

阶梯教室

　　如果说军校之行短暂地治愈了汪哲的眩晕，那么一迈进京艺的教学楼，那眩晕感又卷土重来，它就像老家冬天刮的西北风，在汪哲刚踏上教学楼的台阶，又呼呼地在她耳边刮起来。只是飞在姥姥院子里的是纸、树叶，而这儿，是一只只塑料袋，有些还突然啪地打在路人的脸上，那人一把撕下塑料袋，不停地朝地上呸呸呸地吐着。

　　呼啦！呼啦！呼啦啦！风使劲地一次比一次强烈着，连带着的还是一粒粒沙子。

　　此时，汪哲恰好又穿着一双新买的高跟鞋，从高高的台阶往下走时，风声，使她的大脑一片空白，眼睛睁不开，还没进教室，腿肚子再次发软，脚下看不清，"扑通"一声，摔下三个台阶。谢天谢地，老师没看见。同学只有张韵依看见了，冷冷一笑。

　　真丢人！第一天上课，就崴了脚。

　　她擦了下被风吹得流泪的双眼，揉了揉疼痛难忍的脚腕，慢慢地一步一步踏上台阶。

　　脚腕，钻心地疼。

　　风，仍在使劲地吹。不，现在是呼啸。

　　金秋，竟然有如此大的风？

　　楼道，跟部队不一样，穿形，像在电影里见到的。庄严，好似教堂。汪哲挺了挺胸，昂起头，使劲把发疼的脚腕往鞋里正了正，一步步假装

从容地走进了教室。

教室，仍是一级级向上，这就是有名的阶梯教室？她稳稳地走上去，坐在了第三排写着自己名字的座签下，然后打量左右两面墙来。

金色墙布上，左右两边各挂着一张张巨幅彩色照片，跟营区道路两边灯箱上贴的雷锋、张思德、黄继光等英雄人物一般大。只不过英雄们身上或背着小孩，或背着柴禾，或扑向枪眼，而这些照片上的作家，一个个神态不一，一个词，酷！有人嘴里含着大烟斗，烟雾笼罩在四周，面容似真似幻；有人则像电影明星，举手投足，颇有表演范儿。一个女作家吸引得汪哲半天没有把目光从她身上移开：她好似芭蕾舞演员，只是一只脚踩着军用迷彩鞋，一只脚着红舞鞋，她一看名字，原来正是最近家家都收看的电视剧《青春》的女编剧。两边照片虽都是本系毕业的知名作家，仔细看，略有不同：左边是国际奖，右边是国内奖。从文学艺术骑士勋章奖、布克奖、卡夫卡奖、雨果奖到国内的茅盾文学奖、鲁迅文学奖、五个一工程奖、骏马奖等，按获奖等级，次第排开。教室后面一面墙上展出的是历届学生出版的优秀作品或由作品改编的影视剧剧照，倚墙放着一排玻璃柜，里面是诸多作家的手稿或给母校的赠言，也有一些大小奖杯，不一而足。

眩晕让汪哲看不清讲台上老师长什么样子，但一听声音，她知道是班主任杨老师，便稳稳神，正正身子。这时，旁边有人说话，她没理。有人踢她的椅子，她扭头一看，是江天。江天朝她跟前凑了凑，压低声音说，咱们打个赌，你猜一下，班委会有谁？

汪哲摇摇头。

我认为班长肯定是长篇得了茅盾文学奖、见谁都笑眯眯的宁贵玉。就是那个笔名叫宁童的南方人。学习委员么，肯定是短篇小说获鲁迅文学奖的叶子林。至于文体委员，就是本人喽。这可是屈尊呀，按说本人诗歌也得过鲁奖，是学习委员的人选，可你看咱，没正形，领导不会同意。你说我猜得对不对？

汪哲笑了一下，说，我不知道！

那我跟你打赌。对了，你说我能不能当上？

能吧。

怎么是能吧？应是一定能。江天说着，伸出手指，做了个必胜的手

势。又说，记着给我投一票，听说京艺的班干部，毕业时要加分的。我也给你投一票。对了，忘了说你，你是部队的，根正苗红，应当是个党小组长之类的。

汪哲笑笑，没说话。

这时上课铃响了。

杨老师正要讲话，刘娴淑突然站起来，从她坐的第一排起身婀娜着走上讲台，提起放在讲桌上的水瓶给杨老师的玻璃杯加水，谁知刚提水瓶，水瓶哗然碎在了地上。杨老师忙对刘娴淑说，没烫伤吧，回去坐好，我们上课。

同学们，大家看到了我们教室的布置，说是教室，其实也是我们的荣誉室。我们优秀的学员跟领袖、跟英雄享受同等待遇。我们以此表明我们京艺文学系，唯作品说话。所以，选班干部，也以此同例。当然，我们在学员创作成绩的基础上，还要实行民主，广泛听取大家的意见。现在呢，我把我们按考试成绩拟定的候选人名单给大家公布一下，大家拿到表后，再从候选人里画出你满意的人，并且注明他能担任什么职务，如果你都不满意，在表下面重新写上候选者名单。我们本着公平透明的原则，当着大家面唱票，当场宣布评选结果。

坐在她前面的千光朝旁边的张韵依悄悄说，我猜着了吧，这小哥简直是把考试的药吃了，课表我看了，好在他上的是电影课，好对付。

别说话。坐在课堂里的张韵依上身是安静了，可汪哲发现她双手不停地按摩着大腿。

原来是这么一出戏。江天悄悄说着，又叮嘱汪哲，记着我的话。

汪哲打开表一看，太吃惊了，江天猜得八九不离十，唯一没猜对的是，支部书记是汪哲。

结果，更让汪哲没想到，其他班干部都在学校拟定之列，只有自己没当上书记，只当了女生班的班长。她只得了七票，女生，没一个人给她投。这消息是杨老师事后悄悄告诉她的，让她跟大家搞好关系。她们为什么那么做呢？刘娴淑跟谁都笑呵呵的，真正的一副当大姐的派头。每次吃饭，都端着饭碗主动坐到汪哲跟前，嘘寒问暖，让被室友们冷落的汪哲心里备感温暖。还有孙晓薇，孤傲如仙女，可自己也一直友好主动地跟她打招呼呢，昨天发现她倒霉不小心，裤子上有血渍，她相信众

女生都发现了，可没一个人告诉她，是她悄悄告诉她的，还把自己的大书包借给她，掩护她回宿舍换裤子的，可是再见面，孙晓薇对她还是形如路人，连个微笑都不给。汪哲百思不得其解。

好容易挨到晚上，她到校门口的公用电话厅给张家伦打电话。一进电话亭，四个小房间都满着，多一半是女生：哭哭啼啼的。眉开眼笑的。还有一个，不停地说，咋办呢？咋办呢？她们或倚在小小的电话亭，或抱着电话不停地在话亭墙上乱画。看来，一时半会儿说不完，而且交了费的，等着的还有三四个女孩。怕都是给恋人打电话吧。汪哲犹豫了一下，正要出去，那个说"咋办呢"的女孩向她招手，说，到这来打。

汪哲一下子记住了这个长得酷像年轻版的山口百惠的女孩。特别那头发那虎牙，神似。记得小时，跟姥姥在村里看电视剧《血疑》时，记住了这个长得清纯、名字又古怪的女演员。

她打完电话出来，发现那女孩竟然没走，在等她。

一听你在电话里说家乡话，我就不想走了，因为你把我叫饿，把小孩叫娃。对了，我也是陕西的，叫刘虹，戏剧系的。

老乡好。汪哲伸出了手。

是不是给男朋友打电话？

汪哲红着脸点点头，说，你呢？

刘虹说当然，排四十五分钟队打电话当然是给男朋友了，世界上只有爱情是最强大的，无坚不摧，对吧，才女。

测谎游戏

京华艺术学院的课比较轻松，由自己支配的时间较多。同学们大都能写东西，收到汇款单是常事，到苏杭街聚会，是大家最开心的时刻。

收发室的林大爷一般来发信件报刊是在上午课间休息时间，十点左右。大家此时在院子的湖边散步、聊天、或打闹。

这是文学系学生最盼望的日子，不是盼一般的书信，而是来自编辑部的报刊、稿费。当然，几家欢乐几家愁。文学系学生不发表稿子，没人瞧得起你；你没有汇款单，也没人瞧得起你。虽然有人嘴上不屑一顾，

可一张张汇款单，换来的是在食堂吃小炒，是穿好看的衣服，是不用排队，随时就可接打电话的大哥大呀。

谁也跟钱没仇。

林大爷约六十岁的年纪，穿着有点怪，全是运动装，不是大，就是小，想来不是他的衣服。这天，他穿的是一身红色带白边的运动装，后背上写着汉斯杯运动会。他拿一叠汇款单，高声地叫一个人名，大家就起哄。叫得最多的是江天。江天拿汇款单时，林大爷说你这小伙子是把邮局买通了吧，你大爷我一年的工资还没你一月的收入高呢。

下次我给大爷买好吃的。江天嬉皮笑脸道。

汪哲这天，一下子收到三张汇款单，共五百块，全是《辽宁青年》《读者文摘》《青年文摘》这些发行量很大的刊物，稿费自然不低。林大爷夸个不停，这小姑娘厉害，长得好，心好，每次出外，都要问我，大爷，你需要什么东西不？有天晚上，我老伴来看我，农村人不识字，是她带来的，这不我就认识她了。林大爷边说边不停地笑着，好好写，能把文章写在报纸上的都是先生，小先生。我给她这个，说着，竖着大拇指驼着背走了，长长的身影落在地上，也跟着一晃一晃的。

经不住同学们再三推搡，汪哲说，好吧，晚上我请客。为了跟大家搞好关系，她邀请了班里所有女同学。男生也叫了江天和几个平素谈得来的。

天色黑尽，汪哲和刘娴淑、张韵依几个笑闹着下楼，看着白衬衣上套灰色短袖连衣裙的戏剧系的刘虹拿着饭盒要去食堂，心里一动，邀请顺嘴飞出，走，我请客，咱们出去吃。刘虹朝四周看了看，指着自己鼻子说，你叫的是我？

汪哲笑着说，是呀，老乡，电话亭，忘了？

好咧，正懒得去食堂吃那油乎乎的菜呢。刘虹当下把碗放回宿舍，就小跑着跟上来。她跟文学系的女生都不熟，便远远地跟在汪哲她们后面，一声不吭。

汪哲怕她孤单，借系鞋带的工夫，脱离了大家，等着她走到跟前，问道，你在404住吧，我有天看到你提着芭蕾舞鞋，就很奇怪，你明明是戏剧系的，怎么学起了舞蹈？还芭蕾舞？我可只在电影电视上看到的呀，在我眼里，她们可都是一只只可爱的小天鹅。

芭蕾能塑身，还有舞者如天鹅般高雅和闲适。所以，我就利用晚上

时间到舞蹈学院跟老师学习一两个小时。

汪哲一听此话，深深地看了对方一眼，说，就冲这，我们可能会成为好朋友的。

刘虹伸出胳膊亲昵地搂住汪哲的胳膊肘儿，说，谢谢，我也知道你，文学系的才女，以后少不了要请你给我写脚本呢。演员没好本子，就像你们写东西的没生活，寸步难行。

一伙人路过琴房，看到胡茗一个人在琴房，弹着一支大家不熟悉的曲子。汪哲不知为什么对这个女孩子总有一种恻隐之心，便要去叫胡茗。江天说，算了，你叫了大胖子，我饭都吃不下去了。

你这么一说，我更要叫她了。胡茗！胡茗！走！咱们去吃大排档，我请客。汪哲站到窗口不停地又是敲窗又是叫人。胡茗停下琴，听明白来意后，说，你们去吧，我新写了支曲子，明天要让老师看呢。

她呀，再能谱能唱，也不会出大名的。江天走到大门口了，嘴里还说着胡茗。

我跟你认为的恰恰相反。

千光说关键是她长得太像个怪物了。

长相是爸妈给的，由不得自己。汪哲叹了一声，说。

学生吃饭，大多都是家常菜。这次，为了省事，汪哲点了火锅，要了两瓶青岛啤酒。张韵依一看点了毛肚和羊肉说，她不吃动物内脏，也不吃羊肉。

汪哲还没划掉，千光又说她不吃葱和大蒜。

江天说，我可什么都吃，这样，素的荤的都点着，谁爱吃啥吃啥，不要再单点了，汪哲是请客的，她说了算，听她的。说着，从汪哲手中抢过菜单，交给服务员说，快点下单，一会儿还有事。

酒足饭饱，大家兴致渐浓。有人建议做个游戏，看谁敢说真话，题目是：说出你今生最悔的事。

大家你推我让，都不先开口。

谁愿当出头鸟呢？这种事又不是分东西，行动慢了就没了。说话嘛，想说总是有的，不说，可以放着呗。

汪哲说那我第一个说。刘虹拽拽她的衣襟，她没理会。

她觉得这事压在她心里一直让她难受，必须说出来，根本就没想到

以后这竟成了同学质疑她品质的佐证。

我平生最后悔的事，是对不起我的老师陈锐。我跟陈锐初次见面是在新兵下连的最后一天，各单位来人挑兵。一位着八五式军官服、脖子上挂着相机的瘦高军人不时打量着我们，听说是来挑兵的。

我问旁边一位老兵此人是谁？答：政治部写文章的，基地第一笔，名叫陈锐。

我真想冲到他面前说我会写文章，不少习作还发表在《中学生》杂志上呢。可他总走不到我跟前。他在一个个考女兵。知道普利策吗？我心提到嗓子眼上，生怕女兵们抢先回答了。阿门！可爱的女兵没人能回答上。

你以为人人都爱你的普利策？傻样！我在心里悄悄骂了他一句。

他仍在问，邵飘萍知道吗？有人说是不是歌星？他显然失望极了，不再向前走了。

我等不得祖国来挑选了，毛遂自荐跑过去，急不可待地回答道：普利策是美国记者，以写专栏闻名。后有以他名字命名的新闻奖。邵飘萍则是我国现代新闻史上著名的报人，《京报》的创办者、新闻摄影家。

他惊喜地回过头："你学过新闻史？"

"我自学过新闻史，在中学里担任过《校园新闻》主编。"就这样我跟着他走进了基地政治部。

我问如何称呼他，他说叫他陈干事。

基地政治部不像野战军编制，属建制师编制。政治部只设一个主任，下设四个干事，分管干部、组织、宣传、保卫。四个干事不包括陈干事。

初次上班，我听四个干事叫他小陈，陈锐坦然应声，拖地、打水、抹桌子、分发报刊。我不知何故，仍叫他陈干事，四个干事就哈哈大笑，其中管干部的张干事走到陈锐跟前郑重其事地说："小陈，我好像没给你填报提干表吧。"小陈脸红得像下蛋的老母鸡，支支吾吾说他去采访了，借口溜了。

我看咱们的军服还得改，兵就是兵，岂能和干部穿一样的衣服？有些战士穿着干部衣服骗女孩子。张干事说着，看了看负责宣传的干

事赵有权。赵干事知道张干事让他表态。赵干事就清了清嗓子说：小陈写东西还行，但毕竟是志愿兵，素质不高，以后我得时常敲敲他。

他们说着笑着，我觉得都是我惹的祸。再看我与小陈合用的一张桌子。上面没有绿色毛毯，连桌面压的玻璃也参差不齐，上面几道细缝用透明胶布粘着。而干部一人一桌，厚厚的玻璃上衬着厚厚的毛毯，就像草皮盖在了桌面。每人桌上还有一台湖绿色的台灯，大红色的电话，可以直通全军任何一支部队。

还是当干部好！吃饭时，也没见陈锐，我就多打了一份饭端到他房子。不到八平方米的房间，书籍林立，堆如山峰。台灯光淡淡地照在桌面方格纸的"本报讯"上。还是咱战士与战士心连心。他说着，接过我打的羊肉包子大口地边吃边说，真香！

"陈干事，教我写新闻稿吧。"我不能称他小陈，部队特讲究这。

叫我陈锐。要学新闻先看报，看多了自然会写。

我就开始学起来。陈锐休假了，我把自己关进他的小屋里，整天研究军报。心中有数了，开始拿着那一时期全军部队的宣传思路找事例。最后炮制出十篇新闻稿让赵干事改。赵干事一改就更是新闻了。比如我写的"某部选拔任用干部赢得官兵的信任"的标题，他加上了"以公开求公正"的标题，而让我的题目成了副题。我写"王飞钻研兵书成绩卓著"。他改成：胸中百万兵，笔下万言书－－某部列兵王飞钻研兵书著书立说将军惊。

确实是新闻，显然夸大其词了。选拔干部没有如他所说的"公开"，陈飞也没有著书立说只是发表了一篇论文。他说你不这样写肯定发表不了。再说也确实有干部是经过公开选拔的，陈飞不也写过论文？只要有事实依据，就没大问题。否则你一年能完成百十篇的上稿指标？等小陈回来让他告诉你如何操作新闻。

陈锐回来把我写的稿子仔细看了一遍，署名赵陈哲。我说这是谁呀？他说是咱俩和赵干事呀！我一看，原来各取了我们三人名字中的一个字。他把稿子打印好后一稿复印一百多份。我说这不是一稿多投吗？他说新闻稿可以这样。然后抱出一大堆的报纸让我照着地址写信封。我一看地址，全是省市级报纸。

那《人民日报》《解放军报》、中央电台不寄了？当然要，不过

得下大力写，要写出独特来。

刚说到这儿，一直活动脖子的张韵依捂着嘴笑出了声，汪哲问她怎么了？张韵依整了整自己据说从美国让人捎回来的裙子，又从汪哲裙子上揪下一根线头，揉成一团扔到地上，才慢条斯理道：据我这个军外人士知道，战士服役期间不准谈恋爱，看来汪班长是情窦早开。

"别打断故事，汪哲，来点刺激的，最好把你脱得越光越好。"江天笑嘻嘻地说，在桌下，却踢了一下汪哲的腿。

他这一举动提醒了汪哲，她便马上加快了讲故事的速度。

没出十天，好多大报小刊都同时登出了我部新闻稿。五月的一天，张干事偷偷告诉我上干部预提队名额下来了，我们基地只有一个名额。现在有两个人选，一个是你，一个是陈锐。部领导还没最后决定，你赶快活动吧！

让他！他今年是最后一次提干的机会了。论工作能力也非他莫属。再说他对我好呀，而我——

不让！什么都可以让他，可这一次不行！当兵只有提干才能摆脱农村。陈锐这次不行，他还是志愿兵，已经拿上工资了。而女兵转志愿兵没先例，提干更是困难重重。

张干事是我老乡我视他为兄长，我便把陈锐对我关心的好几件事都对他说了，他一听，劝我："你这傻子！母子、兄弟为了王位还互相残杀呢！陈锐只是同事，假如你让了他，他将来提干，你呢？咱们都是农村孩子，出来不易！再说你若去了预提队，部里还缺个报道员，陈锐提干也有可能！反正他现在也拿工资了。这事无论到啥时也不要告诉他。"

我当时连个农业户口都没有的。心动了。就因为我没有户口，农村没有我的土地，我吃的是姥姥那二亩地里的收成。就是因为没有户口，我即使考上大学都难以录取。现在，有了做城里人的机会，那可是条我人生的金光大道，上面写着工资、职务，我祖祖辈辈做梦都想走上去的天梯呀。

可是这一辈子我将欠下别人的一笔债，我的心将不再安宁。况且这个人是我的老师，我的好友，给予了我兄长般的关怀。

两个"我"斗争了半天，终于现实中的"我"说服了内心的"我"，

晚上到办公室，我看没人，手抖抖战战地拿起张干事桌上的军用长途电话，给在军区的一位熟人打了电话。

放下电话，为了表明自己不是走后门，我把当兵一年半来发表的一百多篇文章和荣立三等功的喜报和军功章寄给了预提干部队招生办。

我如愿以偿。

一年学习期里，好多次我梦见被预提干部队开除、按战士退伍了。这样的梦现在还做。我总是像个害怕考试的学生，每次都被要么没赶上考试，要么怎么也看不清题目的噩梦吓醒。

为了赎罪，我一次次地给陈锐寄书，一次次地隐瞒姓名给他家寄钱。虽然有时候我为自己宽心：只是一个名额，再说陈锐基础差，即使让他上了，也不一定能毕业，可是这仍不能使我心安。

同学们听她说完，没人说话，停了一会儿，有人带头鼓掌。汪哲发现，从她讲完话后，不少人眼光怪异地看着她。

副班长刘娴淑轻描淡写地说："我小时候偷了妈妈的钱，还诬赖是弟弟拿的，妈妈把弟弟打了一顿。现在想起来确实挺后悔。"

张韵依说最后悔的事是在商场看到一件漂亮的衣服，嫌贵，没舍得买，后来去了多次，价钱一次比一次涨得厉害。最后下决心去买时，衣服没了，那是她见过的最漂亮的一件衣服，到现在后悔得鼻子都要掉了。

刘虹笑着说，东道主说了这么多，咱们不能应付，大家要真诚，我建议重来，说详细点。

你真诚，你说一个，能触及灵魂的。千光撇着嘴说。

我当然要说。刘虹双手搓了一下脸，说，我还没说就想哭。

那是五年前的一个春天，一直没假的男友突然有假了，想带我去杭州玩。这时，我哥给我打电话说，我妈病了。我想我妈经常病，也没啥大不了的，不就是几天嘛，等我回去再看我妈也不迟。从杭州返回，我跟男友分手后，回到家，我妈哭了，让我给她洗头。说她不好意思跟我哥嫂说。我从来没给我妈洗过头，所以不知道怎么办。我妈趴在床头，让我把脸盆放在床边给她洗。我妈估计有两个月没洗头了，头发脏不说，还粘到了一起。我就一直拿双手轻轻地揉搓着，那个眼泪呀，一直流不尽。好后悔，我是妈唯一的女儿，

从来就没想到给病中的母亲做女儿该做的事。

刘虹说到这儿，哭得说不下去了，汪哲递给她一张纸巾。刘虹摆摆手，说：

> 我给我妈洗了头后，她突然害羞地说，你推着妈妈到街上转转，妈有两三个月没出院子了。我推着妈妈走了两站路，妈高兴得像个小孩，一会儿指着路边的杨树说，你看那树长得多直溜；一会儿指着花坛的月季说，快看，那花，长得多俊气。那天，是我最幸福的日子。回到家，妈妈跟我一起睡，闻着她身上的汗味，这次我总算想到了女儿该做的事，我给妈仔细地擦净了身子。妈很害羞，在我擦到某些部位时，她脸红得像个少女。但我知道她很高兴。当我给妈擦到肚子上时，发现裤头把她的肚子勒出了深深的痕迹。我说，妈妈你裤头在哪？换了我给你洗一下。妈妈指了指柜子，我打开一看，比这个裤头还小。妈妈说，你哥买的，妈舍不得扔，再穿穿。第二天，我一大早就到商场给妈买内衣。商场全是小裤头，根本就没有适合老人穿的。最后好不容易跑到一家百货商场，给妈妈买了十条纯棉大裤衩。买完，本该回家，在街上遇到一个中学同学，她让我跟她去看电影。等我回到家，妈妈已经走了，肚子上、大腿根，还有勒了很深的痕迹。我抱着妈妈哭了很长时间。

哎娘呀，听得我眼泪都出来了。看来动人的故事还在于真情呀。江天说着，给刘虹敬了一杯酒，说，你妈她是幸福的，女儿给她洗了头，净了身。来，我敬你一杯。下面，该谁了？

孙晓薇看大家都看自己，说我没啥后悔的。如果你们坚决要说，我就不吃这饭了。

汪哲拉她坐下，说，大家随意，想说就说，不想说就不说。现在是民主时代，哈哈。说着，端起酒杯，说，我敬大家一杯，愿我们每天都这么开开心心的。

事后，江天对她说："你真傻，说这些干啥？谁不在关键时候想着自己？你呀，真是太不懂社会的复杂了。"

汪哲想了想说："可这是客观存在的呀！"

"你呀，真单纯，要不是我挡住，真不知还要说什么话。你不想想现在这个社会，多少人为自己树立光辉形象，不惜花钱买名声！可你倒

好，当着那么多的人说有损自己形象的事，以后搞不好就成了别人整你的话题！"

"事实本来就如此。再说聚会时不是说了嘛，要讲自己最愧疚的事。大家怎么认为对我来说无所谓。"汪哲坚定地说。

"知道咱们班女生为什么不理你吗？"

汪哲大睁双眼。

"因为你漂亮，有才，还有太傻。"

刘虹从洗手间回来，拉了拉还坐在一边发呆的汪哲说，你的故事真感人，冲你这个故事，你这个朋友我交定了。好了，回校。

"可我怎么解决呢？"

"什么怎么解决？"汪哲扫视了一下四周，同学们都走了，面前只有刘虹，好像才醒过来似的，便说，没啥。

情书的质地

为了让亲爱的读者你深入地了解我们女主人公不为人知的一面，作者引用了几封情书。括号里的评点是本书作者我加的。

家伦：

你好，我又给你写信了。我一切均好。现在校园真静，除过零零落落的钢琴声外，就只有我们宿舍的灯还亮着。同学们到剧院看演出了，我该好好跟你谈谈京艺了。

"不进京艺，你听不到心灵迸发的激情谱就的神曲；不进京艺，你看不见靓女倾国倾城的美帜高高飘起。"一位京艺毕业的诗人煽情的渲染，使文学系在文学青年心中的位置可与京都门与全国人民的关系等同。

我们系共34人，个个都以为自己能抱荆山之玉，手握灵蛇之珠。5个女生，除过我，都有良好的社会家庭背景，有足够的金钱可以支配。也许是出身的原因，她们对我总是不冷不热，我努力了几次，收效甚微，便作罢，毕竟咱上学不是为了讨人欢心的。男生基本上全是凭着才气攻进来的，大多数人都有作品获奖。

当我们班的酸馒头们模仿诗人荷马，怀抱七弦琴，在为外系的佳丽们唱赞歌时，却触伤了本系才女们敏感的心灵。

系里举办中秋舞会，男士请女士跳舞时，她们没有一个人跟男生跳。她们一曲曲和老师们跳舞。男生眼里那个恨呀真让女生们解气。我实在看不过眼，就跟一位叫江天的同学跳了一曲舞。舞跳完了，我仍感到身后无数责怪的眼光。

江天的诗，得过鲁奖，前不久还参加了青春诗会，人长得也挺帅（此句划掉了，但眼明的我，通过放大镜，还是辨认清了，并把它做了还原）。

说实话，可能是出于女人间的嫉妒，我认为我们班的女生如果不化妆，还没我漂亮。每天早上出操，没一个人迟到。你大概猜不出原因。告诉你吧，因为女生个个都想漂漂亮亮地出门，所以早上五点半你往学生宿舍瞧，房间里灯就亮了。不是挑灯读书，是女孩子们在挑灯化妆。先按摩，后抹油，再打底粉，然后眼线、眉毛，嘴唇依次美化，不多不少，化妆完毕，出操铃就当当地响起来了。你知道女孩子是最怕起早床的，可是为了美，连觉都不敢多睡了。五点半准时起床，化妆须用一个小时，六点半刚好出操，这是很多人试验出来的。

有个笑话讲给你听听：一次一个女生的男朋友事先没有预先告知去看他女朋友，此女生正在睡觉。听到敲门跑去开门，那个男生一看到女生，吓得跑了。事后对别人说："她一打开门，我以为走错了门。那脸上的皱纹、雀斑，真是层林密布。"

虽是笑话，可见化妆对于搞艺术的女性来说，比学习还重要。你不信，若有时间，请你到我们的宿舍来看看。顺便给你说声，我已经给她们隆重地介绍了我的男朋友，照片就是你皱着眉头望着黄河的那张照片，不知为什么，我就是那么喜欢它。现在它正放在我的床头，每晚陪着我。写到这里，我脸发烫，你别笑话我。

如果不是置身其中，我真不敢相信竟然有人美腿。所谓美腿，就是为了防止腿上皮肤老化，给腿每天也要擦按摩膏、美容霜，而且都是CD、资生堂之类的名牌。在我，可舍不得。

家伦，你认为化妆对一个女孩子真的有那么重要吗？如果你喜

欢，我会为你而打扮的。今天参观了我们院史馆，师兄师姐们真厉害，他们的名字竟然有不少人进入了当代艺术史。校园里随便碰一个人，一说出名字，足让你吓一跳。还有校园湖边塑了许多大师的雕像，他们或是我们学校的老师，或是享誉全国的毕业生。每天，我都要去看他们，好让自己能得到他们的点拨。看来你费点心血，让我来上学，对了。

以后不要给我寄钱了，如果真的想我，就给我写信吧。多写。打长途电话贵是一方面，主要是有些话我说不出口。

告诉你，我第一步没走好，我们宿舍的女生对我一般。我一直想跟她们搞好关系的，可是还是不能取得她们的信任。以后，我要主动地跟她们处好关系。宝宝晚上刷牙，你要监督。还有，不要让他吃太多的糖，小心吃坏了牙。那可是我最喜欢的小白牙。

想你的汪哲

1996 年 9 月 15 日

家伦：

学生生活按说跟清贫连在一起的，然而在京艺校园，随处可见手持大哥大、腰别呼机，宿舍放有洗衣机、影碟和一排排高档衣服的富哥富妹儿。当她们亮丽的风采和富足的生活吸引众多人的目光时，我怀着好奇采访了一些同学。他们的回答，让我大吃一惊。

一位形象不好，但唱得非常棒的音乐系女生，她叫胡茗。她说："你想成为一位著名的歌唱家吗？那么你必须具备不少条件。至少不像我这样的，一没钱，二没权。如果这些没有了，有女孩的资本也行呀。可是像我没有貌美如花的外在条件，谁愿包装我？我喜欢唱歌在幕后，谁也看不见我的脸长得漂亮不漂亮，看不见我的身材苗条不苗条。我就有足够的信心把歌唱完。你不知道，我所认识的歌手中有好几个都有公司给出钱包装，也有的认了干爹的，这些干爹们都是手里掌握着钱和权的。如果能让我上台一次，我一定唱得天地为之动容。可是不少演出公司包装的是回头一笑百媚生的丽人。我就不信这个邪，豁出命也要唱出名堂，为京艺能收我这个形象并不好的学生不后悔。前一阵我出了盘带子，抱着在音乐厅门口唱，竟然一天卖了五十盘。这给了我信心。现在只要有大赛，我都参加。

我就不信我唱不出来。你看看大大小小的电视频道、花花绿绿的报刊、无数场演唱会，多么诱人。所以，我要向世界证明，女孩子没有美色，没有背景，仍然可以成功。"

我问一位在外面租房子住的戏剧系的女孩，我说你怎么有钱住饭店呀？

"朋友送的！"她爽快地说。朋友是干啥工作的？她说是做生意的。说起她的朋友，女孩很自豪地列数朋友送项链、送大哥大、呼机等。

是男朋友？

是一般意义上的朋友。

那你这朋友可够大方的。

我们班同学的朋友还有人给送房子、送车呢！女孩满不在乎地说，神情显得有些自愧不如。

我问贸然接受别人东西是啥滋味？她言刚开始有点不习惯，时间长了，看他们大肆挥霍金钱，再想想父母每月寄的那些可怜的生活费就心甘了。为啥要上大学？不上学待在家里干啥？她不是正式考上的，是自费的。再说反正学多了没有坏处，将来总有一技之长。她已经学了好几个专业，什么电影、文学、舞蹈。不考试。只要交钱上啥学都行。她说着，桌上的大哥大响了。接完说：对不起，我朋友叫我出去陪朋友吃饭。说着涂脂抹粉起来。

我在学校大门口碰到刚送一位女孩返校的老板模样的人，问起他为何要送女孩的钱时，他说："我喜欢跟漂亮的女孩在一起。反正我有的是钱。长年累月奔忙还不是为了享受？她们就像艺术品。我是大学毕业生，向往高品位的生活。这些大学里的女孩满足了我的虚荣心，消除了做生意带给我的疲惫。有人说她们跟我好，是为了我的钱，就和那些鸡一样。我不这样认为。她们中有好多女孩子，是为了理想才上大学的。因为钱失去理想，我觉得我有责任帮她们。反正打高尔夫球、保龄球、吃海鲜是花钱。陪她们听音乐、看话剧，也是花钱。至于发生性关系那要看她们的态度。我从不强人所难。这些女孩子知道如何讨人欢喜，懂得流行色，懂得如何打扮你，懂得新潮，眼界开阔。穿着她们给我买的衣服，同事都说好看，人也

显得年轻，洒脱。不像我老婆就只会图便宜买降价货。让我第一次尝到了爱情是啥滋味。过去跟老婆结婚哪懂什么爱情。人到了知天命的年龄，最害怕变老。再说现在没有情人谁能瞧得起你！这样我花公家钱养着她们上学，她们给我解闷。回家对老婆也好。工作起来也有好的心情。何乐而不为？"

我们班一位男同学经常说：文人绝不能像穷秀才一样让老婆孩子为自己受累。咱班有同学一天三顿饭全吃方便面，只为了写那些根本就没人看得懂的文学，我们是看不起的。比如说我吧，我的小说发表了不少，但其他稿子也写，我采访了中央电视台节目主持人，搞电视专题片一集就五千，生活有了保障，创作势头也不错，光电脑就换了四个，一台比一台高级。每天写稿子写累了，就在电脑上听音乐。手里的呼机响了，肯定就有采访任务了，马不停蹄跑一圈，回来晚上花一两个小时，就能赚千儿八百的。我不认为通俗文学耽误了我的创作，恰恰它促使我的诗歌有了生活气息，和多类人的接触使我视野更加开阔，京都真是太好了，你想采访谁只要努力，就能采访到。现在娱乐界的、政坛上的什么事，可都是京都最先报道出去的。

同学中还有人给企业写有偿新闻，为歌唱家演员代笔写自传，翻译世界名著，为书商写畅销书，给公司写文案，到歌舞厅唱歌伴舞，到偏远地方偷偷演出等，一句话，都是为了钱。

说到翻译名著，你猜他们是怎么翻译的？我一个同学给一家出版社翻译世界名著，让我跟他一起干，一本书可以赚一万元。我说我不会英语呀？他说很简单，买几本关于这个名著的不同译本，然后凭着你良好的语言功底，把描述句式稍变一下，就成了。

也有苦行僧，一心想写出惊世大作，嫌宿舍太吵，跑到没放暖气的教室，满手都是冻疮，手上缠着布条，仍一遍遍地模仿埃科，小说里充满了各种符号，都难住了老师。投的稿石沉大海，老婆瞧不起，同学常讥笑。

我，何去何从呢？

说些好玩的。老师坐在桌子上给我们上课，教室也不固定。上了多半月课了，我还经常走错教室。老师说这是信息时代了，大学所有的老师都是外请的，全是各领域代表人物，政治、经济、舞蹈、

音乐、军事，应有尽有。他们有些人一辈子只研究一个作家，研究一本书，讲起课来，那才叫绝呢。我恨不能一句句都记下来。什么现实主义、达达主义、古典情绪、伟大的十九世纪文学，简直听得我头都爆炸了。老师说就是要解构你们固有的知识体系，重新塑造新的文学观。家伦，我真怕自己塑造不出来怎么办，说真的，现在都不敢写东西，越来越眼高手低了。

同学常常笑话我，说我是来自大漠深处的大兵。我在部队说惯了的口头语，常常遭他们讥讽。学校要打扫卫生了，我是女生班班长，说咱们把内务整理一下。她们说内务就是分内的任务吗？那么请问中尉小姐，你分内的任务又是什么呢？你想一想，在大学校园给大学生讲清部队的一日制度，简直难为死我了。我曾试图适应，可是四年的军旅生活给我的一切早就像那烙在身上的绿字，是任何外力都无力改变的。因而我想我们每一个人都在自己的家园才能找回感觉。我想我为什么从小就那么想当兵，是因为军营某种程度上就是一个村庄。不单纯它的子弟大部分来自农村，而且在我看来还有它的生活方式：团结、热情。在我老家，我给你讲过，姥姥出去，从不锁门。今天东家借碟盐，西家牵走牛，太正常了。在这儿，是行不通的。

家伦，听了这些事，不知你有何感想。我感觉我们的校园就像对面的国际商贸大楼，在阳光下，光彩夺目。在夜晚，则有副狰狞的面孔。

不说了，宝宝好吗？告诉他，如果他还不叫我妈妈，我就不喜欢他了。

汪 哲

9 月 20 日

（这是信吗？亲爱的京华艺术学院的高才生，难道你真的连情话都没有吗？拿这个一点都不像信的所谓的采访手记在这凑数。看来，你真是被爱情这个"小日本"打得有些神志不清。）

家伦：

你来信怎么老祝我幸福？我真不知道你怎么这么不相信我？难道是我写信的内容让你误解了，以为我也向往同学们的那种生活？错。我只是想让你了解我学习生活的细枝末节。一句话，让你感觉

好像一直跟我在一起似的。

爱情是个很复杂的东西。有时候你爱上了一个人，心里就只有他，所有的自尊呀清高呀骨气都没了。我们之间的事，我想了一遍又一遍，你一定是怕因为生病、孩子或其他，甚或认为我是报恩。其实这都是错的。从见你的第一天起，我就喜欢上了你。而且就在进你家门的那一刻，我就把宝宝当成了自己的孩子。我一直觉得他就是从我的身上掉下来的一块肉，连着我的骨肉和血脉。几年里，我看见他会抬头、会走路、会说第一句话。我的生命中再不可能没有他。如果你要残忍地分开，我就会说你是一个不折不扣的法西斯。当然如果你能有所爱，另当别论。

人都说京都是个大染缸，再清净的人在这儿，心里也要膨胀几分。没错。我一直在想，为什么不少农村女孩到了城里都迷失了，我想是环境。就像万物在阳光下都有它自己的颜色，而一到黑夜，就失去了自己的本真。同样是灯，色泽不一，它的颜色就要跟着变化。塞尚把苹果画成了蓝色，马蒂斯把向日葵画成了蓝色，毕加索鲜红色的人体，夏卡绿色的脸。事物都能成为七彩，更何况人呢？

我的心不浮躁了。现在我读着《影梅庵忆语》，心里好宁静。老在想，你曾给我讲过董小宛与冒辟疆之间如诗如画的生活。现在，读着此文，如见你人。好想与你如书"沸乳看蟹目鱼鳞，传瓷选月魂云魄"。"每花前月下，静试对尝，碧沉香泛，真如木兰沾露，瑶草临波，备极卢陆之致。"

要放十一假了，我等着你的回信好订票。

我托人给你捎了三盒药，听说是咱们国家刚研制的，你试试。天凉了，宝宝上幼儿园要多穿些。我给他织了一件毛衣。我对买的总不放心，小孩不像大人能耐寒。他长高了吗？想想我在家时，给他每次量身高好像才刚刚发生。没想到咱们已分开快一个月了。在我看来，好似一年。真的。我经常这样想。

给宝宝买的玩具收到了吗？替我亲他。告诉臭小子，我昨晚梦见他没洗脚，打了他的屁股，打完就后悔了。

汪 哲

9 月 23 日

（可怜的京华艺术学院的高才生，总算露出了大尾巴。看来再引用书信没意思了，就此打住。）

汪哲把最新写的信装进信封，在台历上注明发信日期。跑到邮局，寄了快件。回来的路上，她发誓只等五天，五天后如果张家伦不来信，自己就不回 J 市了。

在学校门口，碰上了提着两大塑料袋的江天。江天摸了一下上衣口袋里插着的大哥大，笑着说："你看，我是有福之人，正提得累了，就有人送上门了，快帮我提东西。"

汪哲接过塑料袋探头一看，惊叫道："你干什么呀，发这么多的信？"取出一封，某某报社，乐了，原来全是江天寄给全国各地报刊的稿子。

"这么高产？"

江天回头看了一下校门，故作神秘道："不瞒你说，一稿多投，赚些小钱换酒喝。对了，晚上，请你吃饭。"

"我还有点事。"

"看着车，你怎么不看来来往往如老虎般的车呀？妹妹。"江天说着，挡在她旁边，又接着说，"我请人吃饭，又不让你花钱。真傻。要是我，谁请我吃饭都去，只是咱是个爷们，没权，没人请。不开玩笑了，给你说正经的。我请了几个编辑，可都是大报刊的主，《京都文学》《明星天地》等等，十几个刊物的头头，牛吧，人家来吃饭是给咱面子。给你介绍认识认识，现在不是八十年代末了，唉，那时，可是文学的春天呀，现在文学已是明日黄花，爹妈不疼姥姥不爱了。编辑也不像过去那样求作者。像咱们现在一没大名气，二没钱，上稿子，只有去求人。地点就在苏杭街的'千娇百媚'。不见不散。"

虽然不想去，但汪哲不好意思给同学难堪，就点头答应了。

对了，你有呼机吧，到时，我呼你。进你们女生楼，简直比进敌人炮楼还难。看门的张大妈盯你们比自己的闺女还尽心。好不容易上去了，还要喊有敌情！有敌情！真把我们男生当成了日本鬼子。好像我们个个都是色狼，生生吃了你们不成。

他说得没错。天热，女生们穿得都很少。有一次，不知是大妈迷糊了，还是那人实在机警，反正大摇大摆就上了四层，且大摇大摆进入了女生宿舍区。此时，不知是戏剧系的女生，还是音乐系的女生，反正是

在水房正陶醉在贵妃沐浴中，回眸还没来得及笑，一声惊叫，此男生落荒而逃。从此，女生区不但安了门，且有男生进去，必要有女生带，一路还要大声喊叫，姐妹们注意隐蔽，有敌情。

汪哲报了寻呼号。江天笑着说，你这个正黄色的摩托罗拉寻呼机样式倒是别致，不过，一看，就是数字的，是不是还要用本子查相应的数字代表的汉语？我说给你买双排汉显的，你肯定不要，这样，拜我为师，不出两个月，你就有大哥大了，想我了，随时一拨，我就出来了。

想得美。

别自作多情，我说时少了一个字，是想找我了。江天狡黠道。说话间，两人已到了绿色邮箱跟前，一一放信。放一封，江天就说一声，这个，至少五十，那封，少说一百块。对面带着小花帽烤串的新疆小伙子用生硬的口气说，小伙子，做梦吧。

汪哲正要大笑，忽听一阵鸽哨，仰头看天，一队白鸽呼啸而过，江天眯着眼睛看了一会儿，忘了往邮箱塞信，一字一句道：晴天一鹤排云上，便引诗情到碧霄。

新疆小伙子边往肉串上撒辣椒面，边摇着头，整个让梦烧糊涂了，连鸽子都认不得了。

哈哈哈！汪哲抱着肚子靠在邮箱上，直嚷笑得肚子疼。

笑什么，不懂什么叫给牛弹琴，快点放信，马上要上课了。江天拿起一沓信，狠狠地看了小伙一眼，对汪哲说。自己说着，也兀自笑了。

对了，你知道杰瑞米·艾恩斯是干什么的吗？

杰瑞米·艾恩斯？不知道，怎么了，你认识外国人了？

千娇百媚

一进绿化带上开着喷香月季的苏杭街，汪哲肚子就咕咕叫了。两边天南海北的招牌一个比一个耀眼，小摊上的商贩正在热火朝天地叫嚷自己的营生：酸辣粉、臭豆腐、油泼面、驴肉火烧、肉夹馍烤饼……下了小石桥，卖丝绸、太阳伞、板鸭、年糕的小店，一个比一个装修得别致:履祥斋售鞋，妙化斋售供器，经纬号售绸布，吐云号售烟草，云翰斋售文房四宝，

怡古斋售文玩，品泉斋是茶馆……真让人疑心走进了烟雨江南。

江天订的是一间靠水的大包间，名字叫千娇百媚。

编辑老师当然是姗姗来迟。他们到时，汪哲他们已等了好半天了。

江天请的全是女性。除过汪哲和千光是本系的以外，其余全是戏剧系、音乐系、舞蹈系的漂亮女生，一个个打扮得花枝招展。汪哲不明白请编辑老师吃饭叫这些艺术专业的女生干什么？心里有点疑惑，但没问。对江天，她还不是很了解，知道他的诗歌写得好，一稿多投赚了点钱，其余就未知了。好在，她的好朋友刘虹也在场，让她紧张的心情稍稍放松了一些。

编辑老师还没来，江天清了清嗓子说："请诸位妹妹来，是想和大家一起玩玩。这次来的老师可都是咱们的上帝，决定着咱们能否成名。现在是皇帝的女儿也愁嫁。只有借助媒体把我们的能力体现出来，而这媒体就是靠报刊的炒作。大报小刊都登了，还怕不出名？妹妹们要想出名，那今天就好好地跟编辑老师们敬敬酒、唱唱歌、跳跳舞什么的，只要编辑老师高兴了，要星星他都能给你摘下。我不能说这是给大家布置任务，但是至少也要说咱不是光来为吃饭的，要给老师们留下很深的印象，以后有事就可以找他们了。"

千光一直目不转睛地看着江天，等江天说完了，才徐徐吐了一缕烟说："江哥，我们会给你撑面子的，但是不能让他们有不轨行为。"

众女生嚷着对、对、对。汪哲仔细打量在座的女孩子，看年龄也就二十岁出头，眼睛不再清澈，眼神冷漠，发着暗淡的光，与她们的年龄极为不符。然而她们一定是对着镜子精心打扮了半天，一个个脸上都是有光的、动作又是调皮的、又都具有诱惑的，不但是对男人，甚至对她，都有那么一种说不清的魅惑。

她们一个比一个穿得漂亮，不，漂亮倒是次要，关键是一个比一个有特点。比如千光，打扮得真有戏剧色彩，一块农村常见的白底红花的棉布被面，随意裹在身上，一点都不显土，相反有一种说不出的韵味，这味总让汪哲想起戏剧舞台上那沉沉的大幕，那夸张的举动，还有那富于戏剧性的情节。

而刘虹，一身晚礼服，胸开得低，腰束得紧。举手投足颇有明星范，好在，她不像千光那样傲气，只对江天一个人露着她那甜甜的笑。她朝

大家做了自我介绍：我叫刘虹，是戏剧系的，话剧得过梅花奖，欢迎大家喜欢我的戏。说完，嫣然一笑。

因为她就坐在汪哲的旁边，汪哲能清晰地看到她背的包是鳄鱼牌，而那一直响个不停的是大哥大，不一会儿刘虹就要到外面去打会儿电话。

一直坐在角落抽烟的一位舞蹈系女孩吸引了汪哲的目光，听江天说她叫李安安，年纪怕是她们中最小的，十二三岁的样子。她穿一身黑色的闪闪发光的演出装，银色的眼影在汪哲看来真另类，她的手指甲和她的头发，都染成了黄色。她从进来以后，只说了一句话：我们得等多久？她吸烟的姿势很好玩，先是把烟蒂往水杯里浸一下，放在嘴边闻闻，然后闭起眼，长长地吸了一口气后，再掏出一只手枪式的打火机开始点烟，吸一口，脑袋往上扬一扬，再吐出一缕烟。

比较起来，汪哲穿得就太随意了。下着洗得发白的牛仔裤，上面是奶油色的圆领真丝衫，颈上白白净净，一缕长发不时拂在光滑的面庞上，掩饰了她略微不安的表情。看来，这个江天还是不简单，在开学不到一个月的时间里，就认识了这么多女孩子，而且一个个都别有一番情致。

"放心，妹妹。人家都是大名人，啥美人没见过？好了，我给大家再添点茶，这茶可是好茶，福建的大红袍，花的是我的血汗钱呢！怪心疼的。点菜时，大家可要高抬贵手，咱自家人就不要宰自家人了。否则我的日子可就不好过了。我今天带的钱少，如果饭钱不够了，我就把你们这些漂亮的女孩子全押到这儿。"说着，大笑起来。

"他们能让我们上《人民日报》吗？能让我们一夜之间有名？他们能拉到给我们拍 MTV 的赞助吗？"众女孩七嘴八舌道。

汪哲笑着说："别期望值太高。"

"你？你当然不会了。"千光很不友好地说。

汪哲生气要走，被江天拉住了。他转过身说："千光，你以为你是谁呀？连作家都敢说。汪哲写的小说获了多少奖，你这个同屋不是不知道。再这样惹人生气，就给我走！"

这几句话，让千光不再说话了。

江天在女孩面前，一会儿逗笑这个，一会儿惹恼了那个，跟女孩们打情骂俏，这让汪哲不舒服。可吃人家的饭，就得看人家的脸，管是什么，先应付完，以后这样的场面打死也不来了。

　　这时，大哥大响着，江天慌忙接了，给对方说着路线，说着饭店名字。手里做着让众女生小声的动作。

　　好不容易交代完了，他站起来："我把空调打开，免得小姐们让烟熏着了花貌月容。大家一会儿入席时，隔一个老师坐一个，便于交流。"说完，在空调前用手试了试，对着女生们说："你们感到是风直吹吗？千万别让老师们感冒了。"然后看看表，说："老师们该到了。我去接他们，记着我刚才说的话。"

　　果然，不到十分钟，请的客人陆续到了，清一色男人。汪哲留心看了一下，男士跟女士人数相等。江天腰弯着，脸上堆满了笑，说："老师请，老师有请，老师们，请上坐。"

　　来的客人都是记者、编辑。四十来岁的危险年龄。他们能看见自己身上的头衔如光环一样，让他们黄金般的中年时光愈发地尊贵。男人四十岁好呀，握着不大不小的权，神态不急不慢地淡定，当然还有着对年轻女性的艳羡。

　　年轻真好呀，你看看坐在旁边的一个个女孩那白嫩嫩的手，再看她们那热切的目光，还有那嫩得不沾一点尘埃的脸，真真的尤物也。

　　对这样的女孩子，对这样一群搞艺术的女孩子，作为一个中年人，作为一个中年知识分子，作为多年支撑报刊媒体的中年骨干力量，他们当然知道没有足够的垫底是很难震住这些花一样的女孩子的。江天介绍的四个老师分别是：《京都文学》的宋主编、《明星天地》杂志社的朱社长、发行二十多万的《京都周末报》的欧副主编、《青年时代》的李主编等等。

　　四个客人显然是见过大世面的，他们没想到进了这么一个非常不够档次的包间。虽然在水之涘，环境不错，可墙纸发黄，室内闻着有股异味。还没卡拉 OK。眉头皱着，表情也不热不冷。

　　而旁边的摩天大楼，车流密集如织，一对对男女们衣着光鲜地出入，这让老师们心里愤愤不平。

　　我们学富五车，为什么却只能在这个类似大排档里吃家常菜？为什么我们只能走进满街飘散着臭汗、劣质的香水的百姓世界？瞧，这个饭庄虽起了个什么千娇百媚，可你看脏兮兮的桌布，墙上挂着低劣的印刷品，心里隐隐作痛。好在这只是一会儿，身旁的漂亮女孩那一双双热切的眼神，给他们增加了些微的满足。

"老师，请点菜。"老师们推让着谁也不先点。

"要么这样，每一位老师点两个自己喜欢吃的菜。"老师们果然依次点了。

"喝什么，这儿的鸡尾酒有'快感''绝色佳人''沙漠中的丽人''小鸟依人'。'快感'刚喝了后，比较烈。第二口时就感到有些甜。喝到一半的时候，你就不想放下了。而'小鸟依人'酒适合诸位小姐喝，性情温顺，口感好，色泽也看着舒服。喝了会越来越漂亮，越来越年轻。"餐厅服务生端着瓶瓶杯杯走到江天跟前，滔滔不绝地介绍道。

江天说："美女，请你等一会儿，我们商量了我会告诉你。"说着，拿起菜单，乖乖，一杯就五六十元，这样的话九个人，光酒水就四五百元。他拿着菜单一时不知该如何是好。汪哲看到这情景，立即明白了江天的窘状，她站了起来说："江天，老师们大都是开车来的，别喝烈性酒。老师，是不是？"

老师们好像明白了什么，立即说："对对对，你还是学生，咱们就来点二锅头，或者啤酒之类的。"

江天感激地看了汪哲一眼，出去拿酒了。回来他悄悄对汪哲说："我让你拿的稿子拿了没有？"

汪哲摇了摇头，她早把这事忘了。

酒过三巡，四个成年男人如一只只好斗的公鸡一样亮起了自己的歌喉。《京都周末报》的欧副主编先来了个开场白：

"你们有谁是音乐系的，是唱通俗呢还是美声，著名作曲家徐沛东知道吧，就是写'女人不是月亮的'那个，在我面前，还要把我叫大哥呢！他给我寄稿子，必得请我喝茅台。他那个最有名的歌曲就是我们报纸首次推出去的。光那评论费了我三天时间，这三天的时间我就推出了一个著名的作曲家。一个歌唱演员要出名，其实靠的就是一支歌，如果让我的徐老弟给你们写一个，你们肯定能红遍半个中国，另外半边没法传到，因为那儿是无人区。哈哈哈！"

话还没有说完，《明星天地》杂志社的朱社长清清嗓子登场了：

"知道世界级的大师舞蹈家邓肯吗？知道舞剧《卡门》吗？在世界舞蹈家的名单里，真正能让我瞧得上眼的没几个，但是只要我认为好的，都是在用血去舞蹈。血知道吗？就是身体里那种鲜艳如初的生机，就是

如星星般笼罩在我们血管里流出的液体，就是穿透我们生命深处的花朵，就是能召唤我们走上美好之旅的仙乐。"

他刚说完，年纪最小的李安安突然说："朱社长，是处女血吗？"

在座的所有人闻听此话，鸦雀无声，都吃惊地望着她。李安安手里拨弄着一只空烟盒，说："大家别紧张。我所说的用处女血去舞蹈，就是想说女孩子第一次走上舞台上时那份紧张而单纯的心境。不瞒大家说，我现在编排的舞蹈就叫《处女血》，我要把女孩子第一次的性经历搬上舞台。既然现在女人坐月子可以写成书，吸毒的可以写成书，征婚的可以写成书，当妓女的可以写成书，我为什么就不可以排一个名叫《处女血》的舞蹈呢？"她说着，看了看大家，江天给她使眼色，她仍然慢条斯理地说："江天，你别紧张。不要闻性色变。你听着，在舞台上什么都是美的。我要让女孩子披一袭白纱，背景是个有月亮的晚上，女孩和她心爱的人靠在一棵桂花树下进行自己一生最美好的性的体验。两人时拥时分，时聚时散。那隔着他们之间的爱的波浪是一条轻纱，起初是淡绿，然后在月光下渐渐变黄，在情爱的温馨下变成一尾红红的小鱼儿，在两个青年男女激情中慢慢变成淡黄，淡绿，再变成一只挂在天上的月亮。对了，我要加上一首诗的画外音，这个任务让江天完成。"

"好！这样的构思很好，你赶快排吧，我会为你鼓吹的。这名字多好，《处女血》，名字就特别打人，而且设计巧妙，说不上还能获奖呢！对了，你能不能给我们当场表演一下？"

朱社长鼓动道。

汪哲想这下子肯定难住了李安安。

李安安大方地站了起来："行，我就给大家跳一段女孩子独舞，这主要是体现闺中女儿思春的一节。没有道具，我就简单跳一下。"说着，她从包里掏出一盒磁带，让服务员拿录音机来。

李安安提着一个纸袋走进空着的另一屋子说："我准备一下。"

十分钟后，林间小鸟呢喃的音乐起，李安安从门里一阵碎步踱着走了进来。全身一袭白纱，只有脚上着一只绿色的平底小舞鞋，脚腕上系条红丝带，带上挂两只小铃铛，在行走中发出清脆悦耳的声音。女孩子的猫步走得那个妙呀，动人心弦。

铃铛声小了，步子缓了，女孩跪着用手指在跟小鸟嬉戏，在跟春天的

一片叶子对视，然后在碎步中再次把热切的目光伸向头顶上方，那是一只小小的带锁的日记？那是梦想中的亲吻？还是心中抹不去的影子？千般风情，任你去猜想。反正有个精灵一会儿在女孩的手中，一会儿在她的腿间，一会儿又在她沉思的腮前时隐时现。忽然，一阵刺耳的风声吹进闺房，女孩忽然流下了眼泪，一缕黑发长长地无力地蜷缩在分开的双膝，脚腕上的丝带缠住了女孩放在腿间的双手。女孩在挣扎中沉沉睡去。

没多久，女孩再次随着音乐起舞，她在欢笑，在期待，在满怀热望中结束了表演。

大家鼓起了热烈的掌声，朱社长当即拍板说："李安安，你给我留下了非常深的印象，你找人给你写篇文章，我给你两个页码。"

真不愧是搞艺术的，当着这么多的人面，李安安好像旁若无人，马上坐到朱社长面前，一杯接一杯地给敬起酒来，两人窃窃私语，看来已谈到正题上了。汪哲告诫自己千万不要走神。因为那位她最喜欢的《京都文学》刊物的宋主编说话了：

"知道咱们中国文学为什么没有诺贝尔奖吗？咱们的作家没有恒心。如果说我还算有点成就的话，那就是我能倒背《红楼梦》，你们谁来试一试？我查了一下，咱们中国没有一个人敢这样。你们不是关心鲁迅文学奖吗？不是想得茅盾文学奖吗？告诉你们，我认识评委。那些评委们可都是咱们文学界的顶梁柱呀！如果大家想认识他们，我一定帮助。"

汪哲听得眼睛都直了。

刘虹坐在一边等不及了，站起来说："我敬老师一杯酒，希望诸位老师多帮助我。你们肯定跟影视剧的导演们熟悉，在可能的情况下，帮我推荐个角色演演。现在成名的好多演员可以说都是导演推出来的。这是我的简历，我演过不少获奖的小品，其中《三月雪》荣获第六届全国青年小品一等奖。我适合的角色是青春少女，有时也客串一下中年女性。这是我的简历和获奖证书。这是我演的小品录像带及名片，上面有呼机和大哥大。也请老师们给我一张名片，便于联系。"说着，一饮而尽。汪哲看那名片，崭新极了。不多不少，正好是给四位老师的。

"你拿什么感激呀，老师们什么没见过，什么没有吃过？"江天打趣道，"来，来，来，哈酒，哈酒，边哈酒边谈。革命的小酒越哈越香。"他说着，看一位老师要去洗手间，立即领了出去。

看来大家都是有备而来，而且都有些急功近利。汪哲没想到吃一顿饭大家都这么重视，自己怎么就没有想到拿自己的作品呢？她暗暗自责了一下，就及时调整了心态，把老师们够不着的菜一一夹到每个人的碗里。

宋主编忽然问汪哲说："同学们都拿出了自己的绝活，你呢？带作品了吗？"汪哲无奈地说："我不敢带习作见这么多的老师。"

"以后寄来我看看。我们刊物虽然是国家级的，但是我们力推新人，要让他们成为大树。"

起初这些女孩子们一定没有想得那么高远，只想让自己的名字在报刊上亮亮相，先让自己的亲朋好友激动一下。至于红遍中国，走向世界那简直是她们连想都没敢想的事。她们毕竟才是大学一年级的新生呀，一群热爱艺术的青年学生！

可是老师们的轮番轰炸，可以说把在座的艺术专业的学生们一个个炸得头昏眼花，把她们久已埋在内心深处的理想再次高高挂起。

于是汪哲和大多数年轻的想出名的女孩子一样，要了老师的名片，认认真真看了，再然后她们就含着甜甜的笑，不断地说着老师帮帮忙，老师请扶持。

老师们当然要大力帮助呀，他们怎么能够拒绝那花一般的笑脸呢!？

江天又开始拍老师了："老师们是威名震四野，我呢是恶狼出没鲜花丛中，要不，我的这些同学们为什么一听说老师们要来，一个个花枝招展的，就是因为老师大名远扬！比如说宋主编，你的作品《夜苍茫》我打小就知道，比如说朱社长，你的大作《晴朗天》我们舞蹈系的同学就专门排了节目！而我呢就是借着老虎的威风来给自己壮胆的狐狸。否则你说像我这样的模样，像我这样瘪的口袋，能让仙女般的妹妹坐在这儿？所以呢，我要谢老师们。"

说着，举起了手中的杯子。

老师们也举起了手中酒杯。

汪哲悄悄擦了擦脸上的汗。

这时，有一只脚踩在汪哲脚上，汪哲往外挪了挪，可是那脚又跟上了。是宋主编，他正专心吃饭。这让汪哲心里十分不爽。她只盼着这样的活动早些结束。

席间老师们几乎就没有谈文学，他们谈的全是自己喜欢吃什么，玩什么。对某个作家反感，人太牛，约稿子得低三下四地等，还有的谈起现在正热的房产呀，股票呀什么的，听得女士们一个个无精打采。

汪哲看着他们，心里非常紧张。当宋主编握着她的手不放时，她的脸红到了耳根。老师们的身后，站着强大的中国文学，她能不紧张吗？能不崇拜吗？

于是她试着谈了一个在她看来很有才华的作家的作品，老师们不屑一顾地说："那个人写的东西太臭，只是媒体炒作得厉害罢了。人品也不行，没有漂亮的女孩子坐在跟前，一个字也厕不出！"

"真的？"千光抢着说。

"可是人家写一集电视，就赚两万元呢，你不懂。"江天说完，然后又站起来，给诸位老师敬酒，"各位老师，以后要请你们多帮助我们。特别是我的这位师妹汪哲，她写的小说非常好，老师都夸她呢。来，汪哲，跟老师们敬酒。"

汪哲只好站了起来，举起了杯子。

"不行，不行，一个个地来。"宋主编说，"小汪呀，来，坐这儿，我跟你说说话。你必须把我说服了，我才喝。而且你也要喝完。"汪哲不动。

"来来来，没事儿。"宋主编说着，走过来，握住了她的手说，"别紧张，一回生，二回熟嘛。了解我的人，都认为我从不摆架子。"

"你只在女孩子面前不摆架子，见了那些业余写作的男孩子，恨不得让人家小伙子给你磕头。"朱社长打趣。

"姑娘们，想不想听一位著名作家总结的《中国作家快速成名十三法》，不瞒你们说，这套诀窍适用于每一门艺术。"

女孩子们再一次把热切的目光望向宋主编，他笑眯眯地呷了一杯酒，说："其实只是几个成语：奋勇前进、争吵不休、损人利己、雁过留声、牝鸡司晨、否极泰来、无私无畏、兴趣盎然、能工巧匠、马到成功、拥政爱民、魅力无穷、衣冠禽兽。"他说到这里，看大家没有反应，接着说："这当然是我们通常理解的成语，要是稍变一两个字，大家再看一下，意义就深远了。新的成语是这样的：粪涌前进、争炒不羞、颂人利己、鹰过留声、牝鸡司晨、痞极泰来、无'私'无畏、性趣盎然、能攻巧奖、骂到成功、拥政爱名、妹力无穷、依官勤瘦。女孩子要出名，太容易了。只要在座的你们抓住'妹力无穷'这条金色的丝带，就一定能红遍大江南北。

别说这'妹力无穷'四个词很难做，我相信真下决心做时，你会发现非常容易，比你们所说的艺术课简单多了。艺术女孩呀，人人都喜欢。"

不知是老师的话女孩子不爱听，还是她们有些倦了，反正没有了刚来时的兴奋。饭局有些冷清。汪哲说，宋主编，你认为"妹力无穷"能长久吗？

宋主编脸腾地红了，其他人也看着汪哲。

"来来来，尝尝这个店里的特色菜，这叫千娇百媚。大家看，这菜红橙黄绿青蓝紫什么都有，各有各的味，各有各的态。你看这金针菇柔软无骨，悄悄偎在翠玉边，而那大红的萝卜花则显得富丽堂皇，傲然立于众菜中间。浑然不知它的菜心才是人们最爱吃的。其实最有营养的是这汤，别看它有点紫，听说这是百年的龟用温火熬了五个多小时才成的。老师们好好尝尝。"江天马上岔开话题，制造氛围。

老师们用勺子尝了一口，不约而同地说："味道不错。"

再尝菜，竟然各有各的风味。真是别有一番滋味在心头。

半天没说话的宋主编突然站起来说，汪哲，我记下你名字了，有文人风骨，我敬你一杯。不等汪哲说话，自己喝干了一杯。

快十一点了，老师们要走了，宋主编说："请留个联系方式，咱们以后再聊，你可以把作品寄来。"汪哲推托着说："江天知道，你找着了他，就等于找着了我。"

李安安和朱社长恋恋不舍地分手了。

老师走时，江天分别给每位老师好几篇稿件，他们都用一样的信封装着。事后江天给汪哲说："每个里面都放着不同的钱，有的五百，有的一百，这要根据报纸杂志的档次定。你呀，真傻，你看她们一个个多精。你作品没带不说，连通信方式都没有给老师留下。说不定，他们过不了两天，就把你忘了。"

"你真懂这些鬼名堂，这些老师，我真不敢相信他们会那样。"

"他们以为自己是谁呀？"

"你以为你是谁，唱歌跳舞在古代就是歌妓，懂吗？"

听着江天跟她们争论，汪哲感到一缕难受涌上心头。

江天厚着脸皮说："汪哲，你看我的妹妹们一个个都没生气，你生哪门子气。大家在一起就是开开玩笑，谁当真呀！我长了二十多年，这样

的玩笑开得能装两个京都了。这按当地话说，就是贫。小说《贫嘴张大民的幸福生活》看了吗？张大民比起我来，只能给我当弟。咱们现在干什么呀？"

千光挽住江天的胳膊说："吃多了，咱们散散步，消消食！"江天没动，看着汪哲说：

"要不，咱们到首体的旱冰场去玩玩！"

"以后吧，我累了！"汪哲说完，拉着刘虹的手快步走进学校大门。江天在后面喊着："你等等我，又不是人追着你要钱，走那么快干吗？我还有话要说呢。"

千光跟在后面，说："江天，等等我！人家喝醉了嘛。"

江天看到李安安正在楼灯下借着光亮看一张张名片，便笑着说："我给了你这么大的收获，怎么感谢我？"

"请你吃火锅。"李安安笑着说，走时，手上还提着两个大包。

三天后，那位踩汪哲脚的宋主编打来了电话。

当时，汪哲正在操场散步。校园的夜并不静，她忽然听到一阵声音：

"你这个流氓，无耻，你以为金钱就能买来一切，你想错了，至少在我这儿，什么都买不到。"说完，放声大哭起来。

谁受委屈了？要不要去劝劝？

汪哲往前走了几步，原来是一个女孩正站在树前大哭，地上扔着书、纸。她走过去，帮忙拾起来，说："同学，你怎么了？想开点，别生气了。"

"谁生气了？我正在练台词呢。让你当成了真的，证明我演得还是比较真实。谢谢你。"原来是戏剧系的学生正在排练节目呢！

"不瞒你说，为了这个剧本，我费了不少心血，就是哭不出来，现在我能了，为我祝福吧。"

汪哲笑了，说："你练吧，打扰了！"

艺术呀，艺术，真让人为伊消得人憔悴。

听到有人叫她，她回头一看，是江天。

江天跑来说："快，快接电话！咱们国家最有权威的杂志的主编宋老师找你。"

汪哲惊奇地说："他找我干啥？"

江天忙捂着大哥大听筒，制止她再说。

汪哲只好拿起了电话："小汪吗？有空到办公室来玩，带上你的稿子。"

汪哲说："我最近有事，去不了。"

"那我改天再找你。"

电话断了，江天说："你真笨，给你机会你都不利用。要知道现在上稿，没有关系可不行。"说这话时，他心里感到并不是滋味。

汪哲说："我就是笨，我就是不去。"

"看来你走上文学之路太顺了。"

的确自己太顺了，汪哲眼前浮现出第一次投稿的情景：有天晚上，汪哲在自己和宝宝的卧室里看见放着一盏崭新的台灯，还有一沓稿纸。她拿手轻轻地把纸和台灯摸了一遍又一遍。一天，脑子里突然冒出灵感，她就提笔写了起来，这篇文章叫《皮球》。汪哲写下了她平生第一篇小说，她那时不知道这就是小说。她写了一个叫乐乐的小孩因为父母嫌她是女孩而把她准备扔到河里时，姥姥收养了她。她在姥姥家生活着。一次她到城里的父母家里，觉得这本来就是自己的家，都是因为小弟弟，她才有家不能回，有妈不敢叫。于是她想把小弟弟扔到河里去。可是快到河边时，她看到小弟弟那么聪明可爱，就放弃了自己的计划。最后为给小弟弟打捞掉到河里的皮球，淹死了。写完，她关了灯。悄悄把稿子放进张家伦常提的包里。等了一周，她以为没有希望了，张家伦有天一进门就说："这几天忙，我都没有来得及打开包，今天才知道你也会写小说。写得不错。我当即给总编看了，拟发。"

汪哲无论如何也没有想到在她心目中感觉上稿那么难的事，竟然就在这几句话中实现了。

往事在江天的声音中被打断："想什么呢？听说你跟一个离了婚的男人在谈对象？"

"是的。"汪哲坦然回答后，快步走了。

真偏。为什么我只喜欢跟她在一起，是因为她的这种纯真没有污染？还是她的美有兰花的脱俗？江天把大哥大往腰里的皮套上插进去，哼着京剧"我本是卧龙岗散淡的人，凭阴阳如反掌博古通今。先帝爷下南阳御驾三请，料定了汉家业鼎足三分"，走出了操场。

汪哲往宿舍走时，发现千光挡住了江天的路，两人好像在争吵，绕

开他们，朝图书馆走去。

谁在暗处

过完十一长假，汪哲提着行李，刚到宿舍门口，时间正好上午七点三十五分。恰合她的计划。只要在规定的时间，与大家融为一体，一切就绝对完美。可撞鬼了，钥匙插进去了，宿舍的门却打不开。除了张家伦家里的一把大钥匙，就是这把宿舍钥匙，况且它跟自己身上其他钥匙色泽都不一样，黄铜色。但是，的的确确，钥匙开不了宿舍门。敲门、打门，门纹丝未动，但是里面有说话声，张韵依京腔最为明显，充满了骄纵。她说开门开门，没人理她，仍有说话声，这次是千光。

时间一分一秒地过去，其他班宿舍的门陆续开了，有人已经出来了，而她还提着旅行箱，突兀地站在楼道。

她伸脚踢门，这次门猛地一拉，差点把她闪得趴在地上。张韵依看了她一眼，扭头从她身边跑过去，千光说回来了，赶紧准备上课呀。

汪哲顾不得跟她们理论，立即扔下行李箱，在桌上椅子上找书包，天爷爷，千真万确，她走时，今天上的书本都在书包里，随手可触，可现在书包不见了。她在整个屋里找了一遍，还是没有，楼下已经听到了集合的哨音。她打开衣柜，换了件衣服，冲到楼下时，本班的队伍已经没影了，十月的太阳灿灿地在紫薇花间跳跃，一点都不知道人间的忧伤。

追不追？去了，全班人都能看到你的笑话，不去，那是违纪。两者取其轻，她奔向了教室。

下午没课，她要在全班同学面前检讨。迟到十分钟，她认为不是什么大事，再说我不是还上课了么，检讨就写得草了些。写检讨跟犯多大错误当然要挂钩对不对。谁料事实根本不是她想象中的。正常的十一假期回家，被称为不假外出，是一宗罪。二宗罪更骇人，跟人私奔。而且这不是空穴来风，人家有理有据，这根本就是一场蓄谋，结果是她的班长职务被撸。这破官送我我还不要了，当得没一分钱不说，还要值班喊口令，哪个人出什么问题，都得你来顶着。演节目、收班费、交党费，七七八八的事，惹得众人烦。每次通知张韵依，轻了，说瞧不起她；重

了，说命令她。关键是害我者谁？这事不能含糊，她暗想。

学校规定，放假可以外出，只要请假。因她突然想张家伦，刚好下午没课，去找副班长刘娴淑，刘娴淑不在屋，她把假条放在了刘娴淑的书桌前，还拿杯子压在上面。她刚出屋，张韵依也说来找刘娴淑，她说刘娴淑不在。结果系里不知她请假。刘娴淑解释说她根本就没见假条。到底怎么回事？说不清。还有，人家马上说，你不是跟江天出去玩了吗？她说胡说什么，我去看我男朋友了，不相信你可以打电话，他叫张家伦，J军区宣传部的。张韵依说，你以为我们没有打么？你单位的人说你没有回去。都放假了，单位的人当然不知道我回没回去，可我男朋友知道呀。事实是系里没有给张家伦打，反正罪名坐实了，班长被撤，还给了处分。

检讨会上，汪哲才知道江天也外出了，他说是出去采访。老师同学们都不相信，只相信他们俩私奔了。汪哲让他们马上给张家伦打电话。张韵依说，给张家伦打电话，他什么都不会说的，说了对他好吗？自己女朋友跟别人跑出去玩了，谁心里能高兴。她说既然我跑了，让我男朋友知道，影响了我们关系，就达到了一些人害我的目的。

班主任杨老师说不要乱猜疑，有错即改。

当官容易，撤职总是难过的，虽然你不在乎，但是组织不让你当，就另当别论了。

会一开完，江天就嬉皮笑脸地走到汪哲跟前说，有什么气可生的，说咱俩私奔多好的创意，下次咱真去私奔，实现他们的计划。

汪哲说滚，还怕我出洋相不够！？

这怎么叫出洋相，我高兴还来不及呢。丁玲、沈从文、冯雪峰杭州一行，成就了多少文坛佳话。撤职，多大的事呀，走，晚上到"小土豆"，我们去庆祝下。汪哲原本不想去，可回去看到宿舍有人幸灾乐祸，便决定漂漂亮亮地去赴约。她坐在桌前，边哼着《甜蜜蜜》边描眉抹唇。透过镜面，她看到刚当了副班长的张韵依，满脸阴云，唱的声音更甜蜜了。

此后，她在宿舍不再说私密话。

她认定是张韵依偷拿了假条，理由明摆着嘛。

第三章　爱的另一个名字

我要等到他退休

几月下来，新鲜感一过，汪哲便觉得梦想中的天堂也不全是浪漫。除了每天耳中钢琴声、啊啊咿咿的练歌声，提醒她这是艺术学府外，其他不过尔尔。

晚上，经常有人私烧电炉煮方便面当夜宵，搞得全楼的灯都烧了保险，气得满楼道都是叫骂声。最受其害的是文学系的学员，刚写的文章还没保存，或正才思滚滚，一下子陷进黑暗中，叫天地不应，怎能不急。就有人自告奋勇陪着黑脸的张大妈到女生宿舍挨个查电炉。烧电炉的人，情急之中，把发烫的电炉塞到床下，拿塑料盆反扣住，结果塑料燃烧的味道很快引来了已有经验、鼻子灵敏的张大妈。

这边厢刚消停完，那边又出事了，不知谁把卫生巾扔进了便池，堵住了下水道，气得张大妈也不打扫厕所了，拿块木板挡住了女厕所门，门上写满了东倒西歪的猪字。谁知过了一晚上，上面又贴了一张纸，上面画着一只穿着红色连衣裙的大肥猪，这大肥猪还涂着黑眼圈、抹着口红，咧着大嘴朝着进门的人做鬼脸。

大妈三令五申，每天晚上十点半准时关宿舍门，不但在喇叭说，在门上贴规定，还是有人回来晚，叫门，踢门，大妈一概不理，竟有人砸了门上的玻璃，翻了进来。

大妈双手叉腰，如农村妇女，边跳边骂：猪狗不如的东西，还大学生，看着一个个打扮得光光鲜鲜的，做的事，依我看，跟我们村里那些

懒汉脏婆娘没两样。男生，听了一笑了之，女生嘴快的，就应声，说，大妈，我们是猪狗，你是给猪狗看门的，叫啥呢？气得大妈咬着牙，喘着粗气，好几天不再叫电话了。大家才觉得还是大妈厉害。

在宿舍，汪哲很是压抑。她的桌椅靠门，两个室友进来从不关门，练歌声、吵架声、洗衣声，声声灌耳。汪哲每次忍着气，关上门，想写东西时，无意朝桌前的镜子一照，发现两个室友在她身后指手画脚。指责吧，怕小题大做；闭着眼睛不看，心里又好几天不爽。

时间长了，就不愿意在宿舍待着。她写稿，张韵依嫌她钢笔画在纸上的唰唰声打乱了自己创作的思路。她看书，千光音乐放得震山响。

千光每次从家里回来，必穿件新衣服回来。张韵依问她什么牌子，她说记不得了，你看下吧。说着，弯着头，让对方看她脖颈后的商标，张韵依当然明白千光在炫耀，她一点儿也不配合，看完淡淡地说，嗷，你这件羊绒衫是兔皇，我的那件是纯意大利进口羊绒。千光也不示弱，伸了一下头，笑着说，那你到时告诉我一下牌子，我表姐就在意大利，到时给我捎一件，连同羊绒大衣，对了，你说大衣，我这个子高，身材也还可以，是穿长款修身的好，还是穿短的宽松的好。

汪哲实在听不下去，端起盆去水房洗衣服。几件小衣服，能洗半天。非洗衣服，皆在观人。老家谓相人。四楼，全校女生聚集地。搭眼看，都差不离儿。可细细瞧，就瞧出异同来。同样是化妆，戏剧系、音乐系的女孩妆化得比文学系的女孩要浓艳，衣服呢，也颇夸张。文学系的女孩有时妆也懒得化，一个个脸如菜色，嘴上神神道道的，在楼上众佳丽之间，活像个烧火的灰姑娘。戏剧系和音乐系的女孩，细细瞧，时间长了，也能分出个八九不离十。比如，戏剧系的女孩说话腔调随时在变，腰呢，也扭得十分的妖娆。音乐系的女孩，一张口，你马上就知道她练过声，中气十足。且她挺胸也跟一般像展示自己有丰乳的女孩不同，她的胸不是往上翘，而沿四周扩伸。按她们的术语叫打开自己，才能发出独特的音质。整个身体呢，也不像舞蹈系女孩，靠着足尖往上攀升，音乐系女孩的精气神，是从肚脐眼部位开始，慢慢地往胸部、口腔开始。那么舞蹈系的小女孩，八九岁，青木瓜，滋味苦涩涩的，没啥看头吗？差矣。汪哲发现她们普遍下肢比上肢长，胳膊比身长，且经常不让吃肉。还有，她们走路，脚尖向外撇着。坐时，两脚跟相对。高高发髻，虽跟

小小年纪不相称，却也别有风致媚态，这种媚态，因为小，更惹人怜爱。

人看久了，她就一个人到校园赏景。

校园不小，前有银杏林组成的可跑大车的草坪，中间教工楼环绕着莲湖，边有石舫雕像。银杏扇形的叶子现在越来越少，露出光光的树枝。草坪上，落叶纷纷。

湖边七八座大师雕像，摸在手里，也冷冰冰的。站在阴处的大师写的诗歌，汪哲在小学课本就读过，现在大师微笑着，头上还顶着一缕雪，口袋上的钢笔看不见了。还有一个大师双手捧着的火炬，不知让谁把火焰砸断了，留着空空的一个黑铁管。那个爱花的女音乐家的面前，手里拿的五线谱也看不清了，好像捧着一张白纸。

湖面上已然结了层薄冰，远远看去，好似一片银光中的海，蓝莹莹的，让她心情大好。她想起了提香的红，莫奈的蓝。看来大师们用色，莫不是从自然中吸取灵感。正想着，忽听不远处有人啜泣，蹑步上前，只见一个女子坐在湖边的石椅上，低着头，一头黑发罩在面部。她一手抱着小腿，另只手压着膝盖，好像受了伤。

同学你怎么了？

眼前的头发散开，原来是戏剧系的刘虹。一双耳朵冻得通红，却没戴羽绒服帽，也不擦眼角的泪。不知是心理作用，还是真的，汪哲感觉那眼角的泪滴好像结了冰，亮灿灿的，在冬天的夜晚，甚是瘆骨。

怎么啦？

刘虹也不看汪哲，继续保持原来的动作，鼻子一吸一抽地沉默着。结冰的湖面上几片荷秆东倒西歪着，杂乱的样子有些像五线谱。

汪哲坐到她跟前，跟她一样，面向湖面，一语不发。

我现在心里苦，你能听听我的故事吗？几次相识，我感觉你值得信赖。

汪哲点点头，认真地看着她。

刘虹望了望四周，看没人，用女低音给她讲起了她的故事：

我认识我老公已六年了。你不要用那样的眼光瞧我。虽然他现在是别人的老公，可在我心里一直把他当自家老公看待的。那时，他是我们那个西北省级市的副市长，我是市话剧团的台柱子。在一次宴会上，我喜欢上了他。他从不主动跟女演员说话，我给他敬酒

时，手无意中与他碰了一下，他立即脸红了。我留心一瞧，他耳轮特大。听人说，耳轮大的人有福气，这么年轻就是一个城市的父母官了。说话不多，句句切中要害。喝酒也实在，无论是谁敬，"咣当"一声，就是底朝天。

分别后，我老想见他。不久，我们话剧团到老区慰问演出，我和他同座。他拘谨地往里靠了靠，全身都抵到窗玻璃上了。我笑着说：李市长，警惕性很高嘛！他朝我点点头，还是正襟危坐。停了半天，他才开口问："除了演戏，你还喜欢干什么？"

我说我最爱唱秦腔。他满脸春色，笑着说："跟我一样，我也喜欢听秦腔。那调美，词质朴，就像老家的山泉在流，哗哗哗的，人听着可带劲了。"说着，他眼睛亮了。我发现他的眼睛细长有神，虽然四十多岁了，但瞳孔清澈，好像都把我这个人照进去了。他说戏剧就是一个地方史，要了解当地的风土民情，就要多听当地的戏剧。比如北方人说话嗓门大，住的大都在高原，所以民歌就像他们的沟沟壑壑，一唱三叠。你听着北方的歌眼前就显出高粱、大山、秦腔。而南方人性子绵，民歌就像河水一样绵软不绝。让你听着这些歌就想到了大米、丝绸、评弹，还有那九曲十八道弯。

一个领导谈艺术谈到这个份上，让我心里吃了一惊。那天晚上，我就多唱了几首北方民歌给他听，他的那个专注呀，让我真感觉遇到了知音。

几次接触后，我心里老是控制不住地想了解他。我知道他有一个漂亮的十四岁的女儿，一个贤惠而风韵犹存的妻子。心里酸酸的，想把心中燃起的火苗慢慢地用时间浇灭。可是一个机会，却使我再也下不来了。

省里举办话剧会演，市里选中我参赛。去省里参赛时，又是他带队。比赛完当场公布结果，我得了金奖，心里特高兴，就提议大家一起逛逛省城的夜景。同去的两个同事因家就在本地，半路回家了。就剩下我们两个人。我说要不咱去跳舞去。他红着脸说："不会。"

我说我教你呀！我们进了一家舞厅，六年了，我现在还记得那舞厅的名字，叫伊甸园。他一看名字，说，算了，咱不进去了。说着，脸红了，手也没处放了。我说，这园里又没蛇，你怕什么。说

着，双手推着他进去了，里面人不多。我教他，他的乐感准，一会儿就能跟上曲子了。他开始有点拘束，后来在音乐中，自如多了。跳舞时，还摇头晃脑的，一副很陶醉的样子。

出来后我们沿着湖边散了一会儿步。他说回去吧。我说再待会儿，这么早回去，太辜负良辰美景了。湖边公园里坐满了男男女女，他们在树叶和黑夜的掩护下做着各种亲热的举动，使我的心莫名地骚动起来。我们找了个石椅坐下来。他很紧张，我亦无措。虽然我过去谈过恋爱，但都是初级阶段。他说："要不，你在这儿，给我唱段秦腔吧！"

我选的是秦腔《游西湖》中的一段：红梅花下永难忘，西湖船边诉衷肠。一身虽死心向往，此情不泯坚如钢。

唱完，他说唱得真好，我小时，最喜欢看秦腔戏了，过年，哪村有戏，我必定跑去看，什么《十五贯》《白蛇传》《三滴血》，好多都会唱呢。你唱的这个戏我就很喜欢，李慧娘好可怜，死了变成鬼还要救裴相公。

《鬼怨·杀生》是名段。

你唱得更催人泪下。夜深了，他说，咱们走吧。过马路时车多，我害怕地一把拉住了他的胳膊。过了马路，他想松开，我挽得紧紧的。我的胸不时碰在他身上，好温暖。他把我送到房间门口，就在他转身的一刹那间，我控制不住亲了一下他的脸。留着呆呆的他傻不愣登地站着，我跑回了房间。

刘虹说到这儿，"扑哧"笑了，说，我都不好意思给你说了，你冷吧，要不咱走。汪哲摇摇头，后来呢？

晚上我睡不着，我发觉爱上了他，就情不自禁地给他房间打电话："我害怕。房间有老鼠。"他半天没说话，停了好久说："真是个孩子，连老鼠都怕。"我说，你快过来，不止一个，很大，很吓人，还是白色的。就在我枕头边。

他四处看了半天，说，没有呀。我从身后搂住了他的腰。他说："别闹，别，快放开。"我不松，他只好任我搂着。他最后说："不要这样，你还小。我有老婆孩子。"

"我不在乎，我只爱你。"

"胡闹，快让我走。"我死死地抱住他，一双眼睛含泪地盯着他。

我以为我得到他就行了，可是我想错了。以后，我每天都在想他，什么都没心思干。回到市里，他没有主动找过我，就像什么事也没发生。我老想给他打电话，根本就控制不住自己。

有一天，对，那是春天，四周都是花香。我接到了他的电话，他请我晚上到一个偏僻的小公园去约会。我高高兴兴地去了。他一见我，就紧紧地抱住了我，说他也离不开我了。

从此，我们相爱了。偷偷摸摸好了两年。随着年龄的增大，我也希望有个家。可接触了好几个，眼前老晃着的是他的影子。

我让他跟我结婚，他说，妻子各方面都挺好，又没有做对不住他的事，没法提出离婚。

这时候我哥哥嫂嫂催我处朋友简直像疯了。我没了父母，一直跟哥哥生活。为了更快地提高自己的专业水平，也为了忘掉他，我上了学。可是我还是忘不了。他每次利用开会时间来看我，我就租间房子等他。我给他准备了内衣、洗漱用品。在他来之前，我都把房间擦得干干净净，地毯用毛刷刷得一尘不染。那几天，可以说是我最忙的几天，他来了，我知道他当惯了领导，什么活都不让干，为他做饭洗衣，心甘情愿。

在我再三催促下，他曾跟妻子谈到离婚。妻子说："等孩子考上大学后吧。"

小孩上大学了，我让他离婚。他说妻子暗地里在整理着他的黑材料，想一旦他与她撕破脸皮，就揭发。领导都怕男女关系。

他家在乡下，父母一听说儿子要离婚，跪在他眼前不起来。他们觉得离婚就是辱没门风，是丢人现眼。他父母还说他们的儿媳尊老爱幼，经常在儿子都没想到的情况下给家里寄钱寄东西。我说我也能做到。可是他们见都不见我，还说如果我再缠着他儿子，他们就要到我的单位告我，把我的名声搞坏。

他只好这么忍着，我只有等。等到他退休。

刘虹说着，又啜泣起来。汪哲看到几个美术系的女孩背着画夹过来了，揽住她的肩，说，别哭了，有人来了。

刘虹站了起来，两人走到僻静处，刘虹说，汪哲，最近他要调回来

了，听说要当局长，到时，咱们一起去，你就说是我表妹，证实他跟妻子到底还有没有希望离，好不好？

让我想想。汪哲说，快吃晚饭了，走吧。

你看我把自己的秘密都跟你讲了，你也给我讲讲你的男朋友。他干啥工作的？他哪方面吸引你？

编辑。他脾气温和，话不多，但说起来我特爱听，听一天都不烦。还有，汪哲羞涩地说，他吃鱼最爱吃碎的，成块的都放到我碗里，说碎鱼我吃不干净。

刘虹拍着她的肩膀说，这人疼你，值得爱。

泪，雨，风

下午，汪哲正在阅览室看书，突然发现自己的中篇小说《只为你如花美眷》发表在了宋主编供职的文学刊物上。从头到尾看了好几遍，正要把杂志放回原架，忽然发现旁边的书架上放着《明星天地》杂志，封面上登的是正跳舞的李安安。是因为上了杂志，李安安漂亮得跟新星一样，还是因为李安安的美自己没发现？汪哲狐疑地翻开杂志。题为"舞者李安安"的专访是江天写的。专访说近日一位名导邀请李安安演一部电影的女配角。怪道现在很难看到李安安，真是一夜成名！

正当汪哲在为李安安成功感叹的时候，她发现有人站在她的面前，她抬起头来，千光正冷冷地看着她，一句话也不说。

她礼貌地问："你有事吗？"

汪哲的话还没说完，对方忽然不知从哪端出一杯凉水泼到了她脸上，那水一下子把汪哲浇得半天说不出话来。水虽然没有伤及她的皮肤，却从头灌进了胸前，也引来了其他看热闹的同学。她被这突如其来发生的事弄懵了，好半天才醒过神来，说："你……这是干什么？"

"干什么，问你呢？你勾引我男朋友了。"

"你男朋友？"

"就是江天。"

"你跟他订婚了吗？"她脱口而出，马上就后悔。她没想到在大庭

广众之下，出这种事，很是丢脸。越气越说不出话来，但理智告诉她，不能因小失大，便要站起来拉千光，想到室外说话。

千光甩开她，好像故意让阅览室里所有的人都听到，高声喊道："你还狡辩，白纸黑字写着呢。对你这样的人真是该给你脸上泼硫酸，好在我还怕坐牢。但是你要记住，下次再让我知道你勾引我的男朋友，泼在你脸上的就不是一杯凉水了。还有，你不要以为你在大刊发表了小说，就得意扬扬，你跟那个主编什么关系，我相信，你比我清楚。"她说完，把一本杂志扔在了汪哲脸上，得意而去。

原来那是她写的一篇爱情小说《我敢跟他走天涯吗》，发表在某青年刊物上。

阅览室不少同学窃窃私语，原来是这样呀！真看不出来，她看着蛮清纯的。

汪哲拾起杂志，才觉浑身冰凉。

她没有像一般的女孩那样受到委屈就大呼小叫，没找江天，也没找班主任告状，她仍去上课。她把所有的眼泪都积聚到心里，暗暗告诫自己若干大事，就必须忍着。从此，她在宿舍，跟千光形同路人。

晚上，楼下传达室的大妈在喇叭里大声喊：汪哲，下面有人找。

江天正站在传达室门口，一见她一下来，马上迎上来说："咱们出去谈。"

汪哲想转身回去，被对方拽到了门外。

"对不起，我才知道千光的胡闹。我已经骂过她了。这事我确实不知道，让你难堪了。千光喜欢我，可我不喜欢她，她把你当成了假想敌。"

"你走吧！我不想说什么。"

"我必须要说清楚，这事我确实不知道。请你一定原谅。她这样的做法非常让人难以忍受。现在事情已经发生了，咱们只有认真对待。因为她爸爸是要员，我不想在毕业时，有人捣乱。"

"我一没告老师，二没打她。一切的委屈我都受了，你还要我怎样？再说你们之间的事我根本就没有心情去管，我无意于你们的任何事，这些与我无关。我跟你只是同学，吃过几次饭，没有什么见不得人的事。"汪哲说完，三步并作两步跑回了宿舍。

张韵依的丈夫来了，看到汪哲，热情地邀请她去听音乐会。看到他

们小夫妻的亲热举动，深深刺激了汪哲那颗敏感的心，我为什么不能和他们一样享受爱情呢？如果我愿意，我一个电话刘琦就会跟我去听音乐会。我并不比她们差，为什么只能找一个对我不冷不热的人，更何况他还离过婚？可是爱情的力量是无穷的，汪哲无法说服自己，她感到胸中的烈火熊熊燃烧起来，等张韵依他们出去，就伏在桌前给张家伦写起了信：

家伦：

此刻，我特想你。

我下午被一个人侮辱了，她当着那么多人的面，给我脸上泼了水。这情景让我一辈子都忘不了，可是我竟然能忍受下来，因为我问心无愧，因为我没有勾引她的男朋友，我的心里只有你，只有亲亲的你。闭上眼睛全是你的身影。

要是你在我身边多好呀，就不会有人这样欺负我了，也就不会有这样的相思之苦了。你最近写啥了？你们的杂志我没看到，图书馆里面没有，现在的文学市场不景气，好在，你们不走市场，有军费补贴。

上次我给你说的那个戏剧系的好朋友刘虹，就是爱上有妇之夫的那个女孩来找我了，我真想不理她，可看着她那可怜的样子，又心软了。我们逛了一会儿街。刘虹竟然买了安眠药，她说她老睡不着，必须吃药。看她满脸憔悴，我却无能为力，好不伤怀。看来每个人都有苦恼，不说也罢。

我现在只是看书。我的生活中，除了你，就是书了。

想你的哲

12 月 25 日

汪哲把信装进信封后，想想又打开，慢慢撕了。我为什么要给他说这些不痛快的事，说了他心里能好受吗？俗话不是说千里报喜不报忧吗？再说他万一误解了，更说不清了。汪哲看着纸屑全部冲进公厕的马桶后，回到宿舍，又重新给张家伦写起了信：

家伦：

我今天到收发室去过三次了，你为什么还不来信？十一回去，

我们不是挺好的么……这样看起来，你真的并不爱我。不，不是真的不真的的问题，是根本就没有。如果是这样，我确实没必要再给你写信了。咱们就到此为止了，我不想再等待一棵根本就开不了花的树。再见吧。

汪　哲

12 月 25 日

第二天早上，她拿着信先到收发室，问有没有自己的信，林大爷告诉她没有后，她三步并作两步来到邮局，她害怕自己中途变卦。到了邮箱跟前，把那封薄薄的信拿了出来，在邮筒前站了半天，当信快要落进邮筒的时候，她后悔了，急忙去抓，可信已落进了邮筒。

还没走到学校门口，她就懊悔不已，这信张家伦收到了，会不会生气？会不会永远不理她了？

她跑回邮局，看邮箱上写着：上午十点开箱。离现在还有一个小时，等一等，把信取回来。她到附近的书店转了转，快十点了，她立即往邮局走。

在邮箱前等了半天，也没见到取信的邮递员。她跑进邮局，一问才知道邮差早就把信取走了。

怎么办？汪哲边往回走边想，只有再写信解释了。可是我为什么要解释？他为什么不给我写信？

下午是名曲欣赏课，汪哲满腹心事强打起精神去上课。

今天请的老师是一位全国著名的音乐教授，他讲的是小提琴协奏曲《梁祝》。

随着大、小提琴如泣如诉地演奏，老师解释着剧情的发展变化：梁祝相识，嬉玩，情同手足，然后分离，悔婚，到化蝶。老师讲得细致，汪哲听得心碎。她恍惚觉得自己就是祝英台，而那个书呆子梁山伯就是张家伦，她再一次想到了那封发出去的信。于是她情不自禁地随着音乐趴在桌上给张家伦写起信来：

家伦：

对不起，信已发出，我就后悔了。我不能遇到一点问题就放弃真爱，这是懦夫行为。无论你爱不爱我，我反正这一生爱定你了。

我知道你也是爱我的，只是怕连累我，真正的爱就是应该为对方着想。正因为你身上有许多美好的品质，更让我爱上了你。没有你，我就当不了兵；没有你，我也上不了学。我非报恩，是爱。

还记得你给我讲的关于音乐的那番话吗？那是我艺术之旅的零公里。

那是汪哲到张家伦家的一周后。

汪哲看张家伦坐在沙发上沉思，满脸忧伤，想着他一定遇到了难题，又不知怎么安慰他，边拖着地，不时打量着张家伦，以商量的口气说："大哥，我想给宝宝制定个培养计划，你看行不行？"

张家伦拍拍沙发，说："好呀，说说你的意见。来，坐下，细细讲。"

汪哲拖完地，又端起洗衣盆蹲在他对面，边洗边说："今天我听邻居一个阿姨说她家的孩子到现在还说话结巴，是因为保姆小时候没有跟小孩讲话，只知道看电视。"

汪哲停顿了一下，看张家伦亲切地望着她，就鼓足勇气继续说："我想让宝宝听音乐，长大后会更聪明。"

"好！我这就给买音乐带子，买名曲。好在，我对音乐还略懂一些。"

晚上下班，张家伦提了足足有五十盘的带子，中外古今，各种乐曲一应俱全。什么小提琴、风琴、萨克斯、钢琴、古筝、二胡等，让汪哲大开眼界。

当张家伦每天拖着疲惫的身子走进家门时，就能听到家里传出的音乐。这天，放的是二胡独奏曲《春江花月夜》，汪哲正坐在地毯上跟宝宝下跳棋。不善言辞的张家伦突然滔滔不绝："古人云：'礼者乐音，贤者乐惠，达者乐施'。在智慧良耳的倾听中，音乐是人世间最美的口技师，是优秀导演导出最美的作品，它的道具是琴、号、笛、铙、鼓，这些普通的东西在简谱中那七个发音古怪的阿拉伯数字里呼风唤雨，比齐天大圣还能变出各种魔法。让你能看见情人窃窃私语惊落的白杨树上的老叶，能模拟万种声音，幻成天、地、风、雨、电、水、火；它还是一个用色极好的画家，那嫩得发绿的水，那水红天蓝金黄米蓝绿紫浅粉大红灿红耀黄的云彩，尽由你想象；音乐还是一个传神的造型师，让你难忘林黛玉那含着愁怨的双眼，想象害得耕者忘其耕锄者忘其锄的绝色女子罗敷……使你的审美心理得到极大的满足。"

汪哲听得一时忘记了手中的棋子，说，太好了，大哥，你讲得太好了。

宝宝说，阿姨，该你了。

她挪动了自己的绿色跳棋，说，大哥，你继续，我听着呢。

张家伦接着说："我听《乡间果园》时，就想象那陌生的欧洲中部的内陆国家肯定很干燥，农人们求神叩拜天求雨，一次次从很远的溪流中把木桶放进水里舀水浇干旱的果树。我还想匈牙利以盛产葡萄酒而扬名天下，那么这果园肯定就是葡萄园了。成串的葡萄丰收了，农人们在果园里跳起了快乐的舞蹈，小孩的嘴巴让葡萄塞得鼓鼓的……好的音乐，能使人忘掉一切烦恼和忧伤，心似双翼，托你在自然的光华中，与蓝天共舞。它弥补了电影演员有限的表演，弥补了绘画的沉默，雕塑的凝固，使世界上的人们能直接地进行语言和心灵的交流。汪哲，你听得多了，一定会有敏锐的艺术感受力。我感到你有天赋，宝宝听音乐，你更应该听音乐，一个女孩子，搞艺术能真正让她拥有最美的气质。那是女子的态，任何金银都替代不了的。"

音乐、绘画、葡萄酒、雕塑、舞蹈、艺术、气质，汪哲轻轻地念叨着这些陌生却让她神往的美好的语词。这些词在书里虽然出现过，但在汪哲看来，它们离她是那么遥远，那么不可企及，她在高考落榜的那一天起，就决然地放弃了拥有这些词的奢望，她的脑子里开始准备装上土地、种子、缝补、生儿育女、喂鸡养猪，这些农村女孩日常的词汇。

当学校的大铁门在她身后砰然关上时，她绝望地看到了自己的未来。

欣赏她的中学语文老师的一封介绍信，使她走进了他的大学好友、军官编辑张家伦的家。城市这个美丽的精灵一下子让她的梦重新拥有了赖以滋生的土壤，张家伦这次纯粹的抒情让她感到了雨水落进土壤的酣畅。

当这些陌生而美好的语词驻进她心坎时，她忽感面前这个在妻子眼里毫无魅力的孤独男人，充满了魅力。当一个城里的军官跟她平等地谈这些美好的事情时，她怎能不欣喜若狂？不像在家里，舅舅、舅妈压根就没把她当人看。还是解放军好。每天当她看见张家伦穿着一身军装回家时，心里就格外地舒畅……

想到这里，汪哲擦了擦鼻子，接着写道：

　　京都虽好，但没有你，对我来说，就没有了任何意义。记着我的爱，在任何时候，我都要与你相伴终生。

　　你想不想我？多少个夜晚里，我都梦到了你，醒来，才发现南柯一梦。宝宝好吗？我真想他，我越来越感到他已是我身体里的一部分了，我离不开你们。我的同学说我的爱情只是一种个体的恋爱，换言之，是一种幻想中的爱。家伦，你这样认为吗？我从来不这样认为。真的，我们的爱是我的初恋，在踏进你家门当保姆的那一刻，在闻见你军装上的汗味却没人洗时，在无数个日夜同桌吃饭时，就悄悄地产生了，那不是我有限的文字能说得清的。我在你家待了一年，那是我最美好的日子。一年里，你一次次的发乎情止乎礼的细节，让我至今想起来心里就像掀起了一股热浪。夜深人静的时候，辗转不已，难道真的是我多情，误解了你的情意？你仅仅把我当作你的小妹妹？可是我们在一起的时候，你的眼神，你对我超出寻常的关怀，我怎么能解释得清？记得有次，你不让我动凉水，我问你怎么知道这是我的特殊期，你满脸通红，我都听到了你的心跳。有时候你看我的眼神让我害怕。还有一次，你睡着，忽然从屋里跑出来，喊我："汪哲，你没事吧？"我跑出来说："你咋了？"你忽然握住我的手说："我梦见你结婚了。"

　　那是我从干部预提队回来的第二天。你还说："你真的长得越来越漂亮了。"难道这也是兄妹之爱？既是兄妹之爱，又为何怕我结婚？

　　还有我到京都来的前一天，你送我的东西，送一打内衣是哥哥给妹妹的礼物吗？你以为我不知道，在我每月的那个特殊的时期，你都主动洗衣做饭。有次，我从外面回来，因为口渴，就在水龙头上喝了几口凉水。这个习惯在我老家很平常，大冬天的，水缸里的冰结一尺厚，我砸破冰，舀一马勺水咕咚咕咚地喝，一点都没事。可是这么一件平常的事，却惹你生气了。你一把抢过杯子，朝我发火："你疯了，凉水能喝吗？"那是你第一次对我大喊大叫，我当时委屈极了，因为你把我的手都抓疼了。你看着你无意中划在我手背上的指甲痕迹，再三解释："对不起，我真怕你坏了身体。"你说这也是哥哥应该做的事吗？还有那次，我故意气你，跟我当兵时的战

友刘琦看了场电影，你一直等着我回来，烟灰缸放满了烟蒂。你说难道这些都是我的错觉？

昨天早上梳头，我发现头上长了一根白发，眼泪就没来由地流了出来。难道我如花的岁月都在这等待中度过吗？

家伦，要爱，就大胆地去爱吧。人生，指日可待，莫等白了少年头。

刚才我再次听了小提琴协奏曲《梁祝》，就想起了你买的那些音乐碟片。为什么化蝶的故事能让人这么传唱，就是因为那份真情。我写了一首诗：请你这个大作家、大编辑提提意见：

爱　情

当一个美如黄金的少女
在大喜的日子
扑向另一个男人坟墓的那一刻
我被经典的爱情席卷一生
我喜欢上一只平凡的昆虫
在这之前，我一直把它的鸣唱叫作噪音

少女，请给我信念
给我照亮一切黑暗的火把
那些在寒冷岁月中凝固的鲜血
那些能穿透冷酷的热的花朵
开在我们必经的路边

爱情，我们一生的守望
为了这种光芒日夜奔忙
这是少女体内的阳光
是绝望中的希望

少女，请给我激情的诗句
倾倒财富
我知道化蝶的故事能上演地老天荒

使无数的人在她的翅振中感受到神的力量

少女，我一生都不会忘记你的名字
念出你的名字
我泪涌如泉
浙江上虞女子祝英台
在大喜的日子
一袭白袍扑向了爱的天堂
这幕情景
让我想了二十多年还必将记住终生

吻你的哲
12 月 25 日

汪哲刚写完信，听到音乐没了，老师叫她，好像让她回答问题，于是她顺口说："信。"同学们哄堂大笑。老师双眼睁得如铜铃："我问你小提琴代表什么，以后上课注意听讲。"

这是她第一次在上课时分神。

下课后，她跑到邮局把信发了，才感到肚子饿了，在邮局对面一家小店吃了一碗酸辣粉，真香。

疼痛从眼睛开始

古城 J 市，风雪交加，雪花落在人脸上，刺骨生疼。张家伦下班了，他的口袋里塞着一封信，他不认识写信的人，所以没有急着打开，他先得去幼儿园接儿子，然后做饭，还要陪孩子做游戏。

孩子睡了，他坐在沙发上看起了这封来自他女朋友所在学校的信：

张家伦先生：

你好，我是京华艺术学院文学系的学生，叫千光。我们并不相识，可是我想了好久，还是给你写了这封信。因为我整天被痛苦折磨得快成神经病了。

你爱过吗？如果你真爱过，那么你一定会理解一个被爱所折磨

的人的心，更何况她还是一个女孩子，你就能想象她所受到的打击是多么惨重。

这个开场白可能让你不耐烦了，但是我必须这样写，因为这已是我改了六次的开头了，每一次我都希望自己不要以一个可怜人的面目出现在一个陌生的男人面前，因为熟悉的人都知道，本小姐很傲慢的。可是极度的痛苦让我不能不说出来，真的，请相信我说的是真话。

现在，言归正题，我要说说你的女朋友，汪哲。我不知道你了解她有多深，但是我知道她是很在意你的，她经常到公用电话去给你打电话，有时在梦里还叫一个孩子的名字，我后来知道那是你的孩子。这样看来她对你还是一片深情。

她对你可能是真心，但经不住诱惑，常跟我的男朋友在一起，害得我整天失眠。

我男朋友长得帅，有才气，他写的诗让人读了半天都走不出那份意境。我们关系很好，准备一毕业就结婚，可最近他对我忽冷忽热。他这个人生性活泼，招女孩子喜欢。谁不喜欢有才气又长得帅的男孩子呢？在他周围确实有不少美丽的女孩子，但是他都不认真，但他对我动情了，这时候汪哲却插进来了，插得毫不羞耻。

他们前不久双双去云南了，她没告诉你吧。回来以后我男朋友就对我不像以前那么好了。

我想求你劝劝汪哲，或者早些跟她结婚，夜长梦多呀，大哥。我爸都为他找到了接受单位，都因为汪哲，他迟迟不答应我。请帮帮我好吗？

你不要误会，我没说汪哲不好，否则我男朋友也不会和她好，汪哲是一个非常聪明而且感情丰富的人。正因此，我怕她，怕她真动了感情，我就再也得不到我的男朋友了。如果她是个视感情为游戏的人，我倒不害怕，因为最终她烦了，会还我男朋友的，可是她对什么事都太较真。所以我希望你理解我的心情，不要怪她，好好待她，跟她结婚。如果我们不是情敌，或许能成为好朋友的。

说实话，我本来想说她的坏话的，我被极度的嫉妒之火烧得坐立不安，可我还是真实地说出了她的为人。人年轻犯点错误难免的，

我就是抱着这样的态度决定原谅我的男朋友,我相信张先生是男人,胸怀比我更开阔。当然,我原谅的前提是,他们现在最多是精神上的恋爱,这个我可以保证。因为汪哲胆子很小又顾忌声誉,她做事不会不顾忌后果的。顺便说声他们是开笔会的。

随信寄去汪哲去云南的机票,我是从垃圾堆里拣出来又粘好的。还寄去汪哲发表在《都市青年》上的一篇文章。

最后我要请求你一件事,如果你还有点同情心的话,请你不要告诉任何人我给你来过信。

一个被爱情折磨得奄奄一息的女人

1996 年 12 月 18 日

(附:汪哲发表在 1996 年 11 期《都市青年》中的文章):

我敢跟他走天涯吗

上大学报到的第一天,我是手里提着、肩上背着、腋里夹着乱七八糟的东西从大巴里连滚带爬出来的。前脚刚离地,行李包里的书就很着急地想进大学校园,哗啦啦一下倒了一地,我在校门口红着脸掩饰着窘态。

小姐,要帮忙吗?说着人已帮我拾起了书。是新生吧?哪个班的?我是一班的,叫东方侠。东方侠!琢磨着人名,再看这个身高足有 1.85 米的帅小伙,我忍不住笑了。

到吃晚饭,全系报到的新生还只有我们两人。食堂在哪?也没有饭票估摸饭是吃不上了。他说我请你搞腐败吧,你爱吃啥咱就吃啥。听听那口气好像他是大款。饭吃到一半,我听见一阵奇怪的声音。我是农村孩子,对城市对我从小钟爱的京都可以说所有的了解都来自有限的书本。他从腰间取出一个黑色的小方盒看了一下说有人呼我。我得回个电话。我目光四下寻找电话,当我无果回过头时,他已举起一个砖头厚的东西通上了话。我知道了,他拿的前者是呼机,后者是大哥大!

我说:你是大款?他笑着说连个小款也不是。我说你有呼机、大哥大,那你父母至少也是个暴发户吧!

我爹、妈全是面朝黄土背朝天的农民。他说,咱们都是头顶草屑的孩子。

那你一个学生就这样富有，如果是女孩我还能理解。

写稿子呀！我的文章可以说遍布全国报刊。

我没有看到。

我文学稿署名云中漫步，新闻稿署名则很俗，"天下通"。我大吃一惊。前者的名字我相信每一位爱诗的朋友都熟悉。他接着说他现实生活中的名字是东方侠，渴望仗剑天涯。他说他喜欢看金庸、古龙的《天龙八部》《绝代双骄》，喜欢令狐冲、胡斐、楚留香身上那种千年孕育的铁血气质和儒雅风采。

我和他一起商量写稿，帮他剪贴稿件，谈永远也游不到头的知识之海。在未名湖畔我们很浪漫地吟诗作词，商谈构思。谈到动情处，我便坐在石椅上往他的烟纸上记下锦言绣词。不管谁来了稿费，我们就在学校周围大大小小的饭馆留下足迹。以至到哪个饭馆老板见了都要打七折。有时候周末在宿舍涮锅子吃。他饮到酣处，击乐哼曲鼓腹吟诗就是不会作画。或哭或笑难以自拔。当然不一定每次都是我们两人。他见谁都热情相邀同去，不管我是否乐意。这样的次数多了，我才发现他请过许多女孩吃过饭，和不少女孩开过一个个足让所有爱他的女孩不能容忍的玩笑。他在学校见谁都会说做我的妹妹吧。他侠义得可以帮所有的女孩子排忧解难。

有一次一位女孩慕他大名从甘肃而来，晚上他领到我的宿舍，死皮赖脸地让她和我住一床。第二天又陪着几乎玩遍了大半个京城。感动的小姑娘死活不想上学了，要在京都边打工边做她的侠哥哥的陪读女朋友，他好话说了一大箩子，小姑娘说什么也不行。他来找我让我劝她回去好好读书。我不用一枪一炮，就把小姑娘送上了火车。他问我用的何招，我翻出他和许多女孩的合影说就是这。他停了半天，才说：你不是坏我的名声吗？我还没有女朋友呢！我说这照片难道是我伪造的不成？可那小姑娘毕竟还是一个孩子，万一她想不通轻生了或心理有了阴影我不就欠了她一生的情？那你赶紧去追她娶她做新娘。我讥讽道。

他那几天里一直跑信箱看有没有小姑娘给他来信，等到第十天他告诉我小姑娘来信了，总算安全回家了。我问他如何知道的，他拿出小姑娘给我的信，说他等不及给我就拆了。小姑娘咋一句问候我的话都没有呢？他反反复复地问。我不理他。他就说你不会说我已结婚了？一个善意的借口不也可以让她回去。那你咋不用善意的借口劝她？你看人家清末的女诗人秋瑾那为国为民的"乱世天教重侠游"的慷慨。他边抽烟边说。

秋瑾是为国为民行侠意，我为你寻花问柳做侠女？

你真没劲。

找有劲的去。我把他推出门，不管他说什么就是不再理他。

有段时间妹妹们坐满了他的宿舍，他在众花丛中，那骄傲的尾巴要不是有天花板阻挡，我敢说百分之百能翘到天上。他们在我的楼顶载歌载舞或如鬼哭或如狼嚎。这样的人让他在天上生活吧，咱尘间的人是无法和他和平共处的。我走上楼去，他笑着做了一个绅士动作：总算我用特殊的手段请君入瓮了。我黑着脸说以后我们井水不犯河水。他说行，那就举行一次最后的晚餐。我声明我做东，我可不愿人家说我是打土豪分田地的高手。

饭吃得无滋无味，我多么渴望他能明白我的暗恋，可是他仍在津津有味地吃，旁若无人地喝。大概是我自作多情，独奏相思曲吧。我也猛吃起来。有人说吃东西是消弭痛苦的灵丹妙药。我相信肯定是此人经验之谈。他喝了多少二锅头，我记不清了。反正回校时他在路上掉了两次大哥大。回到宿舍已是一片烂泥了。他只说口渴，但是不想喝水，只想让我坐在他跟前说说话。这时他忽然抓住我的手说："我爱你！毕业后咱们就结婚。"这声音虽然我盼了好多次，可从一个醉鬼嘴里说出，能信吗？我抽回了手。他说了很多，诸如我们的相识、他的思想、我对他的爱、你不愿意我明天就去找别人让你后悔一辈子等等一些杂乱的话。我一概不信，他叹了一声，又一次拉住我的手，热乎乎火烫烫的唇贴住了我的唇。我想推开，可他的手把我箍得好紧。而这时我竟有些喜欢他这样做了。我放松了自己紧张的心态。敢伴我到黎明吗？他这句话一下子把我从热浪中惊醒。挣脱了他，开门而去。不管他在房里如何叫。

回到宿舍我想起他想喝水，想起他空空的水瓶，对他又担心起来。万一他酒醒饿了吃啥？这样想时我提着热水瓶和两包方便面推开了他的门。我不想进去，怕发生一些可怕的事。我把水瓶放进门

里想关门，可是他的手从被窝里伸出拽住了门。我使出浑身的劲关上了门，只听见他"呀"地叫一声。我想转身，理智使我清醒，一鼓作气跑下楼，我怕稍一迟疑又改变了主意。

人常说酒后吐真言，也有人说醉话不可信。我多么渴望他是前者呀！第二天采访路上，我试探他昨天发生的事，他说早上醒来闻见一股酒味，想必喝多了。问我昨天晚上干啥了？看表情没有一丝撒谎之疑，我纵是铁肠也得寸断。原来他的确如楚留香处处留香，可我不是陆小凤到处求凰。

走在失望桥上的我拍遍了栏杆也无法从失意中挣脱。这时天上下起夏天特有的暴雨，来往的车辆多半身陷进了水里。世界一下子成了一片汪洋，好像人类只剩下了我，我没命地跑。结果迷路了。大道上全是无遮拦的水一片片朝我涌来，我哭了。这时我听见了呼机响。原来我还没有被人类抛弃。是他。他让我赶快给他回电话，说找我一下午了。我好不容易找到一个电话亭，告诉他我迷路了。他说你打车呀？我说没有车，我在郊区，过往的都是大卡车。再说我连打车的钱都没了。他说你站在那别动，告诉我你所在的地名，我马上来。

我在云雾缭绕的大雨中把电话亭当作了唯一的避难所，可是大雨还是把我全身浇透了。我哆哆嗦嗦盼望着东方侠来。我像一个无助的孩子。天越来越黑了，我怕坏人，我怕狼，我怕世上一切可怕的东西。

盼着、望着，当他骑着自行车出现时，我"哇"的一声哭着扑到他怀里。我们在大雨中拥抱了，然后亲吻了。汪洋淹到了我们的腰际，脸上如盆般浇着雨，谁也没有管。

我们只是在情感中不可自拔。

一生能伴我到黎明吗？他在狂吻中问我。

我眼前出现了他无数的妹妹，问："只要你不再有那么多的妹妹。"

可她们只是我的妹妹。只有你才是我的爱人。

大男人整天跟女孩混在一起有啥出息？

跟男人们在一起活着太累。男人的征途注定风雨兼程。

他说完吸了一口气又说那天晚上我已明确地告诉你了，我没有醉，我酒量要是那么少还敢称东方侠吗？他梦呓般地耳语着。掐着我手上的肉让我同意他的求爱。我说为什么是我？他说因为我们拥有共同的家园。我们来自乡间，有对那片土地的痴爱；我们来到校园，有着对知识的痴爱。我的一切都靠这两片家园撑着。这还不够吗？我的嘴咋也张不开，也许他给好多女孩说过这样的话。我是无法管住天下的女孩不做他的妹妹，可能管住自己不做他无数妹妹中的一个，可手却不由自主地握住了他的手。

第二天，我想了一天，答应了他的求爱。半年后大学毕业了，我们结婚了，我们没有办什么酒席，而是到梦想中的西双版纳去玩了一圈，在美丽的自然里，我们成了一对幸福的人。

随信寄来的还有一张汪哲跟江天的合影，两人都笑着，这笑让张家伦好几天没睡着。几天后，张家伦又收到汪哲接连两封信，信中汪哲说她和一个男同学到云南参加某杂志的笔会了。另外一封信则是："……这样看起来，你真的并不爱我。不，不是真的不真的的问题，是根本就没有。如果是这样，我确实没必要再给你写信了。咱们就到此为止了，我不想再等待一棵根本就开不了花的树。再见吧。"

张家伦把信放在书柜里，静静地坐了一会儿，他提起了笔，却不知该写些什么，只任笔在纸上画着，好半天，他定睛一看，全是"汪哲"两个字。他拿出给汪哲写的未发出的信，整整十封信。十封信如他沉甸甸的心，放不下，也提不起。医生的话再次在他的耳边响起：

"你的胃病别大意，还是到大医院复诊。"

他把信锁进抽斗，感到一股说不清的悲哀涌上心头。

这时，电话响了，是总医院的护师邓晓娜，她给他投过稿，他发后她请他吃过一次饭。她说："张编辑，我就在你军区，想来看看你。"

他无力地说来吧。

是谁在风中把我呼唤

下午，刘虹把汪哲叫到没人的地方，悄悄说已调回北京且提了职的

李局长约她吃饭。求汪哲跟她一起去，说她已给对方说汪哲是她的表妹。刘虹一路都给汪哲交代，说这次她的任务重大，一定要帮她考察一下这个人。汪哲的意见，重要程度可以类同父母。

李局长伸出两个手指头让汪哲握时，汪哲对他就没有好印象。个子低不少，胖得肚子上好像反扣着一个锅盖。心中感叹，看来情人的眼力的确常人难以理解。

饭毕，按照计划，刘虹借口晚上排练，先一步回校，汪哲以一个作家的敏感，从细枝末节继续考察对面之人。

在昏暗的灯光里，李局长以一副爱惜人才的家乡父母官的口吻，对刘虹做了总体评价，诸如形象好，业务拔尖。同样，也堂而皇之地撇清了他跟刘虹的不伦之恋。

汪哲心生嫌恶，说，李局长，刘虹把你们的事都告诉我了，你们单独去过杭州吧，在楼外楼……我还要详说吗？李局长不愧久经沙场，他语气相当镇静，说，小汪同学，你喝茶。说着，给汪哲杯子里添了茶，还把一盘樱桃推到汪哲跟前说，这是从国外带回的车厘子，对不起，我去一下洗手间。

他会不会溜了？二十四岁的女军人汪哲感觉自己处事太没经验了，焦急的目光一直没挪开卫生间方向，她生怕自己不注意间，李局长偷偷离去。

事实是李局长非但没有走，回来还说了一番动情之语："刘虹是个好姑娘，现在我刚来，根基还没扎稳。我是放牛娃出身，干到这一步不容易，非常珍惜与刘虹之间的感情，但压力很大，年迈的父母不同意，妻子也威胁要整我的黑材料。现在我是四面楚歌，刘虹却不理解，老是步步相逼。"

"那你准备怎么办？"汪哲问。

"目前我离不了婚，也不能跟刘虹分手，她易走极端，给我时间吧。"

"你现在必须明确态度。"

他没有说话，看了看表，对汪哲说："对不起，我还有事。我让司机送你回去，你劝劝她，不要着急，鱼死网破，大家连朋友都做不成了。我只要好着，她啥都有。"他站了起来，再次把他那双保养不错的手伸到了汪哲的面前，汪哲没有接受他的赏赐，背起包，说：

"李局长，我希望你尽快明确态度，不要让她还抱幻想，长痛不如短痛。"

汪哲回校后，到宿舍没找到刘虹，又到排练厅，看她老出错，指导老师不停地说，停下，重新再来。你不能把一个热恋中的少女演得像失恋了。

一直等到结束。两人来到湖边，汪哲说了详情，劝刘虹放弃。刘虹摇着头说："看来他不信任你，没给你说实话。"

"你别蒙在鼓里了，这样的男人不可靠。"

刘虹摇摇头道："他是迫不得已，我可以等到他退休。"

"你要等到他退休？可他现在才四十九岁，看他的发展趋势，当个部级干部怕没问题。等他退了，也六十多了，那时候他还能有心情再离婚？再说，即使离了，你才刚到中年。面对的是年老多病的身体，是与你格格不入的生活方式。说句笑话，那时，他恐怕连做男人的能力也丧失了。你还嫁他吗？我是你朋友，说的是真心话，现在你二十七岁了，找个好男人，不要再等这个不值当的人了。女人一过三十，基本就是明日黄花了。"

你不也在等吗？感情如果说放弃就能放弃，那还是真爱吗？刘虹一句话把汪哲想再说的话全堵住了。

寒假渐近，刘琦第三次请汪哲跟他去看电影，是给张家伦的信没有消息后她赌气去的。那场电影听说荣获了四项奥斯卡金像奖项。可到现在她还不知道电影名字。因为影片是英文版。刘琦想去退票，她制止了。她把这认为是上帝对自己背叛张家伦的惩罚。要不平常她那么细心的人就不会看不到那海报上大大的"英文版"。看完电影出来，才知道就是自己最向往的《罗马假日》。刘琦说女主人公多么清纯、漂亮，全片只换过两次衣服。我咋就没有发现呢？倒是有一个镜头她印象最深刻。那就是男主人公下班后看到女主人公睡在自己床上的细节。它使她想起了离婚后的张家伦死活不让她再睡沙发，非让她和他换床。他的理由是一个女孩子长期睡沙发对身体不好。在他的再三要求下，她和孩子搬进了卧室里的大床上，而他住进了宝宝的小房间。

刚开始她住着害怕。她怕张家伦忽然有一天闯进来，就悄悄插上门。后来她发现这纯粹是对张家伦人品的亵渎，就不再插了。

在这些勾起她无数对张家伦的思念中，她又给他写起了信。到今天的第八封。她想"八"是好多事物达到一种从量变到质变的极限。要不，八年抗战不就取得了决定性的胜利？小时候看过的一部电影就叫"第八个是铜像"。而且"八"是自己的幸运数字。"八"与军人密切相连。然而这第八封信并未给她带来好运。

订票那天，她一直等到下午四点邮差来后，才订了一张去江苏如皋的火车票。她要去看董小宛跟冒辟疆生活过的地方。江天一听说汪哲要去他的家乡，说一定要到我家去，很近的，就二十公里。那天学校组织全体师生看音乐系的新年音乐会。江天把她拉到自己旁边的位置上，一想起张家伦的无情，她破例允许江天摸了她手长达五分钟。他的手比张家伦的手更有力。这样的转变当然使得一向遭她冷眼的江天高兴得好像太阳当空照，花儿对他笑。还想再进一步，在回去的路上，趁着夜幕又想拉手，说："克里凯郭尔说：有这样一个古老的传说，一条河流爱上了一位少女。我的心灵就像这条河流般爱上了你。"

她借口有事，挣脱了他的手，跑到收发室，还是没有她的信。

第二天一早，就要放假离校了，她突想刘虹不知怎么样了，便去宿舍看她。戏剧系女生宿舍门口，堆了一堆垃圾，难道人都走了？

敲门，没反应，门底也黑黑的。正要走，门开了，刘虹披着大衣，披头散发地开了门。屋子很暗，汪哲腿撞在了椅子上，她要开大灯，刘虹摆了摆手，说灯太亮，刺眼。汪哲打量了一下全屋，戏剧系的女生除了跟文学系女孩穿着打扮不一样，连屋子布置都不一样，除了床和柜子是统一配的，戏剧系女生屋里只有一张书桌，每个人床前却有个独立的小柜子，占了全屋很大面积的是一面大镜子和一排挂在衣架上的时兴衣服。台灯也不一样。文学系女生的台灯都放在书桌上，白惨惨的，而戏剧系女生的台灯好像就是个装饰，光暧昧不说，还小巧别致，都夹在床头。刘虹夹在床头的台灯，此时发着一团暗淡的光，不时照在刘虹被头发乱掩的脸上，忽明忽暗，让汪哲有惊悚之感。

她不习惯这屋里的黑暗，又打开了旁边床上的台灯。好像多了光亮，她的心里就踏实了些。

汪哲坐在刘虹的对面床上。这是她第一次看到刘虹没有化妆的脸，皮肤粗糙，眼角也充满了细密的皱纹。跟平时看到的她判若两人。这话

当然不能说。便问她怎么了？是不是病了？刘虹有气无力地说："帮我烧壶水。"

"你发烧了？"

刘虹摇摇头："我刚做了流产手术，怕同学知道，等她们走了，才去的医院。"

"他知道吗？"

"我没告诉他。"

"啥时候的事？是不是我跟你谈话以后？"

刘虹把被子往身上拉了拉，闭着眼说，问这有啥意义？

"如果是那时，证明你真的鬼迷心窍了。"汪哲说着，拿起水壶要倒水，发现水瓶是空的。

用电炉给我煮包方便面吧。

方便面能有营养？汪哲下楼让张大妈做了碗鸡蛋面，又买了几包方便面，给大妈叮嘱刘虹病了，宿舍没人，让大妈帮忙照顾下。说着，给了大妈五十块钱。大妈说举手的事，汪哲还是把钱放到她前面的饭桌上。

吃了饭，刘虹精神好多了，坐起来，汪哲给她后背垫上枕头。刘虹拉她坐到她跟前说，他当着你的面，肯定不能说他要娶我，他除了对我，对其他人都不信任，谨慎。你说他不爱我，能让我怀孕，一晚上，还要了三次。

汪哲不知道还能说什么，半天问，你打算一直就在宿舍待着？

他会来看我的，这儿清静。刘虹看汪哲不说话，又说："我离不开他，他对我的确是真心的。"她说他每天打好几个电话。还说反正我这一辈子是躲不过他了，要不，我们名字中三个字就有两个字的声母是相同的。而且我学各地的方言都学不会，可学他家乡的话，快极了。他的家在咱们西北一个小村庄，村名叫满江红，我一直想那小村一定有条江。他却说只有一个小涝池，童年时他老在水里玩水，妈妈发现他的头发湿了，就知道他玩水了，怕他被水淹了，不让他去。他就每天玩完水后，坐在太阳底下等头发干了，才回家。他还说他家门前有两排梧桐树，等到春天，满树紫色的梧桐花，他爬上树边摘边吸，可甜了。梧桐花里的汁，他和小伙伴管它叫作酒酒，他们就像吹喇叭似地把汁吸干。他上树老是撕烂裤裆，气得妈妈半夜起来给他缝补。你看，这是他给我的影集。全

是他从小到大的照片。也有她和他在一起的照片。两人都是亲密地偎依着。

她断断续续地说着，面漾笑意。他绝对不是玩弄我。现在漂亮的女孩多的是，我充其量只能算中等偏上。他说就是爱我。他利用出差的机会，买了很多玉石佛像，让我带在脖子上。我要是哪天演出，没有跟他通话，他一夜都睡不好觉。好多人都说他不爱说话，可和我在一起，总有说不完的话，那疼我的样子绝对不是装出来的。而且我们好了六年了，你说他能装这么久吗？

"那你爱他，就不要为难他离婚了。"汪哲对她的执迷不悟，很为痛心，便讥讽道。

"可是每次我提出分手，他就一句话都不说，脸色难看极了。"

"那你就给他当个情人吧！"

"可我都快三十岁了，希望有个孩子，有个稳定的家。我不想再这么偷偷摸摸地和他来往了。我就不懂，那个女人为什么那么没有骨气，丈夫和她都分床六年了，她还抱着那个虚名不放，有没有尊严呀。"

汪哲望着这个自信满满的女孩，问："你怎么知道人家夫妻分床了？"

"他说的。"

"他说什么你都信？"

刘虹不再说话。半天又说："昨天我一个人跑到小诊所做的流产，流了很多血。我躺在手术床上真想死。后来做完了，我忍着疼踩着厚厚的积雪回到宿舍关死门，就一直睡着。"

"不会有事，不过这样的事还是少干为好。流产多了，对身体也不好，甚至会影响将来的生育。"

她说："真的？"竟笑了。多么傻的姑娘呀。看来女人，陷进情网，都弱智。

汪哲不知道如何劝她，等她吃完，洗了碗，又打来水，给她洗起了放在床下脏了的内衣。刘虹拦着不让，她说，你笨呀，这时不能动凉水的。说着，眼前又飘过了张家伦的影子，她稳稳神，一字一顿道："你哥嫂知道了你跟姓李的事吗？"

"知道，不过我隐瞒了他还没离婚的事实。他们催着我结婚，我说等我毕业。"

汪哲帮刘虹洗完衣服，让刘虹好好休息，大妈这几天会照顾她的，已经说好了。刘虹说，汪哲你记着，只要我这一生还没死，一定会帮你的。真的，李局长什么事都能办的，现在他手里权可大了。

汪哲嗔怪道，快过节了，说什么生呀死的，好好养病。有事，直接找大妈。走出刘虹宿舍，她站在走廊，望着空荡荡的四楼，再望望身后唯一亮着的灯，心里酸酸的。

回到宿舍，心神不宁，整理好行李，拿了几本书，抱着自己的被褥再次敲开了刘虹的门，说，烦了，读读书。晚上，我跟你一起住，陪陪你。

你为什么对我那么好？

汪哲望着刘虹床墙上影星梦露那迷人的双眼，喃喃自语：因为我们都是女人，感同身受。

第二天，汪哲跟江天一起走进候车室。当汪哲看到去J市方向的车次显示牌时，心跳得扑通扑通的。她赶忙扶住座椅。可心仍在狂跳着，这种心跳使她听不进江天说的话，听不见周围所有的声音，感受不到周围的一切。她的脑子只有35次，京都到J市。35次，京都到J市，十七点五十分开。

35次开始检票了，她忽觉得一股神魔般的力量牵着她站起来，冲向售票室，买了一张去J市的站票。

江天反应过来制止已来不及了。他只能说："你疯了？十七八个小时，你能站下来？"

"我是农村孩子，别说是站十七八个小时，就是站三十七八个小时，也行。"拿到票她才觉得心跳恢复到了正常，才觉得好像推倒了一座压在心上的石山。就是在那一刻，她觉得她的一切和张家伦已联系在了一起。也就在那一刻，她决定跟张家伦结婚。

车上人真多，大家都要回家过年了。挤在人流中的汪哲心生温暖。我也是回家过年的。再说一路有这么多陪我站着的人，我还有什么累的。这样想时，她站得直了一些。

然而没多久，她的心又忽然害怕起来。万一这次回去他已有了意中人，咋办？

恍恍惚惚的她好像敲开了门。是张家伦。他的头发焗过油，脸上亦是油光水滑。虽然人精神了，但让人总有一种不真实的感觉。他说：我没让你来呀？

是呀。他的前妻从屋子亭亭玉立地走出来，神态还是那么高傲。她的下巴微微扬起，以一种居高临下的姿势冷眼瞅着她，最后从鼻孔里发出一句话："你还有脸再回我的家呀？"

"你们不是离了吗？"

"难道我们就不能再结一次？"张家伦接上了这句话。她一下子沉到了冰底。

妹子，醒醒！到我这儿坐。她被一阵声音惊醒，原来是做了一个梦。她感激地坐在一位农村大嫂模样的人旁边。

妹子，有啥不舒心的？我听见你在梦中哭了。

汪哲不好意思地低下头。

"想开点，天下没有过不去的独木桥。我妈瘫痪在床时，我哭得昏天黑地。我想我没办法过了，一个人得拉扯四五个弟妹。可现在不是天还是那么好好地挂在头顶嘛。我的弟妹结婚的结婚，出嫁的出嫁。我不但没病着，身体还壮实得像牛。哈哈哈。"

汪哲和她交谈中知道她家在石家庄，到J镇去看她的丈夫。她在肉联厂工作，这次回去办辞职手续的，不打算再跟丈夫两地分居了。工作嘛，在哪都行，整天在冷库里，冻死不说，手脚都得风湿病了。她说着，又哈哈地笑起来。

当她知道汪哲也是军人时，感情上更靠近了一步。她问汪哲去过她爱人所在的那个部队吗？当听说她没去过时，就很带感情地说："大妹子，那沿途全是遍地的葵花，一律都像咱当兵的丈夫一样一头扎在那儿，像老牛拉车一百个不回头。"

遍地都是葵花，这让汪哲无形中对J市的J镇产生了无数美好的想象。她说我可能没有这个机会。

妹子，常言山不转水转，水不转人转。我跟我男人把你们陕西大概跑遍了。光他调动就是八次。一个地方比一个地方偏，可是我从不怨他，谁叫咱嫁了军人呢？

汪哲一听到"八"，她的眼泪就不由得流下来了。大嫂以为她又想起

了刚才的伤心事，说，妹子，听姐的一句话，谁都有不如意的时候，你把心放宽，心一硬，一睁眼就过去了。

她问汪哲结婚了没有，她说我可以帮你介绍一个我男人部队的，有一个指导员刚从J市调来，人也好，跟我男人还是好朋友呢！

汪哲笑了笑说：我已经有了。接着她又问大嫂有没有孩子。大嫂脸瞬间变阴，语气也不像先前那么和气了，汪哲立即觉得自己太冒失了，可能撞到了大嫂的疼处，就赶忙取出自己带的苹果，让大嫂吃。大嫂又开始说笑了。

出了J市火车站，汪哲打车来到张家伦家。门前纸屑，在风中不时来回飘动着。汪哲心里莫名地有些欣喜。然而她敲了半天门，没有人开。她失望地准备转身下楼，可还是情不自禁地朝大门最后望了一眼，就在这时候，她发现了一行小孩写的铅笔字：汪阿姨汪阿姨。

这句话使她果断地掏出钥匙，打开了门，满屋扑面是一股成分混杂的气味，屋内每道窗帘都拉着，冰箱都断了电。她竖起鼻子闻了半天，确信没有女人味后，心里欢快地唱起歌来，拿着扫把准备扫地时，忽然想不对，打开小孩的柜子，衣服也没了。接着她又打开了张家伦的，冬衣不在。

难道……她不敢往下想，立即给好朋友、军区总医院的护士朱洁打电话。

朱洁听说她回来了，说：姐们，你咋这么迂呀？还跑回来干吗？刘琦多好，家在上海，舅舅又在北京军区当副司令，听说你把人家拒绝了。却往回跑？刘琦说你可能看上你们班里的一个男同学了，真的吗？

我现在不想给你解释这件事，朱洁，快告诉我，张家伦他们父子去哪了？

唉，你不知道？张家伦两个月前，调到J镇一个炮团去了。

她想起了车上的那位大嫂的丈夫也在J镇，看来真如她说的山水不转人在转！你老早咋不告诉我，他好久也不给我回信了。宝宝呢？

你呀，真是。我希望你跟刘琦好，反正你对他张家伦可谓仁义至尽了。他不写信可能是怕连累你。这还算有点男子气。听说他前妻那个跟她好的男人不要她了，她要求复婚，张家伦不同意她就寻死觅活的，还让她老子把张家伦收拾了一顿。

这个不知羞耻的女人，自己如此德行还好意思给她老爹说家伦的不是？

嘿，别生气了，来我这儿吃饭吧！我要告诉你我的终身大事，我要换人了！

那个外贸局的小伙对你不是挺好的吗？

好有什么用，又赚不了钱，让我摆脱不了整天伺候人的命。我只是想干我喜欢干的事，多好，像你一样。

说放弃了真就放弃了？

真的！你过来吧，我把一切都告诉你。

我不去了！宝宝在哪里？

在张家伦一个亲戚家里。你问这干啥？过年回家吗？要不到我这里来。不到一周就是大年三十了。

谢谢。我马上接了孩子到张家伦的部队去。他一个人待在那儿过年肯定想儿子。

你疯了，这几天咱们这儿四处下雪，J镇听说下了一周几十年难遇的大雪，好多路都封了！

别说下雪，就是天下刀子我也要去。放完电话，汪哲跑下楼，打了一辆出租就冲到了西大街白鹭湾张家伦亲戚家。

宝宝正跪在一张破旧的沙发上，边抹眼泪边接受坐在他对面椅子上拿着苹果吃的老奶奶的教训。一看到她，孩子立即跑进内室提出了书包。老奶奶忙解释道：树不修长不大，小孩不立规矩长大就管不了啦。我正发愁我的几个孙子回来没地儿住呢！现在好了，我马上给收拾衣服。她的动作很快，好像汪哲一时会改变主意。孩子紧紧抓着她的手说：

"汪阿姨，我知道你会来接我的。"

为什么？汪哲爱怜地俯下身子，摸着孩子的胳膊，比自己上次见时，至少瘦了五斤。

"我昨天晚上忽然右手痒得很，我问姑奶奶怎么回事，姑奶奶说是你妈想你了。我给我妈打电话，让她来接我。她说妈妈给你挣钱买玩具，你在姑奶奶家听话。就放了电话。我想妈妈不想我，肯定就是汪阿姨想宝宝了呗。"

第四章　我希望今夜……

划破泥土的手指

汪哲提着行李，牵着宝宝的手，坐上了座无虚席、四处都响的长途汽车。快过年了，车上旅客大多都是在外面打工回家的人，大大小小的蛇皮袋挤得车上连个下脚的地方都没有，售票员说要么再买一张票，要么得把行李搁到车顶上，因为沿途还有不少要上车的人。有人吵，有人怒骂，但还是乖乖地买了票。

沿途山上积了很厚的雪。当然不会葵花遍地，但是汪哲还是给孩子说这儿夏天会有葵花飘香，有成群结队的养蜂人在这儿收集花蜜。

宝宝说，我只要爸爸和阿姨。

这儿的路跟她老家里的路很像，一会儿上，一会儿下，车，始终在盘山公路上蠕动。司机开得越慢，大家越提心吊胆。汪哲抱着宝宝，不时地看着外面厚厚的积雪，心跳个不停。车停下了，司机说，为了大家的安全，给车要加防滑链，让大家在车上耐心等。汪哲想下去上卫生间，看左边是深沟，有人不时滑倒，便打消了此念头。

加了防滑链，车速快了些，再看看满车人说说笑笑的，汪哲刚才咚咚跳的心才慢慢放松了，一会儿把宝宝的手放到她棉衣里暖，一会儿亲亲他的脸，生怕他冻着。

张家伦所在的炮团驻扎在半山腰，白雪覆盖，远远看去，五层楼的玻璃在一片荒漠中，发着闪闪银光。一场雪，好像使人间的喧闹也宁静了许多。

宝宝一会儿摸着窗玻璃的雪花玩，一会儿又指着高楼说，阿姨，阿姨，那个地方像宫殿。汪哲笑了，心里想：还真有些像宫殿呀，透明得让人都感到不真实。只要有爱人在这里，这里即便是茅草屋，也胜似世界上最美的宫殿。她想着，搂着宝宝说，见了爸爸，你要说什么呢？

宝宝仰头看着汪哲，小眼睛眯着好可爱。汪哲在他脸上亲了一口，说，忘了？阿姨怎么教你的？阿姨生气了。说着，故意敛了笑脸，拿过她给买的双开门的小汽车。宝宝亲了一口汪哲的脸，说，阿姨，我当然记着呢，我就说，爸爸，你还胃疼吗？宝宝给你送药来了。

好孩子，你就是医你爸爸最好的药。汪哲说完，自己倒先笑了。

因为路滑，再加上车只要有人招手，必停，本来两个多小时的路，用了四个小时。车上很挤，感觉人喘气都听得清清楚楚。

一进团队高高的铁栅栏门，一位方脸哨兵给汪哲敬了一个标准的军礼，慌得她赶忙也回了一个。敬完了，才想起自己没穿军装，逗得哨兵哈哈大笑：

"嫂子，你敬的礼还蛮标准的。"

宝宝神气地说："叔叔，我阿姨也是解放军！比你多两个豆。"

哨兵又是"啪"的一个敬礼：

"中尉同志，对不起。"

汪哲爱怜地看着年轻士兵冻红的脸，说："天冷了，多穿点。"

哨兵又是"啪"一个敬礼。三次受礼，使好久没有接受军礼的汪哲得意极了。瞬间，她就喜欢上了这个远离都市的团队。

更让她动心的是迎面看到的宽大的训练场，笔直地停放着一排排炮车。这是中尉军人汪哲第一次到真正的炮场。那一排排炮群静静地守望着面前匍匐前进的士兵，地上的雪被他们的躯体刷净了。走队列的士兵，脚上踩起的泥水像道道美丽的彩虹激起了汪哲女性心中柔弱的心肠。就在那一刻，她觉得她真没白来这个团队。那炮场那队列那口号让她一次又一次震颤：现在省城，在京都，男男女女都提着大包小包的鸡鸭鱼肉往家赶呢！可在这里，却是如此质朴而简单。汪哲觉得她好像走进了那金戈铁马气吞万里如虎的年代。瓜洲渡、大散关、赤壁、长平、干戈、长戟、弓马、刀剑、兵士，乱七八糟的意象一股脑全涌进她的脑海中。

她和宝宝都大睁着双眼寻找着那个熟悉的人，她明目张胆看人，不

好意思，便伏在宝宝耳边说，快，看看，爸爸在哪儿？然而要在一列方队中，在一堆穿着相同军服的男儿里找一个人，简直就像大海捞针。正当他俩东张西望时，一阵声音传进了汪哲的耳中：

"大妹子，是找自家的男人吧？"这声音怎么这样熟悉？汪哲回头一看，还真是在车上的那一位。她挑着一担水，正向自己热情地走来，一脸的真诚。

"哎哟哟，真是巧得就像炮弹推进了炮管里，没想到你也来看你男人了？"大嫂说着，热情地拉住了宝宝的手。

"快到屋里坐。可能冻坏了吧。"汪哲兴奋地和宝宝跟着她一路走着，一路笑着。

"谢谢你！"

"谢啥呢？咱们的男人一到炮场，就像男人上了女人的身。别说叫，就是推，都下不来。哈哈哈！"大嫂口无遮掩的话语，羞得汪哲不知如何接口。

大嫂住在临时来队家属院里。这是两排平房，全如军营一样，挂着厚厚的布帘，只是花色不一罢了，让汪哲疑心回到了老家，姥姥一到冬天，就挂起了白布门帘。好久未回家了，这次回校时，要回家去看看姥姥。女人们都在忙着，有人在扫雪，有人在劈柴，还有的偷偷往操场上不时瞟几眼，一看人瞧她，马上低下头，继续着手中的活计。她们看到汪哲后，都笑笑地打着招呼："来啦？"

汪哲慌忙应答："来了。"

"这是三排长的新媳妇，那个端脸盆的是一连长的老婆，跟咱们一样，都是来看自家男人的。"热情的大嫂一一介绍着。

"这是你娃？咋长得这么好看？像画里画的。"大嫂说着，把宝宝拉着坐到火炉边，拿自制的铁叉捅了捅火，加了煤。宝宝生气地说：

"她是我阿姨。"

大嫂不好意思地笑了：我就说嘛，妹子长得细皮嫩肉的，腰细得像演员，咋可能像我们这些结了婚的水桶腰呢？

汪哲笑着说："大嫂，你今天刚到就干起活来了！"炉火正旺，开水哗哗响个不停。靠炕的墙面是一张张十六开白纸端端正正糊成的，上面还贴着一张画，一个战士身上背着枪，另一个战士在看书，书名是《雷

锋日记》。看到这里，汪哲突然间就想笑。

那她妈呢？大嫂拉着汪哲的手问。汪哲怕孩子伤心，看了他一下，宝宝正专心地看着十四寸小电视上的动画片《舒克与贝塔》，悄悄说："和他爸离婚了。"

大嫂善解人意地不再问了，麻利地擀起面条来，说："大妹子，晚饭就在我这儿吃，我给你们做你们陕西人最爱吃的臊子面。等我男人回来了，让他去通知你们家的那位大兄弟。"

汪哲看着那麻利劲，只好不再插手。

军号嘀嘀嗒嗒响了。汪哲看看表，大嫂说：不用看了，这是下班号。你不知道嫁给了军人，我自己也成了半个当兵的，那军号叫人干什么，早就听出来了。你看上班号，像不像说快上班快上班，你再想刚才那号，是不是说下班了，别忙了，老婆叫你吃饭啦。汪哲说，大嫂，你太可爱了。

大嫂的丈夫是一个不太说话的高大魁梧的男人。他一进门，就说："来了，也不歇歇，就忙出忙进的。"说着，头也不抬地提着水桶就要往外走。

"呆子，也不看看家里还有客人，也不看桶里是否有水？"大嫂嗔怪完，拿胳膊肘捅了一下丈夫，丈夫这才回过身，大嫂把他介绍给汪哲。他抬起头第一眼看到的却是孩子："你是张家伦的儿子？简直跟你爸一个模子刻出来的，来，叔叔抱。"说着抱起了孩子。

"张家伦有儿子了？我还给他介绍对象呢！"大嫂说着，哈哈大笑起来："大刚快去，把张家伦那小子叫来。"大刚扛起宝宝一阵风似地走出门。

"你男人是张家伦？对了，不是你男人。你看我这嘴，该打。我上个月就来过，这次回去看了下病，张家伦我知道，有本事，为人也好。听说从城里来的，还能写书哩。我就给他介绍过对象。我说他总不应承，原来心里早有了仙女般的女人，还能看上谁？"大嫂说着，往火里加了块煤，又接着说："听说你是大学生，在北京上大学，我们这些家属都羡慕得很哟。我们什么都不会，就会疼男人，咱的男人咱不疼，谁疼？"

这时有一个戴着眼镜的女人走进来，说："嫂子，我的炉子生不着火，

急得我实在没办法，就过来请你帮忙。"

"你呀，疼男人都不知道咋个疼法？来了一周了，整天就知道黏着男人，连个炉子都不会生？老放炭，肯定火被压死了嘛。下班了，他们一个个又冷又饿，你还没生炉子？冰锅冷灶的，让男人回来喝西北风呀？行了，行了，现在做饭也来不及了，把你男人叫到这儿来，咱们一起吃臊子面。来，认识认识，这是张指导员的女朋友，北京来的大学生。你看看人家，一个大学生，都不嫌咱这地儿穷。就你这四只眼，还怕委屈了你，整天吊着个脸。要我说一排长找上你，是你的福分。你看小伙子帅得像唐国强。行了，行了，快去吧！"那个小媳妇低着头走了，大嫂很不高兴地说，"你看看，连个炉子都不会生，还当军人家属？"

正说着，张家伦的脚步声近了，那紧张有力的步子，震得汪哲的心也跟着跳起来了。

张家伦走进门后，脱口就是："你咋来了？谁告诉你我在这的？"汪哲的眼泪都要流下来了。大刚踢了他一脚，说，你会不会说话呀。他才又说：

"我是说这么冷的天，这么滑的地，你知不知道，你们经过的地方，翻了多少车呢？也不知道先打个电话，好让我去接你们？"

"你告诉我电话了吗？"汪哲眼泪这一次彻底涌了出来。

宝宝懂事地举起他的小手给汪哲擦起眼泪，也不忘说，坏爸爸，坏爸爸。

汪哲拉长声调说，宝宝，阿姨和你在车上咋说的，见了爸爸，说啥？忘了？

宝宝摸了摸衣服的口袋说，我给爸爸带来了胃药，可药咋不见了？

汪哲故意说，你是不是丢了？

宝宝急着说，没有呀，在车上还在我口袋里呢。

汪哲笑着从包里拿了出来，递给宝宝，说，告诉爸爸啥时吃。

张家伦也不看汪哲，抱起儿子，就摸脸，说怎么瘦了。大嫂生气地说："家伦，听嫂子的话，老老实实给他阿姨赔个不是，多好的姑娘，冰天雪地来看你，你还不识好歹。再这样，就不要吃嫂子做的饭了。"说着在张家伦的头上拿筷子敲了一下，张家伦不好意思地笑了："我怕他们在路上出事嘛。"

"你看，快过年了，还说这不吉利的话。该打嘴，快，在地上吐几口唾沫。好了，好了，面来了。"

这顿饭吃得热热闹闹。一吃完，大刚就到隔壁收拾房子了。张家伦到军需库房领被褥。大嫂拿着红纸剪出一个小娃娃骑着鱼的画，让汪哲贴到大门上。又剪了张大姑娘头戴红花倚着门做鞋子的画，说，这个贴到屋里的墙上，像个过年的样子。汪哲虽觉得贴剪纸太土气，但这些东西又让她想起家里过年的样子。而且那娃娃大姑娘都是她熟悉的，什么连生贵子、鱼戏莲蓬、百年好合。她知道大嫂的美好祝愿，心被这浓烈的祝愿温暖得热乎乎的。不到半小时就喜欢上了这个快嘴勤劳巧手的大嫂。

收拾完，夜已深了。大嫂说："早些休息，宝宝就放到我这。"说着意味深长地看了张家伦和汪哲一眼。汪哲红了脸，张家伦却傻傻地说："大嫂喜欢孩子。"

汪哲还要抱宝宝，被大嫂一把推出了屋。

两人真正独自待在一起时，汪哲不知是该责怪他还是爱怜他。很想说一句："你真差劲，调动也不告诉我一声，我写了那么多的信，你一封也不回。"可话到嘴边了，她收了回去。她好像听见了他急促的心跳，于是下了很大决心似的搂住了他的腰，把她滚烫的脸贴在他宽厚的背上，红着脸说，我想让宝宝改口叫我妈，你同意不？

张家伦转身一把搂住了她。

这一夜，汪哲和张家伦谈到很晚。

汪哲说离开了大都市，你难过吧！

张家伦说刚开始很难过。但是我来了以后总听见号角在吹。想一想那古人的"愿将腰下剑，直为斩楼兰""西北望，射天狼"的绝唱激起了我的斗志。我忽然发现我原来的生活是那么平淡、碎屑。幸亏我离开了机关那种死气沉沉的生活。真的，到了这里，我觉得浑身的血直往脑门上撞。根本就没有时间伤心，一天累得往床上一躺，就呼呼大睡。再说什么样的环境对作家来说都是好的环境。

汪哲看着他消瘦的脸庞说："以后结婚了，我会把你照顾好的，就像大嫂对她丈夫一样。"

张家伦紧紧地抱住她，说："为了这句话，我要加倍地去爱你。"

盼了整整五年，汪哲终于得到了张家伦的爱情，这爱情虽然迟了一些，但是这爱经过了时间的考验，愈让当事人感到万分的美好。

处在爱情中的人总觉得时间短暂，不知不觉夜已很深了。张家伦说，文书回家了，我到他的宿舍去。

看着外面鹅毛般的大雪，汪哲含情脉脉地说："雪，下得这么大。"

张家伦走到门口的脚步停住了，他紧紧地抱住汪哲说："哲哲，我真的不想离开你。可还得走！这样不好。"

汪哲的手慢慢地松开了，在松开的一刹那间，她忽然说："你身上有一股我非常迷醉的味道，这味道让我想了好几年。"

"你什么时候闻到的，我怎么不知道？"

"从我一进你家门的时候，在我给你洗衣服的时候，我就闻到了。"

"有你在，会变得越来越好闻。"张家伦说完，吻了吻她。

临走深情地望了望她："好好睡吧，电褥子我插好了，等热了，就关了。"

第二天，收操号刚一吹毕。大嫂就咚咚地来敲门："张家伦，快起来，吃饭了。"

因为房子没有暖气，汪哲冻得不想立马就起来，便说："大嫂，我不吃饭了。"

大嫂哈哈大笑："那可不行，快起来。身体要紧。"

汪哲只好爬起来，大嫂走进来里里外外转了一圈，说："我还以为张家伦在呢。屋里这么冷，一会儿我让大刚给你们泥个火炉。这么冷的天，没有炉可不行。"

然后悄悄地贴在汪哲的嘴边说："妹子，两人相好，就搬到一起算了。"

"我们还没有领证，再说也没有征求家里的意见呢！"

"只要两人愿意，不就行了。还大学生呢，怎么还没我这个小地方人开放？我给你说，要让感情牢固，上床，胜过一切废话。"

汪哲红着脸，不说话。

我明白了，这事得男人主动，我跟大兄弟说。

男人们操课后，她们俩就坐在一起跟小孩玩，聊天。

有一次大嫂趁宝宝不在说:"妹子,我这个做嫂子的有一句话不知当说不当说?"汪哲说嫂子你只管说。

"我有病,怕是生不了小孩啦。你能不能把宝宝给我,你还可以和张指导员再生一个!我会把他当作亲生子的。你不知道我多想有个孩子。我婆婆给我教过一个歌,让我没事的时候就唱,可我唱了多少遍,也没叫来孩子。"

说着,大嫂轻声哼起来:

> 小兔跳跳,小狗汪汪
> 娘的娃呀快快来
> 白面面肉夹馍等你吃
> 老虎头鞋鞋金锁锁叫你哩
>
> 风儿呼呼,雨儿滴答
> 花儿草儿都醒了
> 娘的牛牛娃呀快快来
> 爸爸头上的红星等你戴哩
>
> 小鸡上架,小猫进窝
> 麦子黄了瓜果熟了
> 娘的乖乖娃呀快快来
> 爷爷的烟锅等你点哩
>
> 雪儿飘飘,树枝儿秃秃
> 热炕炕棉被被子你哩
> 娘的肉蛋蛋呀
> 你咋还不来呢

汪哲的眼泪在眼眶里打转,她很想帮大嫂这个忙,便说:"大嫂,我有一个朋友在军区总医院工作,让她给你联系个专家,好好看看。"

"行。"大嫂热切地点点头。她说,听说山上有一种药材,能治这种妇女病,等过一段时间她就上山去找。

你去时一定要等积雪化了。汪哲叮咛她。

宛如天堂

团队远离闹市，生活单调，跟京都比起来，一个在天上，一个在地上。天上的不见得全是仙境，地上也不见得都是尘埃。在这么一个前不着村后不着店的地方，还生活着一群生气勃勃的男人，一群温柔而多情的女人。他们没有更多的娱乐，除了电视能收到三个台，打扑克就再也没有什么娱乐了。没有电影院，没有歌舞厅，没有耀眼的大商场。十里之外的小镇有家电影院，有两家用白纸糊着窗户的小饭馆，里面卖着各种面条。再就是一条街，一个叫百货商场，其实里边就是几个卖打折衣服的摊位。

如此而已。

然而就是在这里，汪哲还是一下子爱上了这个远离都市的军营，她觉得这才叫当兵。自己新兵在那个做方便面的农场哪叫当兵呀！她不再睡懒觉了，也学着大嫂的样挑水、生火炉做饭。平房里住了很多来队家属，把天南海北的风情淋漓尽致地洒在军营每一个角落。

光听听女人们的对话，就醉了：

"大姐，阿拉想吃你们那的大葱蘸甜面酱，你给侬教教？"

"俺家今天包的是鲜葱大肉饺子，我待会儿做好，就给你端去尝个鲜。"

"妹子，昨天晚上我打死了三只老鼠，吓死人了。"

"她婶，你给我评评理，我那口子昨天不理我了，还说要离婚，就是因为我让他转业。"

"哎呀呀，团里今天晚上放电影，听说是个外国电影，男的女的抱在一起，就乱咬。咯咯咯！我们一起去吧。在这一个多月了，总算能看上一场电影了。"

"嫂子，你是大学生，给咱们讲讲京都人穿啥吃啥。"

"大姐，你看我给我们那个做的棉衣式样如何？"

家长里短，琐琐碎碎，如一支悠远的笛，把平常的生活调拨得生动起来。她们没有像她的同学那样，有那么多的欲望，有说有笑地度着日子。好多官兵把这临时家属院叫作温情港。晚上闲着没事了，呼朋引伴

地说声：

　　"走，到温情港喝酒去。"

　　"走，去看看指导员的家属去。"

　　温情港成了官兵心中玩乐的圣地。他们在随便任何一家，都会肆无忌惮地开玩笑，一进去就往人家床上或坐或躺或吃或喝地侃大山。油一些的老兵就很没正经地跟嫂子们开一个个有点色彩的玩笑，惹得大家乐一乐，笑一笑。谁也不会生气。女人们忙着给点烟、端菜，看着哪个衣服破了，不由分说就让脱下自己给缝。这儿的人不像大都市，家家门一关，就成了两个天下。哪家白天都不会关门，男人们上班了，女人们就串门聊天，和老家一模一样。这儿的人好像生活在桃花源中，不知道都市那膨胀的欲望，在自己的营地里工作、生活，自足而踏实。

　　这里连间女厕所都没有，公用的只有一间厕所，谁进去把门插上就行。每天清晨，家家男人们端着尿盆往那个只有一间的厕所去，让汪哲又不由得心一热，这多像姥姥的家呀！只不过，姥姥的厕所在大门外，是用玉米秆搭成的，这儿，却是结结实实的一砖到底。后来，到连里来检查的团政委发现这儿没有女厕所，立马就让此间做了女厕所，负责打扫的是一个列兵，长着圆圆的大黑眼睛。个子不大，可干活很仔细，地拖得干干净净的，白色的便池也冲得极其整洁。最让汪哲喜欢的是这个女卫生间不是用文字标注的，而是大眼睛列兵画了一朵花，有些家属说是牡丹，有些说是水仙，还有人说是玫瑰。汪哲看了半天，也认不出，问大眼睛列兵。列兵说他也不知道，只记得小时候，妈妈给他贴身穿的小肚兜上绣的就是这样一朵花。

　　汪哲一听，就知道这个列兵想家了，把他叫到自己住的屋里，做了那个列兵最爱吃的红烧排骨。

　　官兵们都爱到汪哲的宿舍来玩，大家常常有说有笑闹到半夜。

　　她最喜欢那首战士爱唱的歌曲：

　　　　指导员城里的新娘

　　　　戴着大学校徽

　　　　不慕荣华来到大山里

　　　　走这边，瞧那里，

　　　　遍地都是她的欢声和笑语

笑语绕满山，歌声传四方
山里的战士真快活
快活的日子比蜜甜
乐得守山的战士总爱把歌唱

指导员美丽的新娘
纯洁又华贵
她怀揣爱情来到大山里
山里的战士真快活
快活的日子飘满香
花香洒满山，山中情似海
惹得喜鹊齐声乐，诱得山歌争着唱
欢得山里的战士总要把歌唱

张家伦在周日，总带着她和宝宝到小镇去转转，每人吃碗牛肉面，身上热乎乎的。然后爬山。回来后在大礼堂里听战士们拉歌，看来自官兵自己编的演出。

女人们提着小马扎，手里拿着馍，随随便便一身欢欢喜喜就来了。有些手上还沾着面香，有的干脆披件男人的军大衣抱着小孩就来了。

而这时候，汪哲就想起了在京华看演出的情景：

女生们总是要化半天的妆，总是要把柜子里的衣服全翻个遍，然后是鞋，然后是首饰，最后就是手袋了。所有的打扮齐全了，才想起坐公共汽车会弄脏了衣服，降低了身份。而在这儿，一切都是随意。

汪哲坐在礼堂里，听着那朴实的演出，看着一个个充满热切的眼睛，心里自豪而得意。

张家伦总是怀着歉意地说："这比不得你们京都，你不知道你这一来，我的战士训练起来就像一只只猛虎，这是漂亮女人的效果。"

"在这儿，我才感到我的价值。战士们那么尊重我，让我疑心我真的给他们带来了什么？"

"你当然带来了，你带来了对他们的尊重，带来了美，让一个远离都市的团队感到了爱的存在。这还不够吗？"

汪哲醉了。在都市，大家都在为利争着，为毕业，为留京，为出名，

为轿车，而在这，官兵为了什么呢？

汪哲一直认为自己人生最美好的时光是在这个远离都市的团队度过的，在那朴实而美好的激情中，她感到一种神的光辉照耀着她，让她总感到跟张家伦在一起的日子充满了快乐和满足。就在那时，她决定要把这些可爱的兵们写进自己的作品里。

有天，汪哲正冷得在被窝里趴着给宝宝讲故事《大头儿子小头爸爸》，大嫂风风火火地跑来说："你快去看看咱们的男人吧，那不要命的干劲真让人掉泪。"大嫂说着，眼泪哗哗地流了下来。

外面真冷，她穿上棉大衣戴上大口罩出了门。雪花飞舞，西北风像个疯子一样抽得她都站不稳。就在这时，她看见张家伦和大刚正带领着战士在抬炮。那沉甸甸生冷冷的铁呀，一块块一砣砣扎扎实实顶在他们的头上、肩上、胳膊上，不，几乎可以说是压在他们整个躯体上。他们喊着"一二三"的口号一步步地抬着炮车挪动着脚步，一步，两步，三步。有的人滑倒了，有的被什么地方显然是弄疼了，嘴咧了咧。而张家伦的手破了，血流着，一滴滴地流在了汪哲的心上。就是在这时候，一个大胆的计划从她心中悄然升起。

晚上汪哲看到大嫂给大刚烧了一大盆热水，里面洒满了各种草药。她疑惑地询问大嫂："团里不是有洗澡水吗？"

"我怕他洗完澡热乎乎的出来着凉。再说这水里泡的东西都是我从村里郎中那儿开的。能驱寒化瘀补气。咱们男人咱不心疼谁心疼呀？"说着，又拿了一块毛毯盖到坐在火炉边上的大刚腿上。

汪哲心里一下子像亮了盏明晃晃的灯。那灯照得她的心里那个刚刚抽芽的计划再次像电影一样缠绕在她眼前。

就在这天晚上，当张家伦和往常一样要回到连部睡去时，她怯怯地说：外面太冷。

张家伦看了她一眼。

"这儿有火炉。"她再一次说。二十三岁的姑娘不知该怎样表达自己的心愿。张家伦显然听懂了她的话，但是手仍抓起了门把。她用身体顶住了，她说："我只想让你热热乎乎地睡个好觉。在大嫂身上，在这儿的女人身上，我感到了爱男人就是用自己温热的身体去安慰他们，给他们

精神和物质上加油。"

张家伦把她抱在怀里走向了床。他迫不及待地脱起了她的衣服。剩下内衣时，她忽然制止了他。

她说："咱们明天把手续办了，再这样好吗？"她总算找了一个让她能说出口的话语"再这样"，"你知道我还没告诉姥姥结婚的消息呢。"

张家伦一下子不知所措。她爱怜地抱住他，说："让我今天晚上静静地拥你入怀，好吗？让我好好地体会一下最后一次少女的滋味好吗？明天咱们去领证，然后给我姥姥打电话。"他听从了她的安排。

"我们同学同居的不少，可能因为我是农村长大的，总感到这很神圣。我希望在这一天里，感到安全、舒心，甜蜜地做一个女人和一个男人应该做的事。"

"你不用解释，我知道。越珍惜婚姻生活的人，对生命看得越重。在京都那个花花世界里，你能保持这份纯净，十分难得。"

"我同学中有不少人，跟人上床就像吃饭一样正常。爱情呢，也总要加上许多附加成分，比如金钱呀，名利呀！"

就在第二天他们要到二十里外的县城办手续时，汪哲到邮局很不情愿地给爸爸打了个电话，让他告诉姥姥她要结婚了。她爸半天才说，你姥姥正在医院抢救，我给张家伦家里发了三封电报，你一点消息也没有。

当然不能结婚了。她给张家伦说爸爸和妈妈死了，她可以不回去，但是姥姥，把她从一个小月娃养到十八岁，无论说什么，她都要回去。哪怕是在前线！

张家伦理解地送她到长途车站。

等姥姥病好后，我马上就回来和你领结婚证，让你永远搂着我。她说着，脸通红。

大嫂一听汪哲要走，拿拳头打着张家伦的胸说，大兄弟，你赶紧下手呀，那姑娘又漂亮，又是大学生，煮熟的鸭子还担心跑了呢，你说你，真是笨！读那么多书，都读到肚子里去了？

张家伦笑笑，说，大嫂，她跑不了，我知道。

宝宝好像听懂了他们的对话，在一边玩着汽车一边说，大妈妈，汪阿姨让我叫她妈妈了，她让我不要告诉人。

总在路上

汪哲的姥姥病情一直没有好转，半月后，在汪哲的怀抱里，安详地闭上了眼睛。

汪哲在姥姥的屋里坐了好久，她抚摸着那油光发亮的席片，想着她出外多年，姥姥一个人在这孔窑洞里，在这席片上辗转反侧的一个个漫长的黑夜，眼泪就不由自主地流下来。

她拿出所有的积蓄为奶奶箍了全村最好的一砖到底的墓，又大办了后事。请了吹手、送路人、超度亡灵的法师做道场。她一直在姥姥下墓时还在想：说不上姥姥会忽然醒过来呢！她怎可能丢下还没成家的外孙女就走了？

姥姥下葬的那天，天寒地冻，雪就像疯子似地大把大把地往人的脸上浇。击得抬轿子的四个轿把手站都站不稳。汪哲抢先把轿绳套在脖子上，她不能让姥姥在轿里不舒服。

她说："我要把姥姥送好。"

她怕路滑，摔着了姥姥，便拿粗皮绳绑在脚上的鞋底。虽然止了滑，走起路来却高低不平，脚底疼痛，她强忍着。

山势越来越陡，汪哲喊："姥姥，躺好！"她说着，怕棺材向前斜得厉害，就用胳膊举起来。

后面的妈妈递过来一件大衣，她没有接。

天特冷，墓地到了，送葬的人都想草草了事，好快些回家坐在自家的热炕上，喝口热酒，就急着说快把棺材放进墓，要不再下雪，就麻烦了。汪哲跳下墓，扫净里面的雪，然后平平地躺下。她妈喊：

"哲，快出来，天冷，地凉。"

"我得给姥姥暖墓，她怕冷。"

处理完后事，寒假也快结束了。妈妈和爸爸把她送到车站，她把妈妈的围巾往上拉拉，说：回去吧！

她走过爸爸的面前，没有看他。爸说：有空回家来。

她不想理他，一看见他那大腹便便的样子就不舒服，可他毕竟也老了，稀疏的头发也变成了灰白。她心软了，就朝他笑笑说：嗯。

她其实是想说很多话的，可是她没有。她的心不愿意，它只让她对着生身父母说回吧。

处理完姥姥的后事，她立即跑到县邮局给张家伦打电话："家伦，姥姥没了，我们后天就收假了。"

她跟张家伦在电话里泪水告别。她说姥姥没了，我觉得我一下子就在那个小村没亲人了。再也没人想起我。我在这个世上，只有你一个让我牵肠挂肚的人了。

为了再见一次面，张家伦让她坐飞机回校。汪哲觉得她心里的痛苦只有在张家伦的怀里才能慢慢地消解。

张家伦说："我在车站接你。"

汪哲打完电话，立即买了票，准备上车时，忽然感觉下身一片温热。她知道那个不该来的东西却不识相地来了。

赶紧给张家伦打电话，她站到电话跟前，却不知道如何说，是呀，如何说呢？她想见他一面，就足够了。

一见到张家伦，她的心里忽然感到一切都不重要了，唯一想做的就是那件在她想了好多年总算要实现的梦。

她说："来吧，没事儿！"

张家伦知道了她身体的麻烦后说："不，我不能，这样对身体不好。"

两个相爱的人只好再次平安无事地待了一夜。汪哲泪湿枕巾。

一直到走，两人一直在说话，说不完的话，诉不完的情，张家伦陪着她看了一场《孔雀公主》的电影，然后惜别。

汪哲说："家伦，我真想你，我好悔。对不起，你一定要等着我，放假我就回来做你的新娘子。"

"我知道，我们会生活得很美好，一直到老，岁月、太阳老了，我们的爱都不会老。"

"对，我会为你守候一生的。我还要为你写一本书，名字都起好了，就叫《葵园》。"

汪哲！张家伦叫了一声，汪哲摸着他消瘦的脸，说，你想说什么？张家伦又叫了声，解释说，我就是喜欢这么叫你。汪哲汪哲汪哲。不知怎么的，叫着，心里就感觉特踏实。

汪哲第一次主动地扑在张家伦的怀里，谁也没说话。这是一种盟誓，

是一种信任，也是忠实爱情的一种承诺。

尴尬的事

雨水已过，京艺树木花草好像还在冬眠。跟报到时那金色的秋天一比，简直让人心生荒凉。

可学生宿舍门上却贴着大红的福字，让她心里一下子又开心起来。

大妈正在拖楼梯的地，边拖边小声唱着歌："今天是个好日子，心想的事儿都能成。"一见汪哲，马上停了曲，说，过年好呀过年好。汪哲细细地上下打量了张大妈一遍，说，大妈呀，怎么过了个年，你就变得这么年轻了？是因为少了学生在时的操心，还是因回了趟老家，满面红光？大妈说，你这个小姑娘，怎么拿你大妈开玩笑呢，说着，地也不拖了，却在楼梯口的大镜子前细细打量自己来。

因为一路提着行李，汪哲也累了，便站在镜前，打趣大妈，你看看，大妈，你仔细瞧，你的嘴唇好像抹了口红，你的眼神，都是笑。还有，眼角的皱纹都没多少了，你仔细好好看看。

大妈笑着，说，你看你这孩子。说着，就要帮汪哲提行李上楼。汪哲说，不用大妈，你歇着。说着，掏出一包家乡特产酱猪蹄，塞到大妈手里。大妈说，你这孩子不但长得好，心也好，大妈盼着你找个好工作，找个好小伙，这一生就足了。说得汪哲红着脸就要上四楼，这时发现一个老头从外面走进来，手里拿着一捆肉和一瓶酒走进了大妈的小卖部。

汪哲看了眼大妈，大妈慌乱地拖着地，眼睛却不时往小卖部里瞧。

汪哲笑着说，大妈，我知道你变化的原因了，祝你幸福。笑着上了楼。她知道张大妈年轻时守寡，看来遇上合心人了。

上到四楼，发现李安安穿着黑色露背的练功服正在水房洗脸。汪哲主动打招呼，怎么已经开始练功了？

李安安端着脸盆说，我们跳舞的跟你们不一样，一天不练，腿脚就不灵敏了。她走了过去，汪哲发现她一瘸一拐的，对她多了几分钦敬。

钥匙插进锁孔，她突然听到一阵声音，那是陌生的，但好像又是熟悉的。她感觉里面发生了什么，一时犹豫，怎么办？二月底的天气，蛮冷的。

要不，到大妈屋里坐会，可人家屋里不是还有人嘛。正想着，门突然从里面打开了，是头发乱乱的张韵依。张韵依说，汪哲你回——回来了，过年好。说着，就要接汪哲手里的行李。因为平时张韵依对她阴阳怪气的，所以对这突然的热情汪哲一时适应不了。她说过年好。然后发现音乐系一个男生坐在张韵依的床前，不好意思地向她打了声招呼，就起身走了。

被子胡乱卷着。

张韵依结了婚，丈夫在国家部委工作，长得蛮帅的。

不关己事。熟视无睹。

可让她气愤的是，她的床上扔着张韵依的粉色裤头，张韵依当然也看见了，马上跑过来说，你看我，刚整理东西，没想到，不好意思。汪哲说，没事儿。说着，一抬头，哑然失笑：张韵依没有来得及系的皮带还在裤腰张牙舞爪着，那个黄铜色的挂钩因为汪哲的注意，可能着急一下子撞在了床架上，发出了丁零零的声音。这声音，使张韵依的脸瞬间变红。在她着急系皮带时，红色的脸又变白了。

张韵依此地无银三百两地做了解释：哎呀呀，你看，皮带扣竟然坏了，我都没发现。可能是刚才收拾东西，坏了都没发现。幸亏是在宿舍，幸亏是你发现了，要是让小人发现了，不定说什么难听话呢。

真聪明。此话虽有可笑之处，但也隐晦地告诉汪哲不能说出去。看到别人出丑，总是让人高兴的，特别是曾跟自己过不去的人。不过汪哲心软了，她低着头，边收拾东西边轻描淡写地说，我粗心，什么也没看到。你要不说，我还真没发现。

对了，我爱人从三亚出差回来带的芒果，刚从树上摘下来的，可新鲜了，你尝尝。

不用，谢谢。

尝个呗。

汪哲想到那个离开的人，不禁摇了摇头。

张韵依坐到床边，边削着芒果皮边说，汪哲，你这鞋子哪买的？好漂亮。

汪哲说，穿了一年了，又不是像你们穿的，都是名牌。

很漂亮的。张韵依说着，拿着勺子叉着削得嫩嫩的金黄色芒果递到汪哲手里，汪哲真想说，你放心，我从不管别人的事，可她说出嘴的是：真甜。

第五章　顶住诱惑的人是天神派来的

稿纸上赚钱的门道

又是一年春草绿。京华艺术学院的新生事物也像刚刚苏醒的花儿一样比赛着赶趟儿。好像一眨眼的工夫，学生的文章就由手写稿变成了打印体，一个个用上了汉显呼机、大哥大、笔记本电脑，请客送礼一次比一次出手大方，衣服一件比一件高档。

汪哲不是圣人，她也被这阵风吹得眩晕症卷土重来。

晚饭后，她正要上楼，江天从大妈处拿着两瓶啤酒，说，到我屋来，我给你看样好东西。

什么呀？

江天给她丢了个飞眼，说，去了不就知道了。

刚进宿舍，汪哲打量着江天的宿舍，江天对面另一个同学床上的东西不知去向。

我们两三人一间宿舍，你怎么独享单间？

我晚上睡觉打呼噜，没人愿意跟我在一起。江天笑嘻嘻地说。然后拿着几张百元的钞票，说，用这个呗。

说着，让汪哲闭上眼睛，他让睁眼时再睁开。汪哲一睁眼，发现江天的桌上，放着一台新的台式联想电脑。你买的？

江天不说话，打开电脑，说，先听音乐。在小提琴《梁祝》中，江天给她演示怎么写文章、看电影。怎么复制，怎么粘贴，又如何排版。使得汪哲真想有一台这样的电脑。谁都得向先进的科学技术低头，难道

不是吗？江天说。

可是我没钱。是呀，存的钱，不少给姥姥办了后事，余下的钱，她还想毕业时找个好单位。

你呀真笨，没看见同学们各有各的挣钱门道吗？江天说着，关上门。

你要干什么？

我能干什么，这是致富的秘诀，岂能人人听到？要不是看着你顺眼，我才不会免费给你传授。真的，你别笑，别的同学拿着香烟，提着酒，让我讲招，我都不理。电脑钱从哪来？我可没胆抢银行。爹妈？我的爹妈还指望我每月的工资买化肥呢。江天说着，拿手指梳了一下头发说，我要开讲了，你咋这么笨呢？就这么干坐着，拿本子记呀。

汪哲笑笑，说，你说便是。

你听过这个顺口溜吗？我给你说说，先洗洗脑子：

一级作家搞影视

麻袋提钱致富哩

二级作家瞄企业

资金到位才开笔

三级作家玩高雅

风花雪月自逍遥

末流作家当书商

坑蒙拐骗样样通

骗了作者骗读者

要问良心没得了

世风日下令人叹

谁不想回到如火如荼的八十年代

何时春风重归来，

再整雄风赋新骚

汪哲要开口，他双手朝下一压，接着说，汪哲同学，针对你的现状，可从以下几个方面打开致富口：

第一，炒明星，一稿多投。投稿有学问，不能给大报投，专挑偏远省市、行业小报。明星最好多找一些有一定知名度、有争议的、生活上

能放得开的。这类人，大众情人，怎么写都不过分。最好，能给他们写自传，当然署的是明星名，咱们只挣钱，那个破名不要也罢。这条路，不用说财源滚滚。还有一类人，明日黄花的明星和小有名气的准明星，他们要么是被人遗忘了，要么是刚刚踏进娱乐圈，迫切地想得到观众认可。咱们炒新明星时，要让他们知道他们还很嫩，必须要操作费。对老明星咱们要像对咱们的爷爷奶奶那样尊敬，但是要拿正在走红的新明星压住他们倚老卖老的狂气。其实你主动写他们，他们已很高兴了。咱们就要什么信封、纸张、邮票、洗照片、复印费等。咱们赚不了他们多少钱，给咱们掏腰包的是各大报刊。它们也要存活呀。年轻漂亮的准明星，一定要配几张靓的照片，也能有一定的读者群。反正他们掏钱，咱也不吃亏。一份千儿八百字的稿子寄上四五百份，一个月少说也能赚它四五千。

　　第二，炒企业，这个来钱最快。这就得多跑多问多编。编得出神入化，让企业家笑得像花般，那样你就可以得到好几万块钱。你订份晚报，房地产的、造鞋的、搞电脑的……报上啥都有，关键看你脑子灵光不灵光。

　　第三，策划畅销书，与书商合作。点子要绝，速度要快，运作保密。有了一个可行性的计划就是亲娘老子也不能告诉。记住，在北京，谁都是你的敌人。而且心要狠，朋友要多，路子要宽，要舍得花钱交友踩路子。谁出的钱多，就给谁。至于这畅销书绝对不是色情的地摊文学，太色情反而卖不出好价钱。既要有纪实的、社会的，也要有伟人的、战争的、政治的、经济的，既有现代的、又要有过去的，大人的、儿童的、少女的、老人的。总之，归于一点：必须有人喜欢看，玩绝活。现在社会，人们的追求是多元化多层次的，书当然也要多样化、实用化。一家一个小孩，谁都想让他的孩子将来不是里根，至少也成个什么居里夫人之类的。买一大堆儿童百科全书，然后加上些励志的小故事。也要有文学的，特别是经久不衰的世界文学名著。你可以买几个版本，变变字词就成了翻译，也可以掐头去尾地改编、缩写。因为现在的社会没几个人能像咱们这些文化人，在九十年代末，还来学什么文学。他们买书更多的是装门面，一种摆设。

　　第四，搞电视剧本。这当然也更赚钱，只要具备一定的讲故事能力，也不在话下。这就使得你必须把那些演员和导演当作爷，不能站着写，要跪着，甚至趴下。他们说开集十分钟，必须死一个人，你就答"YES"；他们说太阳是黑的，你就说"BLACK"。你只管拿钱，其他的事别瞎较真。电视剧，是为大众写的，所以热闹好看即可。

第五，搞创意、文案。说白了就是帮商家写广告词。现在人好像长的脑子都不是用来思考问题的，一溜烟地跟着广告消费。你看家庭中用的大到家电小到药品，人都是看广告，认明星手里拿的、脚上穿的、脸上抹的、胸上戴的，从明星嘴上说出来的产品，就管用。人家明星都用，名牌呀，咱老百姓当然用着舒服。不但家庭用品，办公用品，农业、工业、文化的……各种产品都可以做广告。一部很一般的影片《泰坦尼克号》一下子风靡全国，就是广告的作用。你看看，满街全是该片的剧照。连咱们神圣的学堂的广告栏里也写着：此片不可不看，要看就要看未剪之片。否则不能摸透《泰坦尼克号》之魅力所在。要看原版，请到某某室。你看，又蹦出来一个未剪之片，言下之意就有好戏可看。你现在去看看，某某室肯定座无虚席。这皆是广告的作用。记得我在南京时，看到一所大学里放镭射电影《跟麦当娜上床》，那广告词你猜是什么，啥都没，就这一个名字，我提前一周让一个同学帮我买票，都没买上。

创意要有丰富的想象。比如做方便面广告，我就可以给你创意在战火硝烟的战场，在潮湿的猫儿洞里，忙碌的解放军官兵在战斗间隙吃着一碗热乎乎的方便面，伸着大拇指说：军功方便面，助我立新功。接着镜头一闪，战士果然戴上了军功章，然后方便面大特写。观众肯定就有人去成箱成箱地采购。歌星对着话筒叽里呱啦地唱，再蹦再跳再有好的舞美装饰，人都以为是假的，静止的。可是 MTV 出场了，一下子要天有天，要海就有海。蓝天白云，青山绿水，人物动物，天南海北，应有尽有，你说你想干什么吧！所以 MTV 一下子走红。它满足了人的视觉和听觉，又使人进入了画面所营造的短暂的情节里。现在拉名人、拉古人、拉机器人做广告……应有尽有。我最近听说一个广告公司就准备把西门庆的形象拿出来做一种说男人如何行的药的广告呢！

创意不难，广告词更简单。只要说到人的心坎上就行了。现在人过日子都多快好省，都愿意买自己"听说过"的。人家广告上都说好，还能不好吗？你听听人家那广告词：妈妈的手最温柔，然后一套使她温柔

的化妆品就出来了。广告词是临场发挥，要写到小孩都能说出的地步也得费脑子，要绝。人家酒馆名字叫"七十年代"，你就得配上这样的文案：

"这不是七十年代，这是七十年代酒家。

"再回首，土炕还暖，菜根儿更香，小米饭野菜味更思故乡……"

如果你感兴趣，我可以借你一套外国的广告录像带，人家创意更绝。

江天说着，喝了一口水，接着讲，我给你说外国的一个广告，你给它做一个文案：

镜头一：一间房子，一台电视机，一对男人女人在看电视，墙上一幅画。

镜头二：比上面多了一个孩子，三人在看电视。

镜头三：墙上的画掉地，三人仍在看电视，是原来的小孩和他的妻与子。那小孩和父母的肤色都不一样，是黑色的。

镜头四：屋里沙发、人都没了，只有电视上的球赛仍在进行着。

汪哲听完，笑了，说：

"日立电视，可以穿透时间和空间的考验。"

"好！可以做我的徒弟。"

他接着说：

"当然这只是我的一家之言，但是你必须保证不给别人说这些我的发财经。特别不要告诉班上的男人们。因为你是女孩，或者换言之，因为你是我喜欢的女孩，我才把这些无偿地告诉你。否则换了别人，我还要收钱呢！对了，现在就有一桩生意，你做不做？现在不是安顿的口述实录挺火的吗？倪萍写了《日子》，有人就写了《月子》，有人就策划了一套鸭子口述，咱们把它一月完成。"

什么鸡呀鸭呀？汪哲坐到他床边，看着他床上的《里尔克诗选》翻着。

江天看了她半天，确信她是真不知道后，坐到她跟前，汪哲一下子跳起来，问道鸭子会口述？口述它如何生鸭蛋，还是怎么会飞？

江天叹息道，说你傻你可真是傻呀，整天抱着书不食人间烟火。女人给男人服务为鸡，男人为女人服务，就是鸭嘛。古代叫面首，给武则天当面首的是张昌宗、张易之兄弟俩，还跟和尚薛怀义争风吃醋呢。

我都不知道那么美的诗你是怎么想出来的，整天就是这些无聊之语！

汪哲说着，扔下书，就要走。

你别急呀，我给你说，不是你想的那样，这跟你写的唯美的故事一样，吃软饭的也是人呀，只要你写出他们为什么要那么做，既要写出他们的无奈，也写出他们之间的真情，这不也同样可以感人？你写完，我再加一些读者需要的激情细节就可以了。我能让你一个女孩子写那些坏名声的东西吗？我可是怜花惜玉的解语人呀。为什么找你，就是因为你的纯情，再加上我的激情，一定有更大的图书市场。

要写你写，我才不写这些乱七八糟的东西呢。

给你说，一天一万字，十天就可拿下，能赚你多半年的工资呢！再说不用署我们的名字，咱们交货时，书商就把钱给咱们了，一万多快呢，要数多少时间。还有，我跟一些生活类的报纸联系好了，可以连载。这时，咱们把文章往情感的路子上做，打苦情戏，署咱真名，比《知音》《家庭》还感人。

给我十万我也不写。

汪大小姐。江天长长地叫了一声，说，文学虽然美好，但现在已经边缘化了。识时务者为俊杰，人情练达即文章。先把生活搞好吧。

汪哲干脆不再理他，在他电脑上一会儿看图片，一会儿瞧文档，好新鲜。

算了，不写就不写。江天说着，把一个十六开的大本子递给汪哲，说，这是全国各省市的报刊地址及责任编辑姓名，也是致富的密电码。不能告诉任何人。说着，又把本子要过去，装到一个牛皮大信封里，说：要是换了别人，这个地址本我也要卖二十元钱呢，这可是我多年经营的结果。你拿什么谢我呢？说着，一双花花的眼睛，笑眯眯地盯着汪哲，汪哲站了起来。

正在这时，外面的敲门声震山响，江天去开门，原来是千光。

一看到汪哲在，千光阴阳怪气地说，我来得不巧呀。说着，把一堆水果放到桌上，说，我从家里带的。

对了，听说你买了新电脑，我这有张碟片，好电影《钢琴课》，咱们放进去看看如何？我那个笔记本屏幕太小，看着不解瘾。

你们聊。

哎，来了，就一起看呗。大家都是同学。刚好千光带了吃的东西，

我们边吃边看。江天说着，把汪哲拉着坐下，然后对千光说，你以后一定要对汪哲好，聪明的女人才跟强者为友，而笨女人，才会与弱者同行。你们以后有时间就到我屋里来看电影。

千光说，我们本来就很好么，对不对，汪哲。说着，把一块榴梿酥递到汪哲手里。

对了，千光，杰瑞米·艾恩斯到底是干什么的？

天呀，你还记着这个人呀！说你傻，你真傻。千光笑得抱住了肚子。

怎么回事？

这是我们之间的秘密。对了，汪哲，你去问杨老师，他肯定知道。千光说着，拿着一片柚子，放到嘴里。

三人坐一起看爱情片，总是别扭。江天坐中间，一会儿给左边的汪哲递只香蕉，一会儿又给右边的千光拿只苹果。千光边吃边说，我最爱看《狮子王》了。江天笑着说，下次买了再请你们来看。

这时学习委员叶子林走了进来，说，江天，你这小日子过得美得很嘛，左拥右抱，整个一大老板派头。

江天笑着说，来，委员同志，一起享受我的好日子。

汪哲擦着眼泪，拉着学习委员坐下，说，你快看，杨老师说过这个电影，真是好呀。

当他们看到女主人公被丈夫砍掉手指时，汪哲拿着纸巾擦一张，撕一张。叶子林说他妈的江天，我要跟着你写名人专访，也要给自己赚台电脑。

电影看完，汪哲先走出男生宿舍，江天追了上来，把那个大信封递到她手里。

这是啥呀？

看了就知道了。你看连学习委员都要走市场了，你不能再清高了。

随后而来的千光抢着要看汪哲手里的信袋。

老鼠药。汪哲说着，自顾上了楼。

夜深人静，汪哲看同屋的人睡了，翻着一百多页的全国报刊主编、栏目编辑通信录，暗想江天花费如此大的精力整理，实属不易。

如果说汪哲刚到京都感到一阵眩晕是城市的喧嚣带给她的压力的

话，那么现在，同学们广开财路的做法，眩晕使她更找不见精神的北斗了。使她深深地体会到眩晕不只是视角的问题，更多的是一种从里到外的一种精神上的洗礼。

她把这感觉告诉了电话里的张家伦。张家伦说：不要管别人怎么走，重要的是找准自己的路子，踏踏实实地走下去，记住自己的职责。我现在就是想着如何把兵带好，把炮打好。最后说他前几天胃病犯了，住了一周的院，彻底查了，没什么大问题，只是炎症之类的，让汪哲放心。

张家伦虽没说一句责备话，但汪哲觉得就像他一拳打在她脸上，火辣辣的。她觉得她想写赚钱的稿子只是偶然的，也是冲动的，如果没有同学的这么赞同甚至鼓动的话，可能过几天就消失了。其实她现在急于找张家伦诉说，就是想通过他的反对来帮助她甩掉这个念头。她走出闷热的电话亭，心里像吃了一颗定心丸一样，昂首挺胸地走过一群群手提着大哥大的同学身边。她想我需要张家伦每周的一个电话，我渴望躺在宿舍就能跟他诉诉离情。我当然不想在学校排半小时的队等打超不过十分钟的通话。我需要钱，可我现在是学生，我的职责就是把书读好，写出一些有分量的艺术作品。创作不是操作，就像炮手不是在玩炮，是在弹道里绘出理想的彩虹，这彩虹并不是每一个炮手都能绘出的。只有把炮当作自己的恋人，当作生命中最宝贵的东西，才能真正地投入精力。文学的海为什么能让千千万万的人迷醉？就是它很大程度上包含了作家的一切情思和才气。这当然不是一般的操作手可以完成的。

当这种念头离她慢慢远去时，她的心里平静多了，重新写起了心中的小说。她花了两个月时间写了两个中篇，宋主编看过后认为是难得的好文章，推荐给了京都两家中央级刊物。

这时，全国各地的妇女刊物、青年刊物的编辑们纷纷来到了文学系组稿，楼上整天是打印机声，是请作者吃饭的叫喊声。闲着无事的汪哲想反正闲着也是闲着，何不写几篇。纪实性的稿子稿费听说千字千元，可是她不喜欢写，她就写一些小散文，给青年朋友们妇女姐妹们讲讲军营故事吧！她想起了风雪的训练场，想起了邻居大嫂的剪纸，想起了葵花遍地的军营，她觉得她写这些美好的故事时，眼里总是迷蒙潮湿。这真挚的情意就如同她写初恋的文章一样把自己的心放在里面，让它们在感动她的同时，也感动读者。这样想时，她就提起了笔。

不出一周，她就写了《哥哥呀，我哪儿好》《村里有群娃娃兵》《火锅里涮出的爱情》《大学里的战争与和平》之类的记事散文，编辑一看，当即就定了稿。结果就有编辑坐在她宿舍等稿。她写一页，编辑过一页。当时，这在学校里被传为佳话。

我不会一直写这种东西的，它只是读书写作后的一种休息。汪哲在给张家伦的信中这样写道。她还说其实我们的生活中这些看起来很小其实很动人的东西还有很多。生活中有许多黄钟大吕式的庄严，但是也有小桥流水式的柔婉。

张家伦说不要试图去给别人再三地解释什么，其实写作是凭着一种心性在写作，它没有什么固定的格式。按着你的心灵指示去写吧，只要不仅仅是为了钱而写作就行了。

这些青年、妇女刊物稿费诱人的，可是写起稿来，实在麻烦。汪哲的字不好看，而且要留底稿，还要一遍遍修改。有修改的地方，就得重新再抄，实在累人。

她想买电脑，便省着钱，准备买个二手电脑。张韵依前几天还陪着她到电脑城看了，价钱超出了她的预想，她想等工资发了再说。

吃过晚饭，她到校园转了一圈，回到宿舍，发现张韵依的四通电脑在她桌上放着，再回头看，张韵依人不在，桌上多了个黑色的笔记本电脑。

难道？她不敢多想，这样的代价太高了。她把张韵依的四通刚放回她桌上，张韵依提着水瓶回来了。

对了，汪哲，我爱人给我买了一台新电脑，如果你不嫌弃，我把这个四通送你。

不不不。

拿着吧，谁让咱们是同学呢！你不收我心里会不安的。

这话让汪哲心里又是一颤。对了，那个身影的事。皮带的事。裤头的事。一定像罪证似的戳在张韵依的心里。

收？还是不收？当然不能。不能让人小瞧了咱们头顶草屑的孩子。

汪哲抱着四通塞回张韵依的手里，说，你把我想成什么人了。

张韵依说，要不这样，我卖给你，反正现在对我也是多余的了，你随便给个价，一千块钱，我买时，三千，也就用了不到半年。

条件还是蛮诱人了！可是汪哲说，不，我不要。要是别人，或者没有那个背影，这个生意指定成了。

不久，江天又搞起了纪实。他策划了一套五本的"红颜·江山"系列丛书，让汪哲写两部，且神秘地让她猜一部可以赚多少钱。

汪哲说一万。她紧张地等待着对方的肯定。

一万？你是说梦话吧？

那就五千。

我告诉你，至少可以赚十万。你想一想咱们卖给书商，等于版权也卖给了他，他可以随时出，大批量地生产，这十万还是少的。

十万对汪哲来说不亚于一场地震。从内心来讲，她喜欢写这些被损害和侮辱的女性，她想把她们的才、情、貌，声情并茂地写出来，柳如是为了救国，捐金助银，为了千万个女性不再如她那样的命运；赛金花为民请命，甘心再落烟花。还有李师师在国破山河碎时，毅然吞钗自尽。那些烟花女子并不都是商女不知亡国恨。那个柳如是，就比她的丈夫钱谦益还有男人般的家国情怀。

不是让你写小说，这样写谁看？要写纪实，写出她们生活的放荡，才有书商买。多数人喜欢窥探人家的隐私。要不，什么宝贝骚土废都之类的，人爱看。如果再在书里设计些暗示有性意味的空格肯定读者更爱买。这些东西虽然不能登大雅之堂，但如果能让我们在国际商贸大楼里潇洒享受一回，也划算。实话给你说，买东西，名牌就是好，你看大楼里的衣服，那穿着多体面。而那百姓世界的衣服简直俗极了。穿衣服还好说，那吃的喝的可就得注意了，不知你知道不知道，报纸上说"百姓世界"的好多酒是假的，有些酒竟然喝死了人。你想一想，没有钱行吗？

光为了钱我不干。汪哲拒绝合作。

傻帽！江天在她走后说了一句。每当他收到成百张的汇款单，就像富人走过穷人家，满脸的自得和荣耀。他呼朋引伴地领着一个个美丽的姑娘在苏杭街的美食街上的小饭馆里施舍给她们一顿顿的廉价的饭菜，然后套出她们的情感故事，再在《知音》《家庭》《女友》上拿去换钞票。他就格外地希望同学们能看到他的这种幸福。特别是他希望汪哲能出现，甚至嫉妒围着他转的一个个姑娘们。他在众多明星们楼下怯怯地敲了一次又一次门，每天把成百份的稿件一份份装进信封里封好，然后一封封

放在屁股下压平，再像扛麻袋似的送到邮局，还不就是为了让女人们瞧得起自己——一个农民的儿子。现在又有谁知道三年前他还是个诗人呢？那时候他红得全国写诗的人都知道他的大名，可现在诗人谁能养活自己？当代两位能真正地称得上优秀诗人的海子死了，食指疯了。

然而他不喜欢这些和他一起吃饭的女人们，他一直把她们叫作妇人。因为她们老早就失去了女孩子特有的清纯。

而汪哲是他心目中的女孩子，可是她一直拒他于千里之外，每次都说我有男朋友了。当他凭着采访明星们的计谋总算搞清了她的白马王子只是个拖"油瓶"的指导员，听说身体也不好，心里就放松多了。当然不仅仅是她的漂亮、清纯，他认为最主要的是：他们都是头顶草屑的孩子，都是来自乡野那片还没被污染的天空，有共同语言，还有相似的背景，这样才算真正理解。

当他听说她拒绝了师长的公子刘琦的求婚，当她在火车站忽然的决定，他竟流泪了，他没有想到一个女孩子为了情可以做得彻底的美轮美奂。

这样的女人应该是属于我的。小中尉，你跑不出我的手心，我会让你乖乖地和我结为军民鱼水情的。他是个聪明人，聪明的人难道能办不成事吗？这样想着，他高兴地笑了："美女们，喝吧。"女人们在他的注视下一杯杯地喝起来。她们已经醉了。他要是让她们喝，她们就会一直喝下去的。因为他是她们的施舍者呀！别说是喝酒，就是让她们脱衣服，为了钱，她们也会的。可是他不需要，真的，他自认为自己是一个言语上放得开可行动上却很传统的人，包括他名气如日中天的时候。

第一次夜不归宿

江天几次约汪哲出去玩，汪哲都借口她跟张家伦准备毕业就结婚，也很少再到他屋里去。虽在一个班，一下课，汪哲就往宿舍走。他呼她，她也不回。没想到，不久，他俩相逢在一个担任要职的老作家家里。老作家年已花甲，却跟年轻人一样说黄段子玩杀人游戏，很是活跃。

席间江天跟一中年女谈兴正浓，汪哲便没上去与他打招呼。

餐后汪哲告辞，江天也追了出来，说你知道那女人是干什么的吗？

一家大报的总编。说着，扬了扬手中散发着香气的名片。

汪哲淡然一笑，要上公交，江天说，你快看，那条马路多漂亮。两人进到这条不见多少车辆的巷道，借着远处时明时暗的灯光，发现这条街道叫花枝巷。汪哲望着马路两边遮天蔽日的紫槐，密密匝匝形成一个幽深而静寂的世界，感觉好似在梦中。

江天说咱们到街心公园坐会儿，你看月光清澈，花香扑鼻，早早回去岂不辜负了良辰美景。

汪哲问几点了。

他说："九点。"其实已十点多了。

那咱们就歇会儿，别忘了到十点必须回去。否则没公交车了，不怕你笑话，我今天请完客，只有一元钱了。

那你逞什么能？付账时，她比他跑得还快。真是个实心眼的女孩。

我没有吃饭不付账的习惯。

这时两人已坐在了绿树掩映的街心花园的木椅上，周围树木茂密，悄无一人。

那么，你有这个习惯吗？他说着一把抱住了她。

她的劲真大，牙咬、拳打、脚踢，可是这些不足以使他放弃，然而他却被她的眼泪伤害了，他放开了她。难道我就这么没魅力？虽不是貌比潘安，可一米八二的个头，眉不浓，但耐看，眼不大，却有神。而且穿的鞋子虽非名牌，但价格也不菲，且让他擦得锃亮。他听说，一个好男人，鞋子很关键。衣服呢，也是专卖店特选的，很配他。且都干干净净，身上闻着是一股清爽味。他喜酒，却从来不喝醉。特别是今天，她在场时。

她跑出公园，站到公共汽车站牌下，浑身都在发抖。江天骂自己不是人。

她看他走过来，哭着说："你别过来，再过来我就撞车。"

他说："我不会再那样了。不要等车了，咱们打车走吧！现在都十一点半了，没有公交车了。"

你这个骗子。她说着，飞也似地跑起来。离学校还有十站的路呢？

你等等我。他也跑起来。

她没有停。她一直在跑。他打了一辆面的跟在她身后说："有司机师

傅在，你还怕什么，上车。"

　　她理也没理，就一直跑着，跑着。他知道她和他一样倔，他跳下车，跟在她身后。她跑得慢了，他也就跟着慢下来。他是男人，他得保护一个女孩，而且她还是他钟爱的女孩。

　　回校已十二点了，江天敲了半天门，无人理会，要踢门，汪哲拦住说，算了，别吵醒人家了，你看都几点。

　　江天说你踩到我肩上，我把你撑着从铁门上翻过去。她鄙弃地看了他一眼，那一眼，冷如寒冰。他当然不能丢下她不管。

　　她坐在学校旁边马路的台阶上，他想靠近她，她站起来又要走，他只好坐在她对面石头上。

　　她说："千光是真的喜欢你，你要对她好，再说我跟张家伦已经明确关系了。咱们只能是同学关系。"

　　"她爱我，可是我不爱她，这是没办法的事。她越对你不好，我越瞧不起她。女孩子一定不能恶，也不能太主动，犯贱，否则没有男人喜欢。她越这样，我越喜欢你。"

　　"人的心灵再开阔，也只能容纳一个人。让我平平静静地上完学吧。"

　　"我向你保证，千光以后再不会给你找麻烦了。我告诉她了，如果她再给你找麻烦，我永远都不会理她。她向我发誓了的，你也不要轻易地表态，让时间做证吧。如果将来你还不喜欢我，我会调整自己爱的目标，但是现在我还不想撤退，男人从来不会轻易地失败。如果把爱情当作投稿，请你一定相信，我是有投了三十二次稿才发表的历史的，别忘了。你不知道，我爱你，是因为你总是那么及时地提醒着我，在我的灵魂快要失去时，及时制止了。而且我相信如果我们搞文学，一定能写出好作品的，其实我最爱的还是诗歌，只是现在为了生活，等生活稳定了，我会继续写诗的。如果我们联手写作，共同生活，一定能写出好作品，也能成为世界上最幸福的夫妻。真的，相信我，一个男人只有经历了各种生活，换言之，经历了各种女人，他最终的结婚对象一定是自己的最爱。因为有了比较，有了选择，真的，和你在一起，我总有一种创作的激情，回去就让你读一读我新写的诗，提提意见。"

　　汪哲没接口，却看着天上的月亮说，第一次在京都看到月光了，多亮呀。

考考你，才女，此文出自何篇，作者名谁。江天清了清嗓子，听着：语余曰："吾书谢希逸《月赋》，古人厌晨欢，乐宵宴，盖夜之时逸，月之气静。碧海青天，霜缟冰净，较赤日红尘，迥隔仙凡。人生攘攘，至夜不休，或有月未出，已齁睡者，桂华露影，无福消受。与子长历四序，娟秀浣洁，领略幽香，仙路禅关，于此静得矣。"

冒辟疆的《影梅庵忆语》。我最爱的一篇小品文。

江天说，明白了吧，我们到老都有说不完的话，这就是我为什么穷追你的原因。知音呀，自古知音难寻觅，所以高山流水谢知音。

汪哲一惊，此语不正是自己也想跟他在一起的理由吗？可这话说出就是对张家伦不公平，便沉默不语。

"与子长历四序，娟秀浣洁，领略幽香，仙路禅关，于此静得矣。"也是我此时的心境呀，何时我们品茶赏梅，闻香习画，做一世神仙夫妻。

我最喜欢的是写他们静坐香香阁，细品名香，手制香丸，经营四时草木竹香的片断了。

是呀，那制花露、制果膏的细节，真跟《红楼》一脉相承。小宛生性淡泊，食物不嗜好肥腻甘甜之物，不跟你相似吗？她制作甜美的花露，香味扑鼻。特别是制作的海棠露，如何的甘饴，真想品尝。最迷人的是将五月的桃压成汁，炼成水果膏，味美色绝。制豉、红乳腐烘蒸、腌制菜品、火肉，酒制蛤肉，肉脯像鸡粽，腐汤如牛乳。如此美艳妇人，既懂诗画，又能品人间美味，还能侍夫一家老小，你说世上有吗？

我觉得这是你们男人的大头梦。你看无论陈圆圆，还是董小宛，为了逃离苦海，是多么可怜？每次冒辟疆离去，董小宛都苦苦相求。大难当头，冒辟疆左手扶母，右手牵妻，从没想到她。

对了，你如此喜欢她们的故事，写本我策划的那套"红颜·江山"丛书吧。

我想想。

就这么定了，你写董小宛。顺便告诉你，我家就如皋的，你要想看董小宛跟冒辟疆谈诗作画的水绘园，我可以给你当向导。

真的？你越说我越有兴趣了。我要写出一个女人美丽而凄婉的一生。

汪哲，等我们分配好单位后，也学他们春品花，夏赏荷，秋对月，冬观雪，做一对人间少有的夫妻。你说呢？

　　半天没有动静。江天回头一看，汪哲竟睡着了，身后月光下的紫薇，似浅紫，又好像银粉，他痴痴地看了半天。想起了《罗马假日》电影中那个逃出皇宫的小公主，怜爱之心顿生，悄然脱下自己外套给她盖上。然后守在她旁边。看她已睡熟了，就悄悄把自己肩膀送到她头边上。这时候他没有一点杂念，他想起了一篇叫《牧童与少女》的小说，便觉得心灵渐渐地宁静多了。

　　国际商贸摩天大楼在寂静的夜晚更显出了它特别的魅力，夜夜笙歌燕舞，里面人一定过着纸醉金迷的生活。江天打开一支烟点上，开始数起进入摩天大楼的小轿车来。

　　就在这时，他看到三四个男人在大楼门口站着，好像在等人。他们的目光没有朝楼里看，而是一直向着执法部的大门口张望。约莫半小时后，从执法部走出三个男人，好像围着一个大官模样的人走进了门前的车里。他们上车的时候，警惕地望了望四周。车到摩天大楼门口，那三四个男人上了车。车一溜烟飞去。

　　没意思。他的眼光又移到苏杭街上，批发市场的门面早关闭了，只有极少的人推着手推车放着锅盆往外走。小推车在寂静的夜里发出了咯吱咯吱的响声，这让江天想起在农村的父母。他们现在睡了吗？

　　当凌晨公交车开通时，汪哲忽然被一阵警车的汽笛惊醒。她醒来一看，警车已飞驰而出。然后低头见自己竟靠在江天肩上，狠狠瞪了他一眼，确信自己安然无恙，才松了一口气，问："发生什么事了？"

　　"对面可能出事了！"江天说，"半小时以前，我看见有十辆警车相继开进了摩天大楼，估计抓要犯。"

　　第二天刚下课，江天拿着一张《京都晚报》跑到她面前，让她看一条新闻：

本市昨夜查获一例特大走私案

　　本报记者田野报道：昨天零时三十分，我市公安机关在摩天大楼查获一例特大汽车走私案，查出罪犯五人，涉嫌人员达二百多人。其中涉嫌的有某机关四名高官。具体情况正在调查之中。

　　"原来是这样的。看来这些高官真的不想活了，执法犯法。"汪哲感慨道。

　　"摩天大楼里肯定更有精彩的事情发生。"江天高兴地说，"对了，

你知道不知道,李安安这次是真的拍电影了,导演可是正在走红的导演。"

"她跳得不错。"

"你呀,真单纯。知道不,现在李安安跟朱社长很暧昧了。昨天我发现是朱社长的车送李安安回宿舍的。"

不要捕风捉影。

女孩的天空

晚上汪哲走出图书馆,穿过花园往宿舍走时,穿着郁金香连衣裙的千光拦住了她:

"我想跟你谈谈。"

"有话就在宿舍说吧。"她看到了那女孩的眼泪。

"这儿清静。上次都怪我不好,我不该那样做。现在我才明白这样做是最没有修养的,也最没风度的。可说实话,我看到你跟江天在一起,就很难受,就变得失控了,那事过去好多天了,我都不敢相信那是我做的。我心里难受,跟张韵依说过,你猜她怎么说?"

汪哲看着倒映在湖里的树影,在灯光中影影绰绰,比白天,好像还有那么一股神秘感。

"对了,汪哲,你知道韵依为什么恨你吗?我告诉你。"千光说着,拉着汪哲坐到湖边的木椅上,汪哲刚一坐下,她又说别急别急,说着,拿着纸巾来回擦了好几遍椅面,然后说,"韵依说,每看到你发表在纸上的文章,她就感觉好像穿着没穿内衣的毛衣,浑身痒不说,还通体透风。"

这倒新鲜。汪哲笑了。

千光受到了鼓励,接着说:"我说你难受就不要看嘛。她说,我不看,身上冷。我对你的感觉跟她不一样。"千光说着,止了口,汪哲知道她又卖关子了,仍然看着湖面的树影,现在全成黑乎乎一片了。这时,路边几辆自行车打铃而过,一个男声说:"咬住他,你就赢了。"

另一个是女声:"怎么咬,下不了手呀。"

也不知他们说的是他或她,甚或它,是人,还是物,又是何因?反正在笑声中,他们消失不见。

"给你说话呢，注意听好不好？"千光推了汪哲一下，汪哲说，我不会也是你身上带刺的毛衣吧。

千光笑着说，不是，是镜子。

镜子？汪哲这才转过头，打量着这个班上最漂亮的女孩，可惜在暗淡的光中，看得并不分明。

"爱情的镜子。"千光说着，掏出一块巧克力递给汪哲，自己在嘴里放了一块说，"我为什么喜欢江天，是因为你。记得咱们报名时，你背他的诗吗？就在那一刻，我注意了他一眼。中秋晚会，你说咱班只有江天能坚持每天跑步，风雨无阻。还有你总跟他在一起，回来就兴奋。我想连张韵依那样骄傲的人都把你当成了对手，老师又不停地在课堂夸你，我就判断你是一个有眼光的人。我是一个凡事都不愿动脑子的人，在家里，有父母。在单位，有同事。上学，也只是觉得整天坐在银行里数钞票没意思。我爸爸说，遇到难以选择时，你就看那些优秀的人的选择，基本上，他们的眼光没有错，于是我就以你对江天的选择，爱上了他。"

听完这席话，汪哲先是吃惊，又感觉真诚，觉得自己也不能说假话，思索了片刻，说，你找我就说这些话吗？

"我想请你帮帮我，我真的很爱他。"

"那你该去找他。"

"他不听我的话呀，所以我才来找你嘛，请你以后不要对他太好，让他产生误解。我知道你并不爱他，你有爱人，我已经通过关系，调查清楚了，你们关系已经很深了。你能给我保证不再理江天吗？"

汪哲本来要告诉她自己马上就要结婚了，可一看到千光身上干部子女的骄纵，便冷冷地说："我想你没这个权力。"

千光却没生气，掏出一张票，说："听说你喜欢看芭蕾，我这儿有两张票，你叫同学去看吧，在国家大剧院，是你最喜欢的《安娜·卡列尼娜》。票价八百八呢。

"你知道我不会去的。"

"求你了，去吧，你去，江天才会去。"

他去不去与我毫不相干。

这话是你说的，他若约你，你就这么说，好不好？我求你了。千光说着，掏出一张纸，塞到汪哲手里，说，我跟江天去看演出了。汪哲想

一定又是刚才对话的文字版，随手塞进口袋。

宿舍里，千光不在，张韵依正在看一本刚发了汪哲一篇中篇小说的大型文学刊物，想起刚才千光的话，不禁有些得意，主动跟张韵依打招呼，看书呢？

张韵依拿起杂志，叹息道，还是中央级文学刊物，发表的作品竟然有硬伤。

吃不到葡萄就说葡萄是酸的，汪哲心里这样想着，嘴上却问，什么硬伤？

张韵依拿着杂志，走到汪哲跟前，翻到汪哲的小说，指着她用红笔画的地方说，你仔细看看这儿：1.你说的五角钱硬币后面的图案是牡丹，可我查了下，第四套人民币一角是菊花，五角是梅花，一元为牡丹。第五套人民币一角是兰花，五角是荷花，一元钱背面是菊花。你的牡丹是错的。2.没有对方的身份证，不能订机票。3.进星巴克是要先交费的。后两个你不懂，是因为你没进去，还可以说得过去。前面的错误就是你并没仔细观察生活。细节都有破绽，那小说能有多好？

汪哲一时语塞，想着是谢谢这个严明的批评家呢还是对此吹毛求疵不予理会？张韵依又翻出汪哲的一部小说集，说，你看看，红笔画的地方，也是硬伤。

谢谢，我哪天一定要请你吃饭！汪哲看着如此细心的读者，真诚地说。

不用，我只是想说大刊不见得发的全是好文章。张韵依语调冷冷的，好像为自己发来的炮弹终于击穿了对方，而痛快。

这么一想，心里就不舒服，忽想起口袋里的纸，打看一开，起初没看懂，后来眼睛就酸了：

某人一周大事记

1. 周一至周三，他穿一件白色 T 恤，蓝色发白牛仔裤。周四至周日，穿米色的裤子，配紫色的衬衣。好帅。

2. 吃饭，到食堂吃了三次，到大妈处吃了两次。

3. 每天晚上从十点到十点半，坚持跑步，我掐了一下表，每圈五分钟。

4. 周四上午上课，他眼睛充满了血丝，好让我心痛。

5. 一节课偷看一女生三次，人家没理睬，好高兴。

6. 大妈说，他一周买了一捆酒、三包烟。得劝他，抽烟喝酒过量对身体不好。

7. 外出三次，且都在晚上，与某人两次，去的都是图书馆。心里难过，好在公众场合，还能忍受。

8. 他给我送礼物两次，一束玫瑰，一瓶香水。

9. 与我看过一场电影，且亲了我。

10. 为我写情诗一首，名字叫《你来，爱就来》。

正在这时，呼机响了，是江天，让汪哲去看演出。

汪哲没去。但当看到他跟千光去看演出时，心里酸酸的。但她明白必须这样做，为了那张字条。

此后，江天每单独约她，她都借口有事，一一回绝。

这时，楼下传达室大妈大嗓门通过喇叭吵得全楼都能听见："文学系的汪哲，楼下有人找。"

原来是戏剧系刘虹。她眼睛红红的，让汪哲陪她去散步。

雨后的校园，一片清新。汪哲狠狠地吸了几口空气，认真地看着刘虹。两人沿着操场走了一圈，刘虹忽然说："他把我骗了。"

汪哲心里忽然轻松了许多。她知道这个时候给刘虹最好的安慰方式就是倾听。

刘虹抹了一把脸，说："我亲眼看见的。他跟她老婆看演出时挺亲昵的。他一直搂着妻子的腰。我跟他谈了好几次，他都矢口否认。现在他连我的电话都不接了，看来你说对了，这个王八蛋是把我耍了。"

两人一阵沉默。汪哲无奈地拍了下刘虹的肩，说："好了，你总算明白了。现在准备怎么办？"

"怎么办？当然是要钱了。我要让他给我十万元，我想拍个小品。"

汪哲心里颤了一下："要是他不给呢？"

"那就让他身败名裂，反正我有证据。他跟我照了那么多合影，给我写了那么多情书，说了那么多官场秘闻。合影、信都在我这呢！"

"别，别这样。你们毕竟还是有感情的。"

"不，我一定要达到目的。我要让他知道，我不是好惹的。你不知

道我为他流了三次产，也许这辈子我再也不能生孩子了。"

汪哲不知道如何是好，只好转移话题："你现在学习紧张吗？还是把精力用在学习上吧，慢慢就会忘了不快。"

"我做不到。你看看现在那些已经成了腕儿的明星们，有多少是靠文化，靠功力，靠刻苦，靠积累才成名的？还不是靠一部戏，一首歌，一个节目，甚至靠几句贫嘴。我就是向他要钱，只要有了钱，我又有实力，再加上炒作，就会出名。出名了我就能过一种人人都羡慕的生活。"

"你别把他逼急了，否则什么事都会发生的。"

"是他把我逼急了，他以为我是好欺负的。"望着刘虹一脸的愤怒，汪哲只好说："好了，太晚了，咱们回吧。听我劝，千万别做蠢事。相信我，世上能走通的捷径，太少。"

"我会有办法的。对了，你给我写个脚本，就以我给你讲的故事为素材，我来演，肯定成功。"

"我试试。"

"不是试，你一定要帮我。你可以先写成小说，再改成剧本。"

一看到刘虹的带着血丝的眼睛，汪哲说好吧。不过，得按我理解的来写。

"我知道，不要把他写得很坏，还有，不要让我的同学们看出来，毕竟这份恋情见不得天日。"

汪哲正要回宿舍，看到江天穿着一身运动衣正从操场跑了出来，心情大好，便主动开口，你没跟千光出去呀？

江天瞪了她一眼，说，明知故问。

听说你给千光写了一首情诗，名字叫《你来，爱就来》，能给我学习一下吗？

什么"你来，爱就来"，我有病呀？江天说完也不理她，跑回宿舍。

千光一进门，就说她跟江天去看演出了，他又吻了她，满嘴都是烟味。说着，不时看看汪哲，汪哲手里抱着书，还是笑。

千光大声说，我知道某人笑什么，笑比哭难看。

汪哲本不想接话，可看着张韵依幸灾乐祸的脸，便道，我笑世上可笑之人。

千光端着脸盆甩门出去。

退伍兵出身的饭店老板朱鸣光到京都来谈生意，说要来看汪哲。

汪哲认识朱鸣光是被张家伦的妻子赶走后打工时认识的。

要说此事，还得从头说起。张家伦知道了妻子和她的老板有婚外情，要求离婚。他妻子一口咬定是汪哲没安好心瞎说的，因为她知道只有汪哲看到她和老板在一起。

张家伦从一个大信封里抽出一大堆照片说："这是你老板的太太给我的，看看你们的恶心样子吧！一个将军的女儿，一个口口声声爱丈夫如命的女人，早在四年前就和别人有私情了。过去有人说，我不信，现在你走吧！我不骂你。赶紧把离婚手续办了，我给你自由。"

他前妻坐着没动。

张家伦气恼地上班去了。

他前妻就在汪哲身上撒气。在张家伦上班的时候，把她赶出了门。

还说了一句跟她的容貌和气质十分不相配的话：

"都是你，本来我们好好的。你滚！如果你还缠着张家伦，我就让我爸把他调到偏远部队去。"

简直比没有文化的人还野蛮。汪哲伤心地一步跨出了门。

接下来的日子里，汪哲在朱鸣光的饭店端盘子。老板朱鸣光对她很欣赏，一月后，让她当了领班，半年后，让她主管一个分店。

一天她正招待客人，碰上了张家伦的主编。

听说张家伦住院了，汪哲心就多跳了十几下，好像总有人在身后把她往回拉。不行，我必须去看看他。她立即辞了职。朱鸣光说："你随时回来，位子给你这样可靠的人留着。"

张家伦一见她，就坐了起来："我四处找你，知道你爱看市报，就登了寻人启事，想着你能看到我在找你。"

"在饭馆里很忙，根本就没时间看报。"

汪哲看到张家伦瘦多了，心里感到一股说不清的感觉涌上来，她说：

"大哥，我也想宝宝。可是我怕大姐她……"

"我给了她全部的存款，并说孩子我抚养，她总算同意离婚了。现在我可真成穷光蛋了。"张家伦说。

"只要有宝宝，只要我不离开这个整天响着军号的大院，我就知足了。不怕你笑话。到你家来了一年多，我也好像觉得自己是军人了，每天随着号声起床、打水、做饭。刚到那个饭店，特不习惯。想号声，想宝宝。饭店里工资高，但是我知道我不适合干那样的工作。整天就是赚钱，没有一点人情味。"说着，眼圈红了。

汪哲重新回到了张家伦家。

回到家，她什么活都不让张家伦干，让他好好休息。张家伦就逗着宝宝玩。汪哲每次看着这一副场面，就心里暗暗替宝宝流泪。孩子还不到两岁，就没了妈妈。这样想时，她总情不自禁地抱起他，脸贴着他小小的脸，一句话也不说，只任眼里的泪雨任意飞扬。

这时候张家伦就问她：

"咋了？"

"我想宝宝和我一样没有了妈妈。"

"可是他还有爸爸，还有阿姨。"

"我一定要让他和有妈的孩子一样。"汪哲说完发觉她的内心突然升起了一股她很陌生的庄严感、神圣感，一种来自她内心但是她还不明白的一种母性的情愫。

张家伦怔怔地看了她半天，用手拍了拍她的肩，说：

"小汪，谢谢你！"为了掩饰他流出的泪，他背过身去。

"谢啥呢？大哥，你供我吃、穿，供我读书看报长学问，我只能用一颗心来报答你。"

她给宝宝织毛衣，缝衣服，讲故事，做游戏，搂着宝宝睡觉。觉得好像就是她自己的孩子。当孩子胖乎乎的小手抓着她饱满的乳房睡着时，她的心一片宁静。只要我有一口气，就要让宝宝和其他小孩一样享受到我能做到的最好的母爱。

这次回来，汪哲真把张家伦家当成了自己的家。过去她向张家伦问吃什么，家里需要什么，凡事必问。现在就不同了，张家伦把家里的门柜上所有钥匙全交给了她，很信任地说："以后家里的一切都交给你了，钱就在抽斗里放着，想买衣服你就自己随便去买。"

说完话，张家伦把一串钥匙交给了汪哲，连同一张存折。

"大哥，这怎么可以？我只是你家的小保姆。"

张家伦在屋子里转了一圈，说："你看你把这个家收拾得窗明几净。

你看宝宝不知不觉就学会了走路，他身体健康，聪明，我工作没有后顾之忧。你说你能是一个保姆吗？以后记住，永远不要说这样的话，你就是我的小妹妹。"张家伦笑着长长地舒了口气，"我现在总算彻底放心了。"

"大哥，我知道你信任我，可是我不会拿这些东西的。你放心干工作吧，我会把家操持好的。"

她把钥匙还有存折放到了张家伦的屋里。

第二天，张家伦上班了，汪哲紧紧握着饭桌上那一串沉甸甸的钥匙，摸着那一张两万元的存折，第一次感到也许她的一生就和这个家融为一体了。

再整理东西时，她发现这个家里的一切让她心里十分温暖，这温暖如火一样燃烧着她生活的勇气。她感到如果这个家里没有笑声，那她这个管家就没有尽到自己的责任。

张家伦每次找东西，必喊："我的衬衣在哪里？""钱还有多少？""宝宝该打啥针了？"这边还没喊完，那边已早早安排好了。

一年后，宝宝上了幼儿园，汪哲也没事干，想回到朱鸣光的饭店工作。张家伦叹息道，你有写作才能，有好机会还是有所作为的。一次张家伦给某部队作者发了篇散文，其领导请张家伦吃饭，张家伦说吃饭可以，到我家吃吧。我妹妹做饭可好吃了。饭后，领导看了汪哲发在刊物的好几篇小说，说，想不想当兵，他所在的部队需要笔杆子。汪哲做梦般就当上了兵。部队在沙漠，汪哲知道自己没有退路，别人聊天时，她在写东西；别人谈情说爱时，她还在写东西。当兵一年，进了机关。第四年因新闻报道突出直接提干，当了名新闻干事。一年后，张家伦看到京艺招生简章，又全力支持让汪哲去上学，说毕业时，想办法分到 J 市。四年了，汪哲从没敢跟张家伦表达自己的情愫，这次红着脸说你不怕我变心了？

张家伦白牙一咧，说，你再变心，还是我妹子。

汪哲上学后，朱鸣光打过几次电话。现在竟然要来看她，汪哲心生温暖。一个生意人都如此惜情，而她心中爱的那个人却从没说过来看她。心里好惆怅。

朱鸣光穿着一身骆驼牌休闲装，比过去更有风度。他进屋时，汪哲正伏在桌前抄新写的中篇小说，同宿舍同学的电脑放着轻快的音乐。

汪哲一见他，立即放下了手中的笔，不好意思地说："你看宿舍乱得很。"

"没想到在伟大的京都，在四处歌舞升平的日子，仍有一帮文学女青年在奔忙，可喜可贺。不过，看着众美女披头散发、满脸菜色地放着大好时光不享，却写字，让我不忍呀。"老板笑着说。

汪哲把桌上的一团团废纸扔到废纸篓里，说："我们整天待在宿舍里，真忘了外面的世界有多美丽。"

"你们宿舍就你没有电脑？"

"我会有的。再说我的打字速度跟不上我的思路。"虚荣的汪哲不知道该说什么。

老板看了看桌上的方便面，说："到吃饭时间了，我们出去吃饭吧。"

汪哲说："我有事。"

"就一会儿。"

汪哲做梦也没有想到她竟然第一次走进了向往中的商贸大楼。

沿途饭店林立：门里水边停着小船的是孔乙己。里面传出歌舞的是苗家乡。像海洋馆的是绿茶。飘出烤鸭味的是局气……他们去的那个饭店，给汪哲的感觉，就是金子堆出来的，门厅墙都贴着金箔。

里面更是豪华得让汪哲形容不出来，最让她喜欢的是绿植满屋，水流不息。卫生间专门有人伺候递毛巾，饭桌上每个客人身后，都站着一位漂亮的小姐，给每位客人分餐。鱼来了，她们会把刺剥得一根都没有；螃蟹汪哲最不爱吃了，即便夹子钳子放一大堆，她也生怕下手让人笑话，现在有小姐了，人家三下两下，出来的就全是白嫩如玉的肉。还有那个木瓜炖雪蛤真好吃。那服务员说什么，此菜润肤养颜，是一道美味可口的点心，主要材料有木瓜、雪蛤膏、鲜奶。含丰富的蛋白质和维生素，是女人永葆青春的美味佳肴。

两个人一顿饭，就花去几千元，疼得汪哲不知该说什么。

吃过饭，朱老板说："我们到二楼的电脑公司去给你买台电脑，这样你写稿方便。"

"不用。"

"我知道你这个人，无功不受禄。我是有求于你的。你给我写篇文章，文章当然要写好，《中国企业家》杂志约稿，你知道我那个水平。所以你给我写文章，我给你提供电脑，权且当作稿费，这样你也不用感到欠我的，我呢，署上名字心里也踏实。给你买一台笔记本电脑，你的朋友跟我说了你需要它。"

我的朋友？

朱洁护士呀！

你跟朱洁认识？

你上学走了，我不知道。到你们单位去找你，得知你有个好朋友在总院工作，叫朱洁。她那时候失恋了，我就请她吃了顿饭，看了场电影，这不就认识了，成了好朋友。

她可是个好姑娘。

我们只是一般的朋友。朱老板说着，深情地望着她，哼了一句"我爱的人她总也不理我"。

"那这稿费也太高了吧？"

"不高，不高。就这么定了。"

汪哲没再说什么。

最后给小孩和张家伦买了一大堆吃的，让他带回去。

说实话，汪哲真想在摩天大楼里好好地转一圈，也许一辈子再也来不了了。朱老板看出了她的心思，说："告诉你，我这次来是做实地考察的。我要在摩天大楼租房办公司，你到时候一定要帮忙哟！"

"你这么有钱？"

"可是你还是不答应我的求婚。"

汪哲背着崭新的笔记本电脑回到宿舍，同屋的姐妹边看边说：

"联想呀，还是彩屏，真漂亮。得花多少钱呀！"千光说。

"我给一个企业家写报告文学，他预付我的稿费。"汪哲骄傲地说。

张韵依看了一眼汪哲白色的笔记本电脑，说，我送你一对小喇叭，这样听音乐，看电影，就更方便了。

汪哲从手里提着的纸盒里掏出一个小音箱说，谢谢，朋友已经帮我买了。

随后张韵依又递给汪哲一张纸，说，这个你总需要吧，遇到不会拆

的字，找我。

汪哲接过一开，是五笔字型字根表。她细瞧张韵依其实长得挺好的，一张小脸，上镜肯定更漂亮。便说太谢谢了。

你不一定背下来，但是打字次数多了，不用看键盘也知道哪个字母在何处。来，看我的，两手分开，左手管左边，右手管右边，不要左手过了界，那样你会手忙脚乱。原来，她的手也好秀气，手指长而细。她说我弹过钢琴。可能因为我没学过钢琴，手指好笨拙。

过了三天见字就想拆的瘾，汪哲果真达到了张韵依的要求。

漂亮的妹妹去哪了

随着推土机的轰鸣，校园里最美的那片银杏林没了，花园越来越小，没多久就有一座大楼拔地而起。听说要盖教职员工的宿舍楼。花园是这个校园鲜活的肺呀，可是话又说回来，现在谁还能顾得上这些。三千多人的吃喝拉撒，三千多人要住要吃要行，还有那无数的教学设备要换。外请专家教授也要花钱呀！楼道里经常有进进出出的来推销商品的，海报栏里有抽奖、外币兑换、卖电脑、影碟、光盘、图书的，一应俱全。

汪哲第一次审视京艺。日升日落，看疼了眼睛，也没发现它的银杏叶与其他地方有什么不同，怎么也感觉不到梦中的那份沉醉；再摸据说是名家的书桌，脏兮兮的，让人半天找不出神秘。至于成为作家，更让人笑话，现在不是文学的时代了，过去师兄师姐们的稿子让编辑们抢着争着要，现在我们手里的稿件总是找不到适合它的花篮。

汪哲穿过校园湖边摸着一个个大师像，那可都是一个个如雷贯耳的名字，老想问他们当年有没有自己的这般苦恼。还有那张师姐给她的宝典，那些成功的师姐们，她们是不是当年也没想到自己有成功的那天？

每天排着长长的队，拿着油渍渍的饭票，双腿不耐烦地晃动，千菜同一的味道，真让每一个浪漫的艺术家悲叹生活的残酷。

社会在发展，人的责任感却在消失。情人热、小蜜热、傍款热、挣钱热。谁还在乎你有多少真情？难道个性自由发展，是社会进步的标志？

　　一个女孩子不敢跟异性笑一笑，否则只要现场有一张"床"，他就会把你压在身下。宿舍的卫生间里扔着数不清的避孕套。学生宿舍里有电视、冰箱、洗衣机。整天满楼都是呼机在响，大哥大在叫。宿舍楼下不停的汽车鸣笛声，接着就是一个个靓丽的女孩兴致盎然地叫声亲爱的，钻进车里。

　　而外面异性合租的例子不胜枚举。

　　处在这样环境中，汪哲就格外想念那个葵花遍地的团队，想那雪，想那练兵场，想那剪纸，想那没有暖气的单身宿舍，想那一阵阵斗志昂扬的军号声、口哨声。她在这久远的思念中，一首接一首地唱着老掉牙的军中歌曲。什么《战友、战友》《打靶归来》《军港的夜呀静悄悄》。边唱边把军装一件件地挂在外面让暖和的太阳晒晒。

　　要不是家伦，我当不了兵。提干更是来之不易。我会对得住这套军服的。管它东西南北风，我自岿然不动。

　　在她去图书馆时，江天拦住了她："别去了，放松点。女孩子嘛，别搞得像个居里夫人一样。你回头看看偌大的校园，我们刚来时候的漂亮的女孩都到哪去了？她们是被有钱的和有权的男人都带到外面寻欢作乐去了。特别在摩天大楼里，就有我们的不少同学。而且是被执法部里的领导带进去的。"

　　"你怎么知道？"

　　"我亲眼看见一个女孩子吊着执法部的一个官老爷的膀子走进了包间。"

　　汪哲无语。

　　"而只有丑女孩才在宿舍待着。"

　　"我那么丑，你为什么要缠着我？让开！"汪哲生气了。

　　"别，我的好妹妹。我的话还没说完呢！注意，我说的丑女孩在宿舍待着，可没有说在校园里。虽然你也在校园里，可是我让你回头来。搞清楚点，这些女孩都不包括你。你是最美的。除过倔点，还是又漂亮又可爱。好了，陪我出去吃过饭，然后看着我干些赚钱的活吧！"

　　"不，我要看书去。"

　　"汪小姐，现在不是文学的时代了，也不是梦想的年代了。睁开你的眼睛看看吧。现在是市场经济的时代，我们每一个人都要被推上市场，待价而沽。说一句难听话，你们女孩子天生就是给我们男人准备的。有的女孩凭着天生的资源再加上后天的教育可以说是女人中的上品，这样的女人肯定是给有钱人或有权人做夫人的。也可以说这样的女人能上得厅堂，下得厨房的。她们出门像贵妇，在家是贤妇，在床上是荡妇。她们的才气和美貌为男人打开了征服世界的大门；有的女孩自恃才高态美，向往一种诗意的生活，她们是给艺术家们准备当老婆的。如林黛玉之类的，秀才们有了她们，红袖添香，倒也不失人间美趣；有的女孩才色平平，但是心地平实，不用说是给老百姓准备的，这样的人太多，她们实现了男人知足常乐的理想；还有一类女人，天生供男人享乐的，她们利用男人达到自己的目的。我把这种女人称作交际花，如陈白露之类的，她们使男人在纸醉金迷中放松一下。而咱们艺术学院的女孩子，我认为大多是给那些有钱有权的人预备的，好的下场是能争得一个名分，不好的恐怕也只能得几个臭钱，脏了身子，也就没有其他了。妹妹，你一定要知道，女孩子天生就是陪着男人玩的。大多数男人都希望自己有一个打扮得漂漂亮亮的小女人，不图名不图利不泡吧不泡那些男人的饭局踏踏实实地跟着你，为你吃苦，为你高兴，为你生儿育女，为你在床上花枝乱颤。"

汪哲听了忍不住笑了，说："那么，你是属于哪一类的男人，你将要准备找一个什么样的妻子？"

"我当然属于秀才类的，想找你这一类的。你，就是我寻了二十年终于找到的好妹妹。你比这些小女人还可爱，因为你聪明，你让我每天都感觉到太阳是新的。虽然我没多少钱，也没权，但是相信我，只要得到你的爱情，我就拥有了去征服世界的百倍激情。凭着我的能力，我会让我的老婆过上她应该拥有的生活。这就是我想上京艺的主要目的。你不也一样吗？"

"我上学不是为了找个好朋友，而是为了一个团圆的梦。"汪哲说完，走进了图书馆。

图书馆关门了，她忽然想起好几天没有见刘虹了，她是不是到外地去演出了？汪哲到戏剧系女生宿舍去找，同宿舍的人说："她回家了，听说家里有人病了。"

回到宿舍，江天正在等她，原来有一张汇款单，是张家伦寄来的：

附言：给你买台电脑。她没想到他这么贴心，再写信告他自己已经用稿费买了电脑，怕张家伦多心，又说，是给一个企业写的，那是个酒厂，好有钱。她又补充道，送电脑的是办公室主任。她特别强调，那主任是个女的，很漂亮。

十一点多了，汪哲写稿累了，想到楼下大妈的服务点看有无吃的。大妈不在，她决定到外面的服务点去看看。刚走至花园，看到椅子上坐着个人，吸着烟，烟头的火星一明一暗的，使她看清了江天那张南方男人特有的白皙的皮肤。

她躲在他身后的雕像背后。他在一支支抽烟。烟灰也不弹，任一缕缕烟笼罩在他的四周，好像他被烟雾袭击了。后来，他站了起来，又掏出一根烟，没点，而是一点点地撕碎，撕着，撕着，他忽然双手抱住头，使劲地摁。

原来他也有痛苦。汪哲很想上前安慰他，可一想，他太骄傲了，还是悄然离去为妙。

第二天，汪哲要请江天到外面饭馆吃饭，江天问何由？

就是不想去吃食堂了。

汪哲要了两瓶啤酒，第一次给自己斟满，说，你要是心里难过，哭出来就好受些。

江天笑着说，你说什么呢，我从来就没有难过的事。

汪哲说，那就是我心里难过，看着众人也难过，陪我喝。说着，喝了一杯。江天看了她一眼，夺过杯子，喝了一杯又一杯，竟然把自己喝醉了。汪哲扶他回去时，叫，汪哲，汪哲，汪哲。就这么一直叫到宿舍门口。

汪哲上楼时，忽想起明天写作课老师要检查作业，一步两个台阶，几乎是跑步上去的。张韵依不在，千光在做面膜。看到汪哲回来了，撇了一下嘴，说，又去找江天了？

汪哲没理她，打开笔记本，大吃一惊，键盘上爬了数不清的红蚂蚁。她看了一眼张韵依的电脑，关着的。再看千光的笔记本开着，说，太奇怪了，我电脑里怎么有这玩意，红蚂蚁，你的有吗？

千光指了指脸上的面膜，没说话。

汪哲走到千光笔记本前，看了一下，一只都没有。又看了眼张韵依

电脑，也没有。太奇怪了，我的为什么有红蚂蚁呢？

千光揭掉面膜，才回了一句：大概你长得漂亮，连蚂蚁都喜欢上你了。

红蚂蚁听说因为是蛋糕之类招来的，可汪哲从来不爱吃那玩意。她疑心有人害她，可没证据，只好拿着纸擦牙刷刷，十几天，红蚂蚁才没了踪影。

此事不知怎么被江天知道了，他笑道，女人呀，女人，真可怕。万恶之源在妒忌。好在，这次没给你笔记本里倒水，坏了你的主机，也算手下留情啰。

汪哲没理他，径自走开。

第六章 爱情合同

开个价吧

天渐渐热，又一批学生要毕业了，校园里进出的小轿车像比赛似的一个比一个高级。不少学生大模大样进入了对面的商贸大楼，回来说起摩天大楼来，好像他们已去了国外。

那里面喝一杯咖啡得一千元，那里的旋转音乐厅简直就是天堂。那儿住的姑娘比现在人气正旺的明星还漂亮。还有，那里的花园呀简直就是大清国的圆明园。那西洋景呀让人迷得几天都出不来。那住宅区豪华得就像进了总统套房，除主客卧外，有车库、酒窖、电影厅，房间常年保持着恒温。

大楼里有健身房、游泳馆、植物园，还有大大小小的商行、餐厅。那商行集中了世界上最贵的衣服品牌，那餐厅中西齐全，味道鲜美，听说是重量级的美食家的杰作；那项链，你听听就知道是多么诱人了：乱世佳人、海洋之心、埃及艳后、罗马假日、维也纳森林……

说的人眉飞色舞，唾沫飞溅；听的人眼急心切，恨不能变作一只鸟，飞进那美妙的世界。然而梦终是梦，听完了，也就完了。最要紧的是当下怎么办？

速成式的婚姻越来越多，校园也如学生焦躁的心，四处失去了往日的宁静，吵吵闹闹，你方唱罢我登台，转让电脑、自行车、图书、光盘的小便条代替了各种学术交流的海报，最吸引人的是大红的毕业志愿书，上面写着："到祖国最艰苦的地方，到祖国最需要的地方去。"一张张志

愿书充满了饱满的激情，还有不少血书更惹人眼目，可大家都清楚那里面的虚假。

往日坐得满满的食堂，现在只有几个人落寞地坐在油腻的饭桌前。汪哲发现，都是家境不好的几个男同学，女的只有她一个人。连打饭的师傅好像也失去了往日的热情，拿勺子的手懒洋洋的，有气无力地往你饭盆里扣一下，根本不管倒进去多少，扭头就走。

去了几次，她也不好意思再去饭堂吃饭了，好像去了，就证明你没魅力，没人约你出去吃饭。有时，到楼下大妈那儿吃顿饺子。有时，到街上，随便吃碗面条，或买碗凉皮，对付一顿，便罢。

电话声音在宿舍楼此起彼伏，楼下传达室大妈的声音在扩音机上显得十分的不耐烦：

"张韵依，电话！"

"刘娴淑，楼下有人找。"

这让人的心情也如天气一起燥热起来。

汪哲仍在写她的小说，当然她也不是圣人，她给张家伦打电话征求他的意见。张家伦回信说："我认为你还是在北京有发展，我当然想你能回来，不过，这要你自己拿主意。"

"傻瓜，我能怎么想？还不是想回到J市，和你永远在一起。"

天热，风扇全天转，宿舍仍热得没法待，汪哲到图书馆，感觉好受多了。刘琦找到她，说："你怎么办？我马上就要毕业了。我舅舅让我留到北京，说这儿发展机会多。好几天一直打你呼机，你也不回，真不理我了？"

"挺好呀，你现在还没女朋友，这种问题好解决。"

"难道你就看不出我对你的感情吗？汪哲，张家伦有什么好，听说跟一个护士谈得火热。"

"你走吧。"汪哲生气了，她不允许别人对张家伦哪怕有一丝不敬，家伦是她的爱情的所有寄托，他犯过错误，他知道改了，就不要再给压力。刘琦走了，汪哲无心看书，想起班主任杨老师的话："同学们，虽然你们还有一年才毕业，可咱们文学系名声在外，同学们成果不断，现已有一些驻京单位的人来到咱们学校物色人了，大家把自己的作品和个人资料都复印好，如果谁被选中，我们做老师的也为他骄傲。"

这一下同学们更忙了，大家在简历上充分地发挥了自己的聪明才智，作品上百份地复印，简历一个比一个写得花哨。

恰在这时，刘虹死了。车祸。死在她主演的话剧《虹殇》公映的前日。彩排时，汪哲去看了，刘虹的表演真是动人，惹得坐在汪哲身边的好几个观众一直抹泪。演出后，指导老师请几个主要演员在外面吃夜宵，不停地说棒，太棒了，明天正式公演，刘虹这个新星一定能在话剧界冉冉升起。说到冉冉升起时，指导老师脸上充满了神般的光彩，她抱着刘虹就亲了起来，刘虹却并不高兴。

跟她配戏的男主角也笑着说，你亲我时，把我脸都亲疼了。我女朋友都说你不能假戏真做呀。

关键是剧本好，在剖析男主人公时，写得也很立体，既写出了他一个官人，守着无爱的婚姻不能前行的矛盾心理，又写出了他经不住真爱的诱惑，特别是对儿子的不舍那段，让观众也对他颇具同情。指导老师说着，握着汪哲的手说，我就说了，好剧本是演员成功的一半。当然，最最出彩的还是我们的刘虹，她小小年纪，演出了人物的沧桑感。而且每一个表情，都把握得很巧妙。

刘虹坐在一边，眼睛看着大家，汪哲知道她的心思。刘虹曾给汪哲说，自从李局长正式调京后，再也不接她的电话，她实在没办法，只有借戏剧表达自己的情意，以此来打动李局长。可惜李局长没来。

夜宵结束，刘虹说她要去做次皮肤护理，离开了大家。汪哲要陪她去，她说不用，她要去找李局长，并告诉他，如果明天正式演出，他来了，证明他还有情义，钱、名分，她啥都不要了，只管暗暗爱着他即可。若不来，他会为此付出代价的。

汪哲说你不要胡来。

刘虹说放心，大不了就是鱼死网破。

汪哲建议把话剧名字恢复成她原来的小说名字《虹影》，她说现在的名字，怎么听来怕怕的。

刘虹说不。你的小说题目也不要改，如果我死了，至少你还给我的一段情做了次纪念。

谁知一语成谶。

刘虹的告别仪式非常简单，只有她的哥嫂和系里的同学。汪哲找了

半天，也没有找到李局长的影子。车祸发生在晚上十一点半，刘虹当时刚从美容院往学校走，一辆大货车从她的身上压了过去。为什么会那么巧？大哥大不知去向。

汪哲想此事太蹊跷，可又没证据。

她把这事打电话告诉了张家伦，张家伦好久才说："你要小心。"管还是不管，怎么管？一点都没头绪。

这期间，宋主编也打来了电话："小汪，你有时间吗？到我办公室来一下，稿子有些地方需要改改。"

汪哲有了对宋主编的了解，心里放松多了。到了办公室，没想到如此的朴素，一间很小的房间，除了书，还是书，而宋主编就陷在这前后左右都是书的中间。

"来来来！小汪，一直想见见你。"

汪哲拘谨地说："宋老师，有事？"

"小汪呀，虽然还有一年毕业，可你们马上就要实习了，有何想法呀？"宋主编递过一杯冰水，让她坐下。

"我留京可能性不大，我没找过人。再说我的男朋友在 J 市。"汪哲轻轻地喝了一口水，里面一股浓浓的水果味，这味非常好闻。

宋主编惊异地说："你有男朋友了？他是干什么的？"

汪哲把张家伦的简单情况说了一遍。

宋主编喝了一口茶："小汪，我觉得你真是个好姑娘。正因为你是个好姑娘，我才喜欢你，你身上有我非常欣赏的品质，那份执着，那份清纯，越发地让你脱俗。现在都市的女孩保持你这种品质的人不多了，刚认识，就整天缠着你帮她各种忙，让我心里非常烦。上次咱们一起吃饭时，你们班那个叫什么千光的女孩，给我打了好几次电话想让我发她的作品，我一看，基础实在太差！结果我们上级领导把她的稿子转来了，让我一定要发。你看，我给改得几乎全是我写的了。可我们交往这么长时间了，你从来没有给我提过任何要求。"

"宋老师，过奖了。"汪哲的心紧张起来了。

"说实话，男人们，特别是搞艺术的男人们都有一颗渴望激情的心，但是真正让我产生激情的只是你。你知道大师们都是为情而生，他们这

些品质并不影响他们在艺术上的卓越成就。相反这些东西才激起了创作的灵感。比如罗丹、萨特，比如英国女作家乔治·桑。每一次情感经历也许就是激情产生的美丽火花。世界知名的文豪巨匠，往往拥有巨大的荣誉，丰厚的版税，同时也不乏风流韵事。谁能否认诗人叶塞宁笔下没有他的情人美国舞蹈家邓肯的影子；谁能因海明威结过四次婚，就不读他的《热爱生命》？"

汪哲说："可是又有谁认为他们有过真的爱情呢？叶塞宁是为了钱才爱的。邓肯有钱，可以带他出国旅行，扩展他的阅历。闪电结婚后，只十五个月，两人就分手了。海明威结过四次婚又怎么样，他以自我为中心，女人在他面前都得绝对服从。这样的男人有什么好？也许人们认为他们是大师，就可以任情泛滥，但是我瞧不起。如果宋老师想效仿他们的做法，我同样也瞧不起。"

"嘴巴好生了得。我欣赏，也绝不强人所难，你有什么困难给我说，我也许能帮你。"

望着宋主编诚挚的话语，汪哲的心又放松了一些。

"如果你愿意，我可以让你转业到我们杂志社，或者进文联，让你有更好的创作条件，借助更多的媒体，把你炒得红起来。现在的文坛必须要炒作。"

"宋老师，我不会为了得到这些放弃我的爱情的。您能把心里话说给我听，我心里非常感动。虽然我热爱文学，但绝不会拿自己的爱情做交换的。为了爱情我可以去死，甚至去放弃一切。再说我并不想留到京都，因为我的爱人在 J 市，我的一切都在他那儿，如果我有能力，我相信会有与自己的实际水平相匹配的职位的；如果我没有能力，再好的职位对我来说都是虚的。"

"小汪，你好好想想，我知道你看不起我是一个老头，我确确实实喜欢你，希望你成为我的家庭成员，成为我的儿媳。不要以为我的儿子不优秀，他现在正在北大上研究生，我把你的情况给他说了，他很想认识你。"

"我不配，首先感谢你对我的夸奖。爱情是我的一切支撑。宋老师，我跟男友好了多年，现在我们已准备结婚了。宋老师，为我们祝福吧。我一直相信好文学不是别人帮着完成的，也不是在大都市里舒适的环境

里产生的。宋老师，你有空一定要到基层部队去看看，在那儿你会看到男人、女人是如何相爱的，也许他们不新潮，但是他们那火辣辣的爱一定会让你流泪的。一个妻子说，丈夫刚从训练场回来，一个脚指头都冰掉了，她真想紧紧地把丈夫的脚放进她的怀里，永远不放出来，这比都市送九十九支玫瑰都让人感动。什么叫艺术，这就叫艺术，这样的艺术才不是贵族的。我们的师姐师哥们为我们做出了榜样，我相信虽然我的同学受到一些社会上负面风气影响，也许能得到一个好职位，但是好的作品绝对不是这样的。我相信有一天，我会用自己的成绩让老师你为我鼓掌的。"

"好，志气不小。如果以后有稿子，尽管给我寄来，我相信我会公正地对待你的稿件的。而且记住，无论什么时候，我都会帮助你的，没有附加条件。"宋老师由衷地说。

走进校门，汪哲还在想着宋主编的话，头一抬，突然看到舞蹈系的排练厅灯亮着，一时好奇，就悄然上楼，原来是李安安在练舞。满身都是汗，她一会儿跳，一会儿沉思，身边放着一本书，她不停地边看边做。汪哲看了好半天，她也没发觉。

汪哲瞬间对李安安敬慕起来，在她喝水时，提醒她别太晚了。李安安说了声谢谢。

黑色交易

刘虹后事处理完后，他哥嫂到宿舍来取刘虹的遗物。

汪哲跟着到了刘虹宿舍，同宿舍的同学纷纷离开了。汪哲的衣柜已经打开了，她正要帮忙把那些漂亮的衣服轻轻往出拿，刘虹嫂子推开汪哲的手说，你忙你的，我来。汪哲只好看着镜框里的微笑着的刘虹，对刘虹的哥哥说："我总觉得这起车祸很蹊跷。"

刘虹的哥哥拿着一个大帆布袋，把刘虹心爱的化妆品、书、剧本一股脑地扔了进去，头也不抬地说："她喝了酒，自己撞到车轮下了。就这，肇事的司机还给了我们五万元。"

"既然是她自己撞到了车轮下，司机怎么会给钱呢？再说交通部门

处理了吗？"

"交警已经处理完了，刘虹确实喝了酒，她吃饭的那家饭店老板也做了证明，说她喝了一瓶白酒。这事现在已了结了。谢谢你还关心她。"刘虹哥哥显然在下逐客令。

"你知道不知道刘虹与李局长之间的事？"

"什么李局长王局长的，我们一个都不认识。再说现在人都死了，让她安宁。"刘虹的哥哥已经不高兴了，旁边他的妻子也说："英武，你看我穿这身衣服好看吗？"汪哲扭头拭了一下眼角的泪水，才发现刘虹的嫂子已穿上了刘虹最爱的那件卡其色风衣，那是巴布瑞，一万五千块呢。那天晚上彩排结束，刘虹就是穿着它谢幕的。吃饭时，因为天有些凉，刘虹让汪哲穿回来了。这是汪哲穿过的最贵的衣服，一上楼，她连忙到刘虹的宿舍去还了衣服，是亲眼看到她的同学帮着挂到衣柜里的。

同一件衣服，一个农村妇女跟一个话剧演员，穿出的效果当然不一样。一句话，好好的衣服，生生毁了。汪哲是从农村出来的，她对农村人没任何偏见，但她尊重事实。

她以为刘虹东西会很多，特别是衣服鞋子呀什么的，可她哥哥拿来的大蛇皮袋并没装满，她嫂子拉着的旅行箱看起来也轻轻的。送走他们，汪哲到水房洗手时，发现刘虹心爱的芭蕾舞鞋正扔在垃圾桶边上，她拾起来，洗干净，拿回了宿舍，放在窗外晾上。

周末，汪哲给李局长打大哥大。才知他不但升了职，竟然就在对面的执法部工作。

李局长竟然不知道刘虹的死，他沉痛地说："我真替她可惜。她是个好姑娘，我本来都给她联系好了接收单位，她最想去的地方，市话剧团呀，多少人都想去的单位。可惜了。不过，她走了，给人留下了很多美好的回忆。对了，我已给她家里捎去了我的心意。你马上就要实习了，准备到哪，如果需要我帮忙，说一声。京都不少部队单位，我还是能说得上话的。对了，你记下我的新电话。欢迎到我办公室来玩。"

局长，你能不能过问下？刘虹不能就这样白白地去了？我总觉得这个车祸不正常。

小汪呀，我会让公安部门查清的，放心，再见。

李局长，你先别急着放电话，我手头有……汪哲说到这里，故意不再往下说。

啊，你说什么？开会？好，我马上去。李局长不知是真有人叫他开会，还是故意如此做。汪哲静等着他的答复。嗯，是这样，李局长终于给她说话了，小汪呀，这样，我这两天有个会，后天，我让司机到你们学校去接你，我认识驻京某部的政委，把你推荐到他们部队去。你的事我已经跟他说了，估计问题不大。

李局长，谢谢你，我的工作已经联系好了。

我一会儿让司机到你宿舍去。

汪哲看对方急了，心里解恨了些，说，你不要让他来，我不在学校。

李局长的司机没找到汪哲，把东西送到了宿舍楼值班室的张大妈处。汪哲一看，除了化妆品，还有一件白色的连衣裙，是宝姿的。衣服很漂亮。

她坚决退了回去。

周日，她来到一家律师事务所，把详细情况给律师说了，律师说："打官司一定要找到证据，我不能光听你的一面之词。再说律师费很贵的。"

找证据太难了，刘虹的日记、信件，她哥哥都取走了。汪哲给刘虹哥哥家打电话，电话已停机。

汪哲找到戏剧系办公室，希望能打听到刘虹的家庭地址。系里的干事说：因为她是代培的，没有档案。学生登记表上家庭地址一栏里只写了陕西渭南。

刘虹，对不起了，我无能为力。汪哲泪流满面。

江天责怪她处事不小心，不该引火烧身，说，如果李局长怀疑有他跟刘虹的东西在她手里，搞不好，她的命运跟刘虹一个样。听得汪哲心里怕怕的，可好几天了，李局长再无动静，她心就放下了。

求职者的简历

江天下课后走到汪哲的桌旁：一看她还在写小说，就说："哎呀，

我的汪小姐呀，人家都联系实习单位了，你还坐着不动呀！看看我的简历，我早就拟好了。学习学习吧。别让别人知道。真的，为了你，我可真把一切都贡献出来了。"江天说着，看了看四下无人，塞给汪哲一个文件夹：

汪哲一看，江天的简历是这样的：

　　本人在中央级报刊发表文艺作品200万字，主要创作小说散文，当过十年的新闻干事，策划过三部丛书，即将出版，得过鲁迅文学奖和五个一工程奖。本人愿在驻京单位的杂志社和出版社供职。后附本人发表的代表作品。

小说、散文、新闻作品各有，当然没有忘记放着各种各样的奖状证书。

"你获得过'五个一工程奖'？"汪哲惊异地问。

"小声点，一惊一乍干什么？"江天看四周无人说。

"现在就看你自己的本事了，你能看出我这是假的吗？你看不出，电脑什么都能弄出来。还有公章、假证太好办了。你看看我填的表，我相信没有一个人能如我这样。

"我给你说，第一，我说发表的作品，当然是想到创作室，这'五个一工程奖'可是不能少的。当然人家是内行，你就要寄一部相当有分量的作品，我这鲁迅文学奖证书可以给我作证。

"第二，我说策划的书，我是想进出版公司。衡量一个编辑的能力策划是很重要的一面，你看我策划的这套名著谈生活，肯定好卖。现在只要加上名人，名著，这书销十万都没有问题。告诉你，听说咱们对面的摩天大楼里的出版公司现在要人，我也想去试一下。

"第三个是我最低的想法，如果其他部门都进不了，只好当干事了。这干事当然只有当宣传干事了，而这宣传干事只有当新闻干事比较实用。

"这是我的求职三部曲，高中低都有了，就看老天爷是否可怜我这个人了。你呢？"

"你所填的'五个一工程奖'万一人家查出来不是真的，咋办？"汪哲问。

"谁查呀，现在的人事部门你又不是不知道，说穿了这些资料只是个形式，关键还在于你给他们送的礼。不瞒你说，我已找了好几个单位，

到时候我要择优高就。你不知道吧，现在已经有一个单位让我去了，我还没有答应，我寄出了一百份资料，我想等等看还有没有更好的单位。"

"还有一年才毕业，你就联系好了？"

"你呀，真是可爱极了。你就不想想，咱们上学只有两年时间，时间快得很，咱们班肯定有好多人一进校门就开始联系单位了。你想一想，京都是什么地方，天子脚下，要在天子脚下站稳脚跟，能容易？在这儿的外地人，大都是精英，都是各行各业挑选出来的，我相信我们社会需要更多的人才，可是有才的人不少，都能用到合适的位置上吗？"

"我怎么不知道，从来没听人说过呀！你看咱们系那么多的人愿到西藏、边疆去。"

"谁吃错药了，才会告诉别人。这是关系到自己的命运前途，我要是告诉你了，你跟我一起抢饭碗咋办？你看我们关系挺好的吧，可是你知道我联系的是什么单位，你不知道吧。记着，这事，谁都别告诉。否则告状信早就先你到新单位的人事部门了。写些志愿书、血书是掩人耳目的，咱们班我可以告诉你，那些写志愿书的，人家早就把单位联系好了。"

"我的天，真没想到。我问好几个同学，他们大都说要回原单位。"

"没想到的事多着呢！你现在看，学校相对还是比较平静的，等真的到毕业时候了，亲兄妹都成敌人了。最近，你可注意点，再不要不假外出了，不要再给别人说掏心窝子的话了，否则你就自己搬着石头砸自己的脚。我说的这些话你千万不要再告诉第二个人。对了，你活动一下，把你那个处分让老师去掉吧。"

"我不用取，这让我咋跟老师开口？"

"杨老师对你挺好的，一会儿让你去看这个主编，一会儿让你参加作品讨论会，请他吃顿饭，取出来。"

"让我想想。"汪哲走到杨老师办公室门口了，发现刘娴淑在杨老师那儿，眼睛红红的，便走到湖边。她第一次感到这个让她熟悉的校园好像也一下子陌生起来了，她的同学也一个个陌生起来了。这时，她就格外想念那个远离都市的团队。

不少单位来挑人了，有出版社的，机关的，也有一些院校的。汪哲

把自己的作品复印件随便往那一放，跟人家连句话都没说，就走了。她想，自己没有多少希望，反正也没戏，也没那么多的钱来打通关系，管它呢！她现在一心一意地等着毕业，然后和张家伦一起结婚，好好过日子。

同学们忙得直到晚上关灯前才陆续回来。学校规定，白天可以出去实习，晚上必须回校住宿。

江天解释是："这话说穿了就是让咱们自己找单位去呢！"他果然忙得连人都找不到了。得空给汪哲打电话时，总是说："我告诉你我在哪，但不要告诉别人。你那是学校的传达室，人多嘴杂。不要说话，只听我说。我现在某部上班实习，挺好的。晚上我就回去了，咱们一起去吃饭。你的事也抓紧点，不过，女人嘛，好办事。等我落实好了，一定想办法解决你的工作事情。"

吃饭时，江天拿出一个笔记本说："我肯定能找到好的工作的，因为我给他们送去了不少糖衣炮弹。送的什么，送给谁的，我都记着呢。如果有一天，他们昧良心了，这个本子就是证据。"

"你真可怕！"汪哲不认识似的对他说。

江天立即反应过来了，连忙解释说："这个本子现在还是空的，我不会那么做的。都是现实教会我的。"

汪哲走了，他朝自己的脸上打了一把：你呀，真浑！

你为什么不接受我的友谊

周五晚上，吃过晚饭，张韵依没有回家，请汪哲跟她去看电影，说最新引进的美国片《泰坦尼克号》。

千光说我也要去，还有票不？

你去吧。汪哲说着，打开了电脑。

汪哲，我请你，非常好的影片，听说那豪华巨轮，可漂亮了。演杰克的男演员是莱昂纳多·迪卡普里奥，帅呆了。

谢谢，我有事。

大家都说电影好看。一张票一百八十块呢。

汪哲说谢谢，有稿子要赶。

张韵依看完电影回来时，汪哲还在电脑前忙着。张韵依站到她身后，她刚开始没发现。突然感觉脖子热乎乎的，吓了一跳，回头看，是张韵依，说你吓死我了，回来又不开灯，悄无声息。

张韵依转过身，从门后开了大灯，坐在桌前发呆。

汪哲本不想跟她主动说话，可自从皮带事件后，对方对自己还是挺友好的，再加上写稿子卡壳了，想让脑子休息会儿，便回头说，怎么了，被电影感动到失语了？

汪哲！张韵依大声叫了一声，一双大大的眼睛冷冷地看着她，张韵依好久没用这样的眼睛看汪哲了，汪哲又有些适应不了，便说怎么了？

我要跟你谈谈。

汪哲站起来，扭了扭发酸的脖子，说，好呀，谈什么？

你为什么不接受我的友谊？

我没接受你的友谊？汪哲重复了一句，让自己脑子飞快地转了一下，知道了对方的意思。

对呀，我送你四通，你不要。我给你喇叭，你不要。我请你看电影，你不去。你不接受我的友谊，伤了我的自尊。你打听打听，在文学系，我跟谁低过头。

哈哈哈！你这是友谊吗？你这是不相信我的人品。从开学，你一直是给我这样的友谊吗？我放在刘娴淑桌上的请假条，是你偷偷拿走，害得我得了处分。这是友谊？我回校，你们在里面反锁了宿舍门，这是你给我的友谊？我写东西，你说我写字声影响了你休息，是友谊？

张韵依站了起来，几步走到汪哲跟前，汪哲冷笑着说，现在不给友谊了？要打架？

张韵依后退几步，声音变柔，说，汪哲，我嫉妒你，但我发誓请假条的事我一点都不知道。如果是我做的，我全家死光。咱们是同学，要彼此珍惜之间的友谊。我想你毕业后也想留在京都，以后少不了要互相帮忙的，我家又在京都，各方面比较方便。

谢谢。汪哲说着，坐在桌前，又准备写东西了。身后又传来了一声喊叫：汪哲，你不要给脸不要脸！敬酒不吃吃罚酒。

汪哲回过头，压着心头的怒气说，张韵依，你到底怎么了？

你不要欺人太甚！

汪哲非常气愤，她边打字边说，你说有你这样的人吗？一会儿说我不接受你的友谊，一会儿又说我欺负你。你今天到底要说啥话，痛快些！我是个当兵的，喜欢直来直去。

张韵依突然放声大哭起来。那哭先像大雨，雨珠啪啪地砸在汪哲的脸上，接着又像江南的雨，似断似续，吵得汪哲实在写不下去。她站起来，想给她挑明，并且向她保证，那件事烂在自己的肚子里，永远也不说出去。正在这时，呼机响了，她一看，是江天来电，让她下楼。原来是江天在大妈那儿买了饺子，说想着她还没睡，给她补充夜宵，便感动地抱着热乎乎的饭盒上楼，想跟张韵依一起吃。张韵依最爱吃鸡蛋韭菜馅了。没想到上楼，碰上了刚下楼的张韵依，刚喊了声张，韵依二字还没喊出来，张韵依突然骂一句，恶心！

从此，张韵依又回到了从前，再也不理汪哲了。后来皮带事件还是传出去了，不过，主人公由张韵依变成了汪哲，至于那个男人，没有指名，但大家都认为是江天。

汪哲是在饭堂吃饭时，亲耳听到张韵依信口雌黄的。气得拿着空饭盒砸向了张韵依。

让她没想到的是张韵依实在无耻，汪哲本来还是给她面子的，她竟然捂着额上的青包，说，她看电影回来，看到汪哲跟一个男人光着身子在被窝里，汪哲洗得发白的裤头扔在她床上。至于汪哲裤子上的皮带，是掉在地上的，桌上还有一碗已经放凉了的饺子。

让汪哲欲哭无泪的是，她的真实叙述，没人相信。因为张韵依家就在京都。因为张韵依从来都是对别的男人不正眼看的。因为张韵依的丈夫实在太优秀了，他们在同学面前都是手拉手的。

汪哲跟张韵依在饭堂的一架，结果是，汪哲因祸得福，跟班长刘娴淑两人住了一屋，没想到此事又得罪了孙晓薇。虽然不是汪哲的错，可最后账都算到了汪哲头上，让她在本班女生中，又多了一个敌人。

好在刘娴淑为人谦和，几天接触，汪哲就喜欢上她了。刘娴淑原来在毕节师范学校当校医。她的朋友不少，经常出去玩。不出去时，就爱跟汪哲聊天。说她儿子三岁了，她走时，孩子好像预感到什么，抱着她的脖子不放。还给汪哲看她儿子的照片。那孩子胖乎乎的，一点儿都不

像刘娴淑。刘娴淑笑说着，像他爸爸，孔老师。这次谈话，汪哲知道了刘娴淑的爱人也是个作家，在本省很有名。

汪哲说叫什么名字？说不定我还看过他的作品呢？

刘娴淑拿出爱人写的一本书让汪哲看，说，获过好几项大奖。汪哲翻开了一下，并不熟悉，但怕让室友不高兴，便说，孔老师呀，我看过他的作品。

刘娴淑马上从衣柜里拿出一本大影集给汪哲看，边看边说，爱人家里很穷，她爸爸是他的老师，一直很赏识他，也常救济他全家。照片中的爱人，颇英俊，典型的文艺男的装扮，棒球帽、长围巾、格子衫，满脸的忧伤。

你看他这书里引用的诗是写给我的情诗，刘娴淑说着，大声背起来：

倒牛奶的女孩

她说她只喝纯牛奶

我猛的咳个不停

她弯腰给我倒了一杯蒙牛奶

我闭紧嘴巴　对面的女孩好美

一缕阳光爬上她白净的胳膊

好像画上那个倒牛奶的女仆

我娶了她

只要想起那光

我就能忍受世间一切的喧嚣

狂风急雨　在我

也不过是一杯凝在杯壁的奶迹

汪哲感觉这首并不像情诗，好像里面充满了哀怨，但她当然不能说破，便打着哈哈说，好诗，此书我要细细看。

过两天他到京都来开会，你会见到的。他很讨女孩子喜欢的，在我们那个小城市，有不少女弟子呢。

那你上学也放心？

他呀，除了会文章，啥都不会。刘娴淑说着，一会儿去做面部护理，一会儿又说要去烫发，一脸的幸福，让汪哲很是羡慕，禁不住给张家伦写信埋怨道，你也不来看我，我同学的爱人都来过了。

夜半无人私语时

　　一直到快放暑假，刘娴淑的爱人都没来，她倒是出去的次数增多了。汪哲晚上写东西最迟写到十点，就躺在床上看书，不到十一点就睡着了。

　　有天半夜，汪哲醒来，发现刘娴淑黑乎乎地坐在床上，把她吓了一跳，问她怎么不睡？

　　刘娴淑说，刚做了个噩梦，醒来就怎么也睡不着了。

　　后来几次汪哲醒来，都发现刘娴淑没睡着，有天，她无意中发现她在服安眠药，跟刘虹吃的一模一样。很想问她是不是操心毕业分配的事，但看对方并没有深谈的意思，便不再关心。她感觉时间根本不够用，要看的书那么多，要写的稿子也不少，便没时间关注对方了。

　　有天晚上，她做了一个梦：

　　一个女人穿着一身大红色婚纱从她面前走过，鼻子里哼了一声。人很多，她不想看到那张得意的脸，可无论从人群任何缝隙挤出，那个新娘总挡着她的路。她说求求你，让我见一下张家伦吧，我只是想跟他说句话，只是几句话，哪怕一句也行。

　　新娘不理她，长长的婚纱在花雨中飘舞着，人们簇拥着她，她的旁边站着张家伦。只留下汪哲一个人孤零零地在那站着，她喊道：家伦，家伦，我只有一句话。无论她喊什么，张家伦都不理她。

　　这时，地方好像变了，一条大河，两岸全是鲜花，一丛丛开得极其明艳。她在水里游呀游呀，忽然看到了张家伦，他一身军装在岸边的花地里站着，一双眼睛死死地盯着她。

　　她急切地往前游，却总是游不到他跟前。好不容易快到他跟前了，一股浪又把她打出更远。张家伦跟那个穿红衣服的女人走了好远，回头说，别跟着我了，我要结婚了。

　　"现在还能挽回吗？"

　　那女人突然从头发上取下一枚银簪，朝张家伦的肚子划去，不知怎么，那银簪又变成了一把长长的尖刀，张家伦抱着肚子，肚子里的血怎么也堵不住，一股股地流到了河里，河面上全是血，还冒着泡泡。

　　她晕晕乎乎感到是做梦，可仍不相信，直到掐疼了胳膊，才确信她

仍在京华艺术学院的宿舍，枕边还放着张家伦刚来的信。

刘娴淑显然没睡着，她叫道汪哲、汪哲，是不是做噩梦了？说着，打开了床头的台灯。

汪哲点了点头，还想睡去，可怎么也睡不着，刘娴淑看她也没睡着，坐了起来，说，要不要咱们说会儿话？

汪哲说好呀，说着，也坐了起来，靠着被子，说，我梦见我男朋友跟别的女人结婚了，所以吓醒了。

刘娴淑递给她一支烟，汪哲说不会，刘娴淑就自己点了一支，吸了好几口，忽然说了句粗话，男人没一个好东西。

汪哲起来倒了杯水，端给刘娴淑，自己也倒了杯，说，也不尽是，总有好人的。

刘娴淑说你知道我最近为什么老睡不着觉吗？

汪哲想了想，说，偶尔的吧。人心里有事，就睡不着。是不是为将来分配的事？

刘娴淑打开窗子，坐到床上，说，是呀。回去吧，不甘心。不回去吧，老公孩子在外地。咱女人没了家庭和孩子，事业干得再成功，都没用。

我是军人，跟你们还不一样，学校没权力分配我的工作，我想暑假回去就结婚，然后在我们军区报社实习，争取留下来。

我们那个小地方，我真的不想回去。可我爱人整天给我打电话，让我回去。前一阵本来说来开会，结果单位领导来了，没让他来，气得整天生气，搞得我心情也不好了。

这有啥？京都随时可以来嘛，再说，我男朋友也没来看我，别为这事生气。明天还要上文论课，睡会儿吧。

刘娴淑长叹一声，说，好吧。

"你别到外地，现在是关键时候，趁此联系好单位。"第二天，当江天得知汪哲的五一放假要回 J 市，劝道。

"顺其自然吧，再说张家伦还在 J 镇。"

"那个张家伦真有我好吗？我给你说，你看不起我，认为我太世俗，可是我心里是超脱的，所以我发疯地在写诗。我身边是有不少女孩子，

但那都是因为采访的需要。我认为一个男人，一定要娶到他最爱的女人，他才能为她的幸福四处奔忙。那女人的爱会给他带来工作的激情，这激情如火焰一样能燃烧整个大地。"

"我相信张家伦就是这样的男人。"

"你怎么这样？可以这么说，我把没说的话都给你说了，还是感动不了你。你不知道我恨不得把张家伦杀了。不说了，目前，你还是先留在京都，如果工作联系好了，可以让他调过来嘛。"

"我去意已决。"

"你呀，在社会上绝对算是个傻子，但在爱情上又是天使！我要找工作上的搭档，肯定不找你，你易轻信容易受骗。可要找老婆，你是最好的人选。对爱那么真，那么纯。不瞒你说，我光稿费已有十万元了，如果咱们强强联袂，一定事业有成，情感恩爱有加。真的，生活是实实在在的，你不要太浪漫，别浪费了才华。"

"算了，别夸了。我现在才知道被人骂和被人夸对我来说都是一样的，那就是没有感觉。对了，听说你要到一个业务部门去实习，这个专业你不懂。分到那儿还不如让学校重新分。"汪哲边擦箱子边说。

"说你傻，你确实傻。我现在到我毕业要去的单位，大家不都知道了？不给你坏事？"

"你呀，把社会想得太复杂了，虽然你老说咱们学校这不行，那不好，可是多少艺术大奖都是咱们历届学生得的，多少全国有名气的艺术家都是咱们的师兄师妹。对了，心里无鬼，就不怕半夜鬼敲门。你能有什么过错让别人告你呢？"

"岳飞的故事知道吧，这叫欲加之罪，何患无辞。"

"行了，车来了，再见。"汪哲笑着上了车。

江天说，我也要过去照顾我生病的老父亲了，顺便把他接到北京来治病。

到时，我和你一起照顾他。

真的？我好像听到了春天花开的声音。

别多情，我只是感激你对我一年来的照顾。家伦还说你到 J 市，他请你喝酒。

第七章　无言的旋律

为什么是你

回到炮团，汪哲催着张家伦到单位开结婚介绍信，张家伦让她好好想想，会不会后悔？汪哲反问道，难道你后悔了？

俩人到医院去做婚前体检，计划婚后到西藏去度蜜月。然而这一次张家伦没能出得了院。B超诊断，张家伦的肺部有肿瘤，已扩散，且到了晚期。

肯定是误诊，上次住院不是说除了胃溃疡，身体都好着吗？怎么现在又是肺出了问题？汪哲抱着朋友朱洁，失声大哭。

这次是总院有名的教授诊断的。朱洁冷静地看着她："哲，面对现实吧！现在最重要的是看有没有回春之人。"

汪哲找了好几位主任，都摇头而去。汪哲没有告诉张家伦详情。张家伦笑着说：没事儿，我命大。话到最后，却说不出了。他看到汪哲第一次没有化妆，就知道病情的严重。

汪哲瞒着张家伦当即打电话给刘琦，通过他舅舅的关系，让张家伦住进了解放军总医院，一流的设备，一流的技术，她相信一定能挽回他的生命。好在快放暑假了，她请假很快批准。

开学一月后，开始实习。实习单位不是每天都坐班，她边照顾张家伦边完成实习作业。

江天父亲也在这个医院住院。刚听到张家伦病了的消息后，他感到自己从心底有一种快感。看到汪哲一脸清瘦，又为自己有这种念头而羞

愧。他每天都到病房去看张家伦，帮着汪哲照料病人，以此来减轻自己的内疚。他发现张家伦和汪哲在一起，两人总有说不完的话题，总是那么亲热得让他心碎，可他还是愿意帮他们。有时候他为自己的举动感到奇怪：你为什么不生气呢？你为什么还要到病房来当一个多余人呢？每次他下决心不再去了，可是每次又不由自主。

时间久了，他无视他们的亲热，甚至有时候忘了嫉妒，而是由衷地为他们暗暗地祝福。也许这就是爱情的魔力吧，它使人癫狂，使人忘我。一个忘我的人，受了神谕的驱使，无论以任何方式守在所爱的人身边，他的行为都是值得我们宽容的。

汪哲那天到报社去交稿了，张家伦拉住江天的手："兄弟，本来要请你喝酒的，看来这个心愿等到下一世了。"

江天一听这话，明白他已经知道了病情，心里酸酸的，也不知如何安慰他。

"通过这一段时间你对我的照顾，我觉得你是一个值得交的人。"

江天听到这话，心里更内疚。他解释道："其实我没有你想得那么好！"

"你有才气，知道体贴人，而且心地善良。汪哲有你这么一个朋友是她的福气。有你照料她，我就是死了也放心了。答应我，我走了以后，疼她，呵护她。她从小吃了不少苦，理应得到幸福。我还要谢谢你，你圆了我没能帮她实现的梦想，带她走了她梦中的地方，去了西双版纳。可惜，我答应带她去西藏再也去不了了。如果以后有机会，你能带她去吗？说真的，死我不怕，可丢不下她。"

"现在医学这么发达，你一定能治好病的。"江天说着，哽咽了。他忽然意识到自己那么渺小：你并不是爱他而照顾他，你只是因为爱汪哲，只是怕她受累，才这样做，可他……

他忽然感到张家伦不再那么让他妒忌，他的病，如亲人般牵扯着他的心，他把自己的存款全部拿出来给张家伦交住院费，汪哲坚决不收，说要写畅销书。

"你安心照顾好病人，我这有钱。"

"不用。"

"借给你的行不行？"

"不行。"

"别这样，汪哲，现在我才明白你为什么那么离不开张家伦，他是值得你爱的。现在，他就是我的大哥，我的朋友，我一定要和你一起照料他，帮你一起担负他的住院费。"

"谢谢，江天。你说的那套书，我考虑好了，就写董小宛。人家国学大师陈寅恪还给柳如是写了别传呢。"

这就对了，那你一定要跟出版商签合同。江天说。

不用了，虽然是写畅销书，但并不是在做生意。我需要钱，只要能治好他的病。汪哲说着，眼泪再一次流了下来。

"不是这意思，我是怕你被书商坑了，你不知道我前阵写了一本书，没有署名，连著作权都没要，书商说得好好的，给我两万元钱，可是最后一分钱都没给，书却出来了。你想找人打官司，可打出来的稿又不算证据。那时候我就恨透了自己怎么那么笨让人给涮了。想了想，我明白了，这就是市场经济，这就是商品社会，人的品质和道德已远远不能相信，所以要用法律去制约。我警告自己以后一定要签合同，哪怕是自己的哥们。真的，这次就是我的哥们害了我，你说你能怎么着？你要是男人，我不会告诉你。你要是我不喜欢的女人，我也不会告诉你。这是血的代价换来的教训。汪哲，我非常非常爱你，才给你说，否则我还害怕你比我有钱呢！"

江天说着，故作轻松地笑了，然而他心里知道他是永远无法忘记这个女孩子了。他身边总有女孩，可真正让他动心的却是她，她连手指头都不让动。当他看到那篇发表在《都市青年》上的文章后，偷偷乐了半天，他以为她是动心了，以为她被他的执着感动了，然而这只是一个美丽的梦，按汪哲的话说："这是小说，你不会连文学是虚构的都不懂吧！"然而他还是多么希望这个小说能真正属于他，谁说这里面就没有他的影子呢？有影子就证明她至少不讨厌他，不讨厌就有可能爱，哪怕百分之一的希望他也不会放弃。他相信铁树能开花。

一个人对你好到连自己的生命都不要的时候，你说你能对这个人不好吗？你还算人吗？江天自认为自己还是一个优秀的男人，所以他现在对千光非常好，就像对亲妹妹一样。他说："如果我得不到汪哲，我就娶你。但是你不能在我们之间使坏，否则我不会饶了你。让我们随意地交往，我会对你对我也对她负责的，如果上天不给我机会，那就证明我们

是真正的一对，我会对你好的。"千光认真地点了点头，这让他心里非常高兴。他想无论什么样的坏人，都会在他的调教下变好的，更何况是一个好人，一个美丽的女人。

想到这里，他笑了。然后他从自己的手提包里拿出早就拟好的出版合同，这是他费了两个晚上的工夫，又参考了好几家出版社的合同拟的，他不希望汪哲吃亏。像他这么精的人都让书商害得有苦无处诉，还别说汪哲了。吃一堑长一智，他不会再上书商的当了。

这是汪哲第一次签合同，她蓦然感到很神圣，郑重地提起了笔，写下自己的名字。然后对江天说："谢谢你。对了，有什么活你都找我，上次你不是说还要写什么鸡呀鸭呀什么的，只要能赚钱，我写什么都行。"

江天说汪哲，张家伦有福气。我一定会帮你的。一周后，江天把自己刚拿到的一万元稿费给汪哲，说是书稿预付稿费。汪哲立即拿出五千元给张家伦买了止痛的进口药，又给大嫂寄了两千元，让把宝宝照顾好。

恐惧的高度

汪哲四处给张家伦搜集偏方、请江湖郎中、到各大医院请名医咨询。每一次她都带着希望去，载着失望归。但是每一次她都坚信希望本来就在没希望中诞生。她不停地说，我找的那个老中医说，中草药中对癌症有抑制作用的很多，如半枝莲、五倍子、长春花、决明子、马钱子、白花蛇舌草、忽木、大黄等等，关键是科学的组合。他有个祖传秘方，又经最新纯中草药配方，对家伦的病症有提高免疫力、镇痛消炎、直接抑制癌细胞分裂、阻断恶性肿瘤血管使肿瘤萎缩之功效。买回药，她熬好，又哄着张家伦吃了。

汪哲变了，她现在才觉得她原来瞧不起同学们赚钱的方式，现在只要能拿到钱，让她写什么她都干。

而这时候张家伦就像一个恋母的孩子，只要汪哲在他跟前，他就紧紧地把头靠在她的胸前。双手紧紧地抓住她的手。好像他一松手，她就会离他而去。他话特别多。只要汪哲在她跟前，他一会儿说他要去的那个地方他很害怕，没有一个亲人。一会儿又说那个地方是不是有书、商

店、有成片的葵园。还有时说，他好嫉妒那个将来跟汪哲生活在一起的男人。

汪哲没有老掉泪，更多的是积极地给予对方安慰。张家伦进手术室时，拉着她的手说："我忽然间感到害怕。"

汪哲紧握着他的手说，没事，去吧，别怕，我在外面等你。

化疗，打激素，张家伦瘦了，头发越来越少。

汪哲把泪水咽进肚子，微笑着一次次地鼓励着张家伦坚强地活下去。

张家伦终于知道了他的病情已无法再治时，他不想在医院等死，说："汪哲，我要实现你的梦想，咱们一起去西藏吧。"

"不，咱们回炮团，那儿空气好，环境宁静，对你的病情减轻有好处。"

医院也同意了她的建议。汪哲带上大包小包的药请假陪张家伦回到了原来的团队。

告诉我实话，我还有多少日子？

汪哲眼泪汪汪地说：医生说还有半年。其实只有一两个月。

半年，太好了。我可以把我的作品写完，可以看见我带的连队大比武凯旋。

我必须在死神面前多要点时间。他说着竟大笑了起来。他说你不知道我高兴的是我总算知道我能活多久了，我就害怕我一觉过去就再也见不到你了。再说我们还有半年的时间可以长相守。

他们就像聊天一样聊着死亡。在那一刻汪哲觉得自己好像到那个世界上去了一趟，没有什么害怕的。

张家伦在这样的心境下，开始了他的创作。他发疯地写着，以一天一万字的速度在写着，胃疼得实在不行了，就要求打一剂止疼针。他在反复地化疗中一次次地挺了过来。

快到一月了，汪哲一刻都不离开他。她真怕这个时间，又特盼望这个日子快点跳过去。她知道跳过这个坎前方就是晴朗的天。有时候她的这种心情使得她出去买药。老远就喊：

"家伦，家伦。"

听到张家伦的声音，她才把吊着的心慢慢地放下来。要是听不到，她就发疯地跑着冲进屋里。这样的情景让张家伦感动地说："你别这样，

这样我死了心也不甘。"

　　然而汪哲不行，随着那个日子的接近，她头上的白头发开始猛烈地增多。她的神态经常出现恍惚状态。

　　第三十天的那晚上，她留在他的床上，问：

　　"你今天感觉如何？"

　　"挺好的。疼得也不太厉害了。"说着还开玩笑说，"你不相信，就不要走，我让你体会一下男人的勇猛。"

　　汪哲连想都没想就说："行！"回答完她想她到应该给他的时候了。

　　可是张家伦又犹豫了："我这不是害你吗？我死了，你还要重新找爱人呢！"

　　然而他看到的是一汪泪眼，那眼神使任何一个男人都无法拒绝。他像打虎的英雄一样冲上了山。

　　那是汪哲一辈子都无法忘怀的初夜。在那个美丽的葵花向阳的晚上，她第一次成了少妇。刚开始她害怕他的身体受不了，可是到最后，她发现他根本就不像是一个病人。他的斗争、气势、勇猛和他在训练场一样虎虎生威。她被他带到了一个迷人的世界。那儿从来就没有病痛，永远只是阳光、健康、爱情、方队。她在这样的境遇中醉了。

　　直到起床的军号响了。她才醒来，第一个动作是用手指动张家伦的唇。那唇是那么温热，那么湿润，他的呼吸是那么均匀。汪哲流下了欣喜的泪花。她想说不定这一次还是医院的误诊。她重新躺下，才觉得自己刚才是多么可笑：你不是一直在他的怀中躺着吗？你不是一直把手放在他那跳动的心脏上吗？何至于还去摸唇？

　　张家伦醒来，她忽然害羞得不敢看他。张家伦叫她，她说："我是你的妻子。从今天起你不要再让我每晚一个人睡在冰冷的床上，不要再让我每个周末一个人走在大街上。我想和你去领结婚证。"

　　张家伦抱着她说："我做梦都想和你结婚，可是真怕有一天我忽然在你的身上变成一具僵尸。"

　　"那我也愿意你把我的血喝干，直到我也变成一具僵尸。"

　　然而张家伦不允许。汪哲哭得眼泪都干了，说："我一定要和你结婚。"

　　第二天，她就马不停蹄地开始找单位开结婚证明信。

　　朱洁呼了她一天，一句话："千万别心血来潮，不要把幸福寄托在一

个已被判了死刑的人身上。"

单位的领导、江天、刘琦、退伍老板朱鸣光都打来了电话，让她好好想想。

张家伦只能在一片泪水中同意她的做法，他知道她是一个开弓从没有回头箭的人。她说我错过了许多机会，我现在不会再错过了。

张家伦惭愧地说："我再也不能让你到西藏那个美丽的地方去度蜜月了。"

"你的胸前就是我心中最美丽的地方。这样我会永远地安全地和你躺在一张床上，直到岁岁年年。"汪哲试图用她的爱挽留住张家伦的生命。

她在他身体好一点时，就扶着他一片片地走那遍地的葵花。她包里背着水，背着药，推着轮椅。背着那无法用语言说尽的爱。早晚各两次，雷打不动。她坚信大自然是治疗人精神的最好的良医。

她给他喂水，他给她擦汗。她唱歌，他踏拍。在那遍地开花的葵林里。

每到夕阳西下时，太阳收起她那火红的火舌时，耕作的农民、收操的官兵就会看到那一片金黄中走来走去的身影，那身影让他们一直疑心那是世界上最美的一幅画。几年以后，真有一个战士画了，还在全国美展中得了奖。

然而那位战士还没有看到更美的。在人渐渐稀少时，就会有一团美丽的影子融进天边那片霞光中。即使是世界级的画家梵·高，也画不出那美丽的画。那画使世界上所有的经典的爱情都黯然失色。

让我们看看他们日常生活中的一些对话片段，体会一下那平淡而深深的爱。

丈夫在写作，妻子在噼啪的木柴声中一遍遍地搅动着药汁。

喝药前，妻子总要尝一口，然后才给丈夫一口一口地喂。

你想吃什么？

随便。

我给你擀面条吧，臊子面、油泼面，还是棍棍面？

只要是你做的我都爱吃。

嫁给我你后悔吗？

后悔没有老早做你的妻子。

你说还有下一世吗？

应该有。

那咱们就再做一次夫妻，然后到西藏去一次。

带着咱们的儿子。

我走以后，你把孩子送到她妈妈那儿，或者送到我老家去。

只要我还有一口气，他就是我唯一的儿子。

你会有自己的孩子。

不会了。我已做了绝育手术。

别开玩笑，我咋不知道？

要看证明吗？

你为什么要这样苦自己？

因为我是一个没有父母的人，我不想让孩子也和我一样。

你使我都不能安心地走。

那就别走了，陪我一辈子，让我一世不再孤单。

别这样，有那么多的好小伙追你。答应我，我走了以后，选最棒的结婚。这样我在那个世界才能心安。否则我每天都会回来吓你。

我把大门打开，挂上灯，迎接你。

会吓着你的。

大炮我都不怕，还怕人？

可是我已变成了鬼。

话还没说完，被妻子捂住了嘴："你再这样说，我不理你。"果然，无论丈夫如何解释，妻子都不说一句话。丈夫搂住了妻子，说我再不说了。

你就是鬼我也和你做爱。妻子偎依在他怀里说。记得聊斋吗？那上面那么多可爱的鬼多美。他们不是和人一样过着很美好的生活？

可那都是女鬼。男的就很丑了。

我喜欢。妻子说着，站起来，说：我去把儿子接来咱们明天一起去训练场看看。

看什么？

明天你的部下要给你夺金牌了。

当战士们看到他们的指导员消瘦得只剩骨架还带病来看他们比赛时，就像吃了兴奋剂的长跑运动员，在训练场上嗷嗷地叫着，想以军人的勇猛来安慰指导员脆弱的生命。

五个如虎一般的小伙在立正、向右看齐占领阵地的命令中，同时扑向炮位。

剥炮衣、摘炮帽、打高低、摇方向……汪哲被这一切惊呆了。张家伦紧紧地抓住了她的手。汪哲感觉到新鲜的亢奋在血管里在关节里在毛发间熊熊燃烧。

加农炮的裸体在丽日下释放出崭新的光泽，紧闭的闩体在力的较量下豁然开朗……

炮架开了。

炮管挺了。

炮手凝固了。

十八门加农炮在山根下的训练场上，依次弧形展开。箭在弦上，首发击中目标。尘土飞扬。炮如堤坝。兵如潮水。那浓郁的火药醇香地扑进她的鼻孔，沁人心脾。那十八只火球争先恐后地从绵厚的云海里腾空而起，在洁白柔软的地上，绽出了一片绚丽醒目的葵花。它们先是在空中手忙脚乱地舞蹈，然后化作流畅的弧线纷纷扬扬地飘向深谷。白旗降落，红旗飘扬。

事后汪哲把这壮观的场面描述给她的好朋友朱洁时是这样说的：

"我真的在那时才觉得我身上所有的血在汩汩地流淌。我才觉得都市的男人们为什么一个个娘娘腔，一个个地找那些一枝刘呀、三宝双喜呀来实现做男人的威力！一句话，他们的雄性让都市的马路压平了，让成堆的酒精香烟麻醉了，让平庸的生活阳痿了。然而那些可爱的炮兵，可敬的男人们，他们根本就不需要这些后工业化的物质滋养。他们的护身法宝就是军号、口令、就是那不息的光荣与辉煌。不是我夸张，真的。而且在我的感觉里，他们不是在和炮争斗，而是和女人在做人生最快乐的云雨之欢。特别是那火炮弹体飞离弹道那飞起的快感决不亚于男人女人欢爱的极致。"

"别，别，姐们儿，我还是未婚少女呢！别让我犯错误。"朱洁笑着说，"是不是张家伦也给了你那样的享受？"

汪哲羞红了脸，坐下来，停了半天说："这真的是我的感受，我一激动就忘了你还没结婚呢！"

"哎，跟你开玩笑呢，你不要相信每个人说的话。结婚和不结婚还不是一样，你以为我像你一样？我早就和我的那位同居了。只是他呀，整个一绣花枕头，中看不中用。每次两人都成了一堆熟铁，可是他关键时候就是起不来。每次都让他去吃补品，还没进去斗几下，就又……"

"去看一下吧，你在医院工作，有那么多的熟人。"

"可是他死要面子。你知道咱女人和男人结婚不全为了做这种事，可是人一辈子长着呢，我真怕我有一天受不了，和他散了。"朱洁眼泪涌了出来。

"你和他结婚吗？"

"我下不了决心。因为他还有个毛病就是沾花惹柳。有一次我还看见他给你写了一封情书。真的。我不知道那些女人为什么会喜欢他，也可能不识庐山真面目。好了，有合适的帮我找一个，但是必须要有钱的，而且不要绣花枕头。"

汪哲无语。她一想起张家伦的病，眼泪就不由地流了下来。刚才的快乐一扫而空。

"你咋办？就一直陪着张家伦那个有今天没明天的病秧子？我想不通你为什么要把自己的美貌和年轻耗在他身上？要我说，你就不该和他结婚。最多念着他过去给你帮忙参军的那些好，在他生命的最后时刻一直守着他，已经知恩图报了。可你偏得像出弓的利箭，本小姐十万火急的电报电话也止不住你陪葬的决心。"

"请你别说了。性格决定命运。我就是这样一个人，认准一条路就走到底了。你托的事，我会帮你留意的。我认识一个老板，人挺好的，不知现在有没有对象。但是对你的男朋友要好一些，不到万不得已，不要伤他的心。你们毕竟好了几年，再说病总是会治好的。"说完，提着一大堆药走了。

她住在团队那个贴满了剪纸的平房，开始了她长篇小说《葵园》的创作。这时候房子凉得真像安了空调。她花了整整一天，学会了使用汽化炉。

她知道了 85 加农炮、152 加榴炮、130 火箭炮、122 榴弹炮、82 无

坐力炮。她甚至记住了炮架上那一行小字：522979180。

她学会了驻锄，学会了对拔插销、装炮、瞄准、射击，学会了看风向、地形高差、地貌颜色变化、气温药温、距离、表尺。学会了在一大堆男人面前端着大碗酒一口气喝干。喜欢上了张家伦爱看的书，什么《孙子兵法》《战争论》，爱上了克劳塞维茨、曹操、吴起、朱可夫之名将。

她想原来爱一个人有这么大的威力，它使你一下子改变了自己。

不久前她对炮还是一无所知，现在却对炮简直就像自己的手掌一样熟悉它的每一条纹路每一条血管每一个关节。

她在这一切的努力中想起了大嫂的话，"咱们当兵的男人苦呀"。她想说没有亲自体验这苦，就不会真正地发自内心地去爱自己当兵的男人，就不能体会出他们身上那蕴含的千年不灭的铁血气质。

朱洁来看张家伦时，给大刚抱来了一个父母嫌是女孩不要的婴儿，大嫂高兴得整天不离孩子左右。

一月后，张家伦病情恶化，他们回到 J 市。每天靠输氧维生。疼痛难忍时，就得打杜冷丁。他说，如果我不能说话，呼吸困难，需要割气管，就别救了。

汪哲捂住了他的嘴。

张家伦握住她的手说："我死了，如果你认为江天也不适合你，一定要找个好人。"

汪哲眼泪模糊了双眼，捂着耳朵说："我不想听，我不想听。"

你必须听，要不我死了也不会瞑目的。

两人抱头大哭。

我很害怕。张家伦说着，像个孩子似的头枕在汪哲的怀里。

汪哲忍着泪，摸着他的头发，说："别怕，家伦，人间该有的那儿都有，那儿还有西路军战士呢！他们大概也和阳世里的军人一样集合排队操练。你说不定还是他们的指导员呢。他们不知道大彩电，不知道大哥大，不知道咱们的炮团有了最先进最漂亮的武器。还有现在战争下的数字化部队，你都给他们讲。

不久，张家伦呼吸道感染，护士吸出的痰里全是血。张家伦难受的样子，汪哲都不敢看。

张家伦时清醒时糊涂。清醒时，说对不起汪哲，让救救他。糊涂时，

就吵着要回家，不是拔掉氧气，就是要拔输液针，护士要把他绑在床上，汪哲坚决不让。她雇了一个护工，和她一起轮班照料张家伦。张家伦躺得久了，她就把他抱起来，让他依在她身上，坐会儿。张家伦刚坐累了，她再把他抱着放倒。护工不在时，她起初一个人抱不动他，又不敢使劲，一则怕把氧气碰掉，又怕碰掉他的尿管，每次插时，张家伦疼得直骂人。她就动一步，挪一下，每次折腾得浑身都是汗。

刚躺下，张家伦又疼得难受，要坐起来，她又艰难地一点点把他往起抱。抱不动时，她几乎是用自己的身子架着他全身慢慢移动。

护工看她瘦了，说，姐，你睡会儿，有我呢。可是她不放心，一直守着。

好在，团里派了两个年轻战士来照顾张家伦，大嫂也经常来帮她，但她总不放心，一时不见张家伦，心里就空空的。病房里，护士让他们照顾病人的人都戴口罩，她生怕张家伦认不出他来，急得发火，就时不时地去掉口罩。有天，张家伦想吃豆腐脑，她去买，回来时，张家伦在骂人，见谁骂谁。一看汪哲来了，马上安静了，她让干什么，就很听话地配合。

张家伦起初还问宝宝，后来宝宝来了，他也不知是不认识，还是心烦，总之除了说疼，就是一句话也不说。

张家伦呼吸越来越困难，医生征求汪哲意见，要么割气管，要么放弃治疗。

汪哲给张家伦家人打电话，父母年岁大了，不敢告诉，他在家种地的哥哥从老家赶来，说，妹子，你拿主意，我啥都不懂。

她在无奈之中，又打给江天，江天说，我支持张家伦。

汪哲骂道，你支持个鬼。话已说完，她好悔，立马住了嘴。

汪哲给朱洁说我做不到呀，朱洁，我怎么能放弃他呢？帮她拿主意，朱洁看着已经不会说话的张家伦，难过地背过身去。张家伦拿笔艰难地写道：汪哲，求你了，放弃治疗，我实在难以忍受痛苦了，让我有尊严地走吧。求你。

汪哲扑在张家伦怀里，失声恸哭。

两天后，张家伦走了。

她把张家伦的骨灰埋到了炮团的一座山上。从那儿可以看见团队的

角角落落。安葬仪式她想按老家的风俗完成。她给张家伦所在单位打了三次报告，她说她不想让他火化，她说老家都是全尸土葬。她心理上接受不了。

上级当然没有批准。

她在太平间为他净身，换衣，然后为他化上了淡淡的妆。她想让他干干净净地到另外一个世界报到。她不能接受城里人对葬礼草草了事，一火化就没事了。这时候她就特怀念乡村姥姥的那场隆重的葬礼。

请阴阳师看风水打墓、做的松木棺材油漆刷彩笔描、寿衣里三层外三层，守灵、超度、做法事、八抬大轿、送路、唢呐、暖墓…… 可这些她都不能一一去做。她是军人，她是国家干部，不能迷信，可是迷信在刚懂事时就扎根了。

在墓地上挂了三天长明灯，她怕张家伦的魂灵不知道回家的路。

这是她在姥姥后事上看到的。姥姥走时请了一位专门干送路营生的老人。该人先是给亡人净身，换衣，后就是唱歌，对死者的安抚，对哀家的宽慰。

汪哲没有让送路的人给姥姥换衣，净身，这些全是她亲手干的。她好后悔，她原来想着等在城里有了家就接姥姥住。可是……

送路的歌真好听，她都能背得出来了。现在她想把它唱给张家伦，让他安心上路。曲调是原有的，词是她写的。在太平间张家伦的遗体前，汪哲声泪俱下地悄悄哼道：

　　　　上路哇——
　　　　上路轻飘飘
　　　　世上已经走一遭。
　　　　留下了那爱（哪），
　　　　洒下了那情（哪），
　　　　坦坦荡荡你走得早。
　　　　唔……噢……
　　　　唔……噢……
　　　　阴世阳世一道坎，
　　　　翻来覆去都是怨
　　　　想回了你就来

想走了亲亲骨肉妻子你再走。

家中的门儿朝你开哩

唔……噢……

唔……噢……

此世情缘仍未了。

军中妻子念你哩，

念你念到陪君走。

明月前身你走了，

一唱三叠我跟不走。

唔……噢……

唔……噢……

孩子自有孩儿道，

兵营兵舍人心齐，

放宽心儿你走好。

上路了，上路了，

英雄系马你走好。

妾愿随清风伴你行。

　　回到学校，同学们对她友好多了，特别是张韵依自从打架事件后，两人见面，一个向东，一个朝西。现在张韵依有时还主动打招呼，表现最积极的是千光，一会儿叫她去吃饭，一会儿又跑过来让她去看演出。

　　这要在以往，汪哲会很高兴地跟同学们相处，可现在，她干什么都提不起劲头，好像一切都失去了意义。

　　当然这样的日子很快就过去了，就像一场表面做的文章，如果一个人有了悲伤，大家都去安慰她了，你不去，就显得你太没人情。可真来安慰了，有时，在当事人看来，还比不来更好。

　　刘娴淑失眠越来越严重，几乎一夜都不睡，白天上课时，却老打盹，人也消瘦了许多。汪哲安慰她不要把留京看得太重，刘娴淑也不答话。后来江天告诉她，说刘娴淑告诉他她离婚了，是因为她爱人有外遇了，让他帮她找个男朋友，还说孩子她也不要啦。人面前的刘娴淑照样说说笑笑，而且妆化得比原来更浓。动不动就说，我爱人文章又发表了，我爱人又得奖了。汪哲以女人敏感的心思理解她，能做的多拖宿舍的地，

多抹桌子。时不时给她讲些开心的事，有时也拉着她到公园里转，但又做得不能让好面子的刘娴淑感觉自己知道了什么。这个度好难把握。

大家活着都不容易，她发现自己的笔下多了人生的苍凉感。

汪哲晚上，甚至中午午休，也能梦到张家伦回来了，在她的床前站着，微笑着。只是脸色阴郁，没有了过去的光华。她想起姥姥说的一句话：人在阴间要是脸阴着，就是缺钱花了。

她隔一段时间就买一大堆纸钱，元、角、分都齐全了，在学校后门的十字路口跪在地上烧了。

我是军官，不能迷信。可是我从几乎只要有人就有鬼怪传说的乡村中来，总得找个地方来寄托一下我的相思吧！我们每个人都得有精神支撑，否则不早就垮了吗？

难过时，她就写长篇小说《葵园》。每写一章，她就哭一天。她写的是她经历的活生生的生活。而此时，才发现同学们一个个都很少在学校待着，都在忙着找单位。

刘琦留在了北京的空军某部，他说他正在帮汪哲联系接收单位。而江天邀请她和他一起搞电视专题片，说如果搞好了，电视台就可以留下。她婉拒了。

中秋联诗

又到中秋，文学系师生在离学校不远的紫竹公园举办了别开生面的迎秋会。大家围坐在湖边草坪上，中间放着瓜果月饼啤酒，遥看水面一轮明月，边吃边聊。江天坐到汪哲旁边，汪哲一看千光的眼神恨不能杀了自己，便挪到刘娴淑旁边。因为有院长在，大家拘谨了许多，你看看我，我看看你，一时玩笑也不敢开了，东西也不敢吃了。

白发院长笑着说，大家放松些，我本来应当跟你们一起平起平坐，无奈腰不好，就搞个特殊化，坐在椅子上，你们就当我不存在，该干啥就干啥。人老了，就想凑热闹，我可不愿意回家听我老伴絮絮叨叨。

众人一听，瞬间放松了好多，汪哲偷眼打量了一眼院长，老头笑眯眯的，一点都没架子。

　　班主任杨老师把椅子往院长身边移了移，说，本来想排节目的，后来想，大家随意聊天、赏月，可能更尽兴些。平时大家都坐在自己的宿舍，也不交流，明年这时，大家都回到了各自的单位，怕也再难聚首了。说着，话语里有了伤感。

　　哎，小杨，不要那么悲观，你看月亮多圆。

　　刘娴淑拿了两个盘子，装了些瓜果点心，放到他们跟前，说，院长，杨老师，要不，咱们还像去年中秋时，来个击鼓传花？传到谁就表演个节目。

　　院长笑着说没鼓可击，大家想想还有什么更好玩的？

　　江天提意联诗，说，第一句末的字，当是下一句首字。有人马上说，只要能对得上，不一定是诗，成语、俗语都可。

　　院长边吃月饼边说，我看接句也不一定非在首字，只要有上一次的字，且音同，就可，不必太拘泥，形式越活泼，越有意思。是不，小杨？杨老师说，是呀，是呀。

　　当下就定了。

　　看着大家一张张笑脸，汪哲本想请假，又怕争强好胜的女生班长刘娴淑不悦，便勉强坐在一边，只管发呆。坐在她旁边的刘娴淑咬着她耳朵悄悄说，你要好好表现，听说院长的一个电话，胜你跑断腿。说着，拿出一张纸，悄悄看了下，装在口袋里。

　　学习委员叶子林一屁股坐到她俩中间，说，男女搭配，干活不累。说着，左手搭在刘娴淑肩上，右手搂住汪哲，朝江天得意地扬了一下眉。

　　汪哲朝后一瞧，白发院长坐在小椅子上，正跟班主任闲聊。回头强打精神，准备应对。

　　起句是班长起：海上生明月。

　　张韵依左手按摩着脖颈道：月是故乡圆。

　　轮到千光了，她咬着嘴唇说圆什么呢？有男生起哄，快说，快说。千光瞪他一眼，说，急什么。说着，忽然兴奋道，团团圆圆。

　　话音刚落，刘娴淑马上接口，天圆地方。

　　学习委员叶子林脱口而出：方是一年月明至。

　　杨老师看汪哲没反应，立即拉着椅子坐过来，说：至爱亲朋共欢聚。说完，看汪哲还在发呆，便轻轻推了一下她。汪哲好像从梦中醒来，说，

最后一个字是什么？

众人还没来得及说话，院长高声说，至爱亲朋共欢聚。汪哲接口：聚集赏月空留愁。

后面的人接不上，有些冷场。

江天一看院长微皱眉头，马上道，愁思故乡月明校。

院长点头道，校园春深深似海。

孙晓薇：碧海晴天椰汁香

班长马上接：香气袭人京艺春

张韵依扭了扭脖子道：春光明媚惹人醉。

又在千光那卡住了，她想了半天，忽然笑道：酒不醉人人自醉。

刘娴淑想了想，说，春风吹得游人醉。

汪哲一看叶子林去洗手间了，马上联道：醉酒当歌，人生几何。

杨老师看了一眼院长，道：何时明月照我还？

院长笑道，还是京艺桃李香。

江天接口：香风送我上青云。

班长：云中漫步独行侠。

张韵依这下安静了：狭路相逢勇者胜。

千光接口：胜者为王。

刘娴淑：王师北定中原日。

汪哲一口气吟道：落日五湖游，烟波处处愁。浮沉千古事，谁与问东流？说着，声音里竟带了哭腔。

杨老师一看院长又皱起了眉头，马上站起来说，夜深了，天也凉了，咱们让院长给大家讲话！大家欢迎。说着，带头鼓起掌来。

院长摆摆手说，我年纪大了，熬不得夜了，我走了，你们尽情玩吧。

回到宿舍，刘娴淑说，你怎么能让院长不高兴呢？怕是毕业分配，校方不会给你说好话的。现在好多单位，都先要到学院来考察人的。

我心情不好，装不出来高兴的样子嘛。

刘娴淑叹了一声，端着洗脸盆去水房了，风吹落一张纸，汪哲无意中一看，原来是一大堆的锦言妙语，正思忖捡还是不捡，这时有人敲门，不等汪哲开，传达室张大妈那个平时温和的脸现在神态很是严峻。大妈一般上楼都是查私自烧电炉或来撵到女生宿舍的男生。宿舍无此类情况，

她纳闷地让大妈坐。大妈说不坐了，院长找你，就在楼下。

正说着，刘娴淑走了进来。

院长找汪哲？

汪哲摆摆手，说，我下去一下。

穿一身运动装的院长看到汪哲下楼了，径自走出宿舍楼。院长也不说往哪去，只管往前走，汪哲也不敢问，悄悄跟到后面，心里直打鼓。两人不觉间来到操场，昏暗的操场没几个人，院长说，想不想陪我这个老头跑跑步？

汪哲一愣，马上应道，好呀。

院长说那就开始。我年纪大，你得让我。说着，伸伸胳膊蹬蹬腿，一点都不像开玩笑。说完，真跑起来了，汪哲觉得院长有意思，紧张的心情也放松了，立马追上院长。院长速度也不快，边跑边说，听说你在文章里写了我支持你们文学系学生偷白菜的事？

天，院长还是知道了这事。汪哲接口，我听人说的，感觉院长挺可爱的，虽是领导，骨子里仍是真正的艺术家。本来想说可敬，可一说出来，变成了可爱。汪哲暗暗骂自己嘴笨。

白发院长哈哈大笑，是，我是想变得可爱些。搞了一辈子音乐，一听曲子，浑身就想动。这不，就跟你们年轻人来赛跑了。小姑娘，能不能跟我这个老头子比一比，跑七圈，刚好三千米？

汪哲也不示弱，说，院长跑多少，我跑多少，在部队，我可是跑过五公里的。

虽然如此说，她还是放慢速度，配合着院长的步子。院长看她跑慢了，就加快了速度。跑了七圈，院长摆摆手，说，解放军，你再跑几圈，年纪不饶人，我歇歇。说着，站到一边，边擦汗边喘气。

汪哲说我也跑累了，好长时间没练了，估计得好几天腿疼。

院长坐在台阶上，半天没说话。

汪哲也不敢开口，只静静地等着。

心里还难受不？

汪哲一听这话，眼泪又涌出来了。

院长拍拍她的肩，说，难过了哭出来就好了。我母亲离开我时，我也哭过。说着，竟拭起眼角来。

院长，我没事儿了。

没事了就好。至于深陷情中，我能理解。陈寅恪曾对友人吴宓阐述自己的"五等爱情论"：第一，情之最上者，世无其人，悬空设想，而甘为之死，如《牡丹亭》之杜丽娘是也；第二，与其人交识有素，而未尝共衾枕者次之，如宝、黛是也；第三，曾一度枕席而永久纪念不忘，如司棋与潘又安；第四，又次之，则为夫妇终身而无外遇者；第五，最下者，随处接合，唯欲是图，而无所谓情矣。我不知你是第几，但只希望你不要太伤身，情痴虽贵，但不可陷得出不来。我的经验，难过了，就跑步。跑着，跑着，你就释然了。夜深了，回吧。院长说着站起来，拍拍身上的土，如果难过就给我打电话，我跟你跑步。

是，首长。不对，谢谢院长。

两人出了操场，院长又说，有事直接给我打电话，说着，把办公室和家里电话都告诉了汪哲。汪哲告别白发院长，正往宿舍走。江天却从操场一角冒了出来，吓了汪哲一跳。

机会难得，你跟院长接触上了，毕业留京十拿九稳。

说什么呢，我可没想那么多。汪哲跑向宿舍，感觉中秋的月亮也不再像联欢会时那么冰凉了。

天渐冷，树上的黄叶一片片地落进了土里，掉进了水里。人，哈出的气也是一团蒸汽。她翻开日历，明天就是农历十月一日了。十月一是老家给亡人送棉袄的日子。每到十月一日的早上，她在上班的路上，总看见一堆堆烧成黑末的棉花和白纸。

她想到这里，跑了大半个城，才买到棉花，找到一家弹棉花的店。把棉花弹得没有一点杂质。然后回到家里，就像姥姥那样，把棉花平平展展铺在白纸上，再盖一张白纸，把四周拿胶水糊好。做了棉袄样，分别写上张家伦、赵秀英的名字。她想张家伦和姥姥会穿上的。那个地方可没有暖气和火炕。

趁夜深人静，在学校门口的十字路口烧纸时，碰到了江天，他说："我就不相信 20 世纪还有这么纯情的故事上演，如果让张艺谋知道了，拍个电影说不上又能得个国际大奖呢。有你后悔的时候，咱们走着瞧吧，记着，我永远是你最后的归宿。"

"对了，忘了给你说件事。"汪哲把对刘虹出车祸的猜测简单给江天说了一遍，最后说，我肯定车祸是李局长指使人所为。江天还没听完，就不耐烦地说："这种事你没证据，即便有，也要少管，否则会引来杀身之祸。人家做哥哥的都不管，你操的什么心呢？再说现在都什么时候了，当下，咱们的前途要紧，快点想办法找工作。"停顿了片刻，又说："行了，回吧！学校要关大门了。"

走了几步，看汪哲没跟上，又折回来说："你别急，让我好好想想办法，咱们必须有了证据，才能打击敌人，否则就会自食其果。"

收发室的林大爷正端着杯子喝茶，从窗里看到汪哲了，汪哲马上低下了头。林大爷却喊她，小汪呀，你怎么好久不来了，你对象的信大爷我给你盯着呢，没有，这小子怎么回事，还不来信，是不是分手了？

汪哲鼻子一酸，江天马上抢过话，谢谢大爷，汪哲的信，转到我邮箱了，我建了个私人邮箱，这样就不劳累大爷了。

好好好。大爷关了窗子。

汪哲说你先回去，我在湖边走一会儿。

江天看看她，说，如果想写信，就给我写，好不好？

说完，才发现汪哲已经走远了。

别墅里的异音

周末，刘娴淑让汪哲跟她到一个朋友家去玩。汪哲心情烦躁，想着出去透透气，也好。当下马上收拾齐整，就传来了大妈的喊叫声。刘娴淑却不急，说，让他等一会儿。说着，坐在桌前，又仔细地打量起自己化得格外细致的妆来。刘娴淑平时上课都穿在动物园批发市场买的衣服，但外出却极其精心，项链、手链，还有包，都很讲究。汪哲仔细观察过，刘娴淑有一套据说是花了六千元买的一袭紫色套裙，除了开学典礼，很少穿，一直挂在柜子里，上面还拿布袋严严实实套着。现在这件粉紫色的裙子使皮肤白皙的刘娴淑看起来好小。

跟刘娴淑住了差不多一年了，汪哲发现刘娴淑跟其他女同学都不一样，她很随和，但这随和里，总有一种她看不透的质地。比如，她经常

坐在宿舍，能很安静地绣十字绣，可以一句话都不说。既不像千光，每天蹦蹦跳跳的，嘴里永远吃着东西，也不像张韵依，张口就是命令，更不像冷漠的孙晓薇。刘娴淑呢，对谁都有礼貌，热心，她可以给家里穷困的男生饭票，甚至把自己孩子不用的书、玩具都给同学，也会在汪哲生病时，给她把饭从食堂打回来，可是你跟她相处，好像老待在一个幽深的黑洞，你不知道她想什么。因而，当刘娴淑邀请汪哲跟她一起到朋友家去时，汪哲先是小小地吃了一惊。因为，她们从来没有这么亲密地走近过。

汪哲看刘娴淑如此重视这次出行，想必这个人不一般。自己也不好太随意，便挑选了自己最好的一件白色连衣裙，挂上了张家伦送给她的铂金项链，化了淡妆。总想自己如此的在意，是对刘娴淑的尊重，对刘娴淑朋友的尊重。如跟她关系并不好的张韵依，看她这样精心的打扮，即便说些风凉话，也证明她心里有什么说什么，可刘娴淑好像连看一眼都没，这让汪哲又小小地失意了一下。

你真的不打算留京？下楼时，刘娴淑问。

汪哲点了点头，说，到哪都一样。

刘娴淑轻松一笑，说，我不打算回去了。

祝福你。

画家住的是别墅，三层。有个敞亮的大院子，通向家的两边院子全种着花，虽然现在月季只开着零星的花，可仍能想象春天繁花似锦的样子。而门前的银杏黄灿灿的，把白色的小楼映衬得更为脱俗。

画家正在客厅的落地玻璃前，画着院外的花，看到她们进来了，说，你们随便转，这一笔画完，咱们再说话。画家有六十多岁，白发也没几根，但人看着像个圣诞老人，红润的脸，圆而和蔼。看他跟刘娴淑的架势，两人很熟。刘娴淑给他递水时，他捏了刘娴淑的手，刘娴淑回打了他一把。这是汪哲从客厅穿衣镜看到的。

刘娴淑说，我带我同学四处转转。说着，带着汪哲穿过客厅，先到地下一层。刚下楼，就看到厅里支着一张乒乓球桌。楼梯直对着的房间是一间放映厅，里面挂着一块白色投影。中间有两排沙发椅，一排中间的茶几上放着水果。汪哲随手翻了一张影碟，名字叫"西伯利亚的理发师"。再瞧苹果，皮有些皱了，旁边还有核。刘娴淑端着水果盘，放到楼

上的客厅。看了一眼画家，说，我们再到楼上瞧瞧，龙老师，上面可以参观吗？

画家现在站在了小梯子上，正在画一棵大牡丹的骨朵，说，当然可以，你们随便看。

二楼两间打通了，也是画室，地上是大画，桌上是素描。汪哲看有张裸体画有些面熟，想拿起来，刘娴淑说，咱们走。说着，把画反扣着放了。

三楼是两间卧室，她们只看了一间，另一间刘娴淑说，他儿子的，咱就不看了。其实还有一间，门半开着，好像有人。汪哲心有疑虑，也不坚持。两人下到客厅，画家正在洗手，说，咱们出去吃，我请大家到对面的生态园去吃。

刘娴淑说，算了，在家吃吧。然后扭头跟汪哲说，阿姨做饭挺好吃的，她最拿手的是炒鳝鱼，可好吃了。

阿姨做的饭确实好吃，小菜精致，色泽精美。席间阿姨端菜递水，龙老师说，吃了没？

阿姨说，吃了。

可汪哲分明看到阿姨没有吃，一直在厨房忙着做汤。难道问的是别人？后来她才明白了事情的缘由，不过，那已经快毕业了。

吃完饭，刘娴淑让阿姨走了，自己亲自洗碗，边洗边说厨房收拾得表面上光鲜，可柜子里又乱又脏。说着，拿指头进去一摸，拿黑黑的指头让龙老师看。汪哲本想进去帮忙，看龙老师进去了，两人关了厨房门，有说有笑的，就高声说，学校有事，我先告辞了。

刘娴淑却说，这儿坐车不方便，你到书房看会儿书，我帮龙老师整理一下房子，你看乱得很。

此时是中午，汪哲在客厅看了会儿书，又看了半天刚画完的《国色天香》，侧耳听听，满楼都静悄悄的，到院子转了一圈，全是别墅，多数连排，独栋的，只有十几栋，都很漂亮。家家院子带花园，现基本都荒了。龙老师家属于独栋，离荷塘不远。便过去，坐到湖边，看了半天干枯的荷叶，一看表三点了，估摸刘娴淑忙完了，进到客厅，里面仍然静悄悄的，偶尔听到几声咳嗽，听声音像女的，但肯定不是刘娴淑的。有些后悔来了，但也无法，只好再等。

刘娴淑进来叫她时，她竟然坐在沙发上睡着了。

仍是来的车送她们回去。回到宿舍，汪哲说，龙老师家真漂亮。

刘娴淑说大画家嘛，一平尺三四千块呢。

洗完澡，汪哲发现刘娴淑一直望着窗外，她说看什么呢？天这么冷，外面也没啥好看的。刘娴淑坐到床上，拍了拍床，说，你坐下，我想跟你聊会儿。

你别跟其他同学说我带你到龙老师家去好吗？

汪哲点点头，不知刘娴淑的用意。

咱同学中，我最看好你，办事稳妥，才带你去的。说实话，论学习，我不如你，论社会关系，我比不上千光，论漂亮比不上张韵依，甚至连孙晓薇的那股冷傲我都学不会，可我也要生存对不对？

汪哲想了半天刘娴淑的话，一时不知如何作答。

刘娴淑不再说话，抱着膝盖，半天又说，我以后也不会写东西的，倒不是写得好不好的问题，而是写东西太累。咱们谁也不要笑谁，看谁笑到最后，才是真的英雄。

汪哲越听越感觉好像不认识刘娴淑了。她笑着说，刘娴淑，你想说什么，如果信任我，就说出来吧。

刘娴淑欲言又止了半天，十指交叉抱着膝盖说，音乐系我一个好朋友问我，有个领导说他可以帮她留京，可眼看马上要毕业了，我这朋友问了他几次，这领导都王顾左右而言其他，她问我怎么办，我说那就给领导送礼吧，酒呀烟呀，手表呀什么的，我这朋友也送了，可领导还没肯定的话，你说他是不是想那个？

汪哲说，那位领导我不了解，无法下结论。

我给我朋友说，如果你觉得留京是你人生大事，他想要什么就给什么，可我朋友说，万一我失了身，结果事也没办成，这不鸡飞蛋打了吗？这又难住了我。你帮着分析分析。

看着刘娴淑满脸的期待，汪哲正要开口，喇叭响了，楼下大妈让刘娴淑下楼说有人找。汪哲如释重负。

这一夜，刘娴淑没有回宿舍。汪哲想如果刘娴淑明天回来再问她她该如何回答，一直到毕业分手，刘娴淑却再也没问过此事。想必她给朋友出了好主意了。汪哲猜想。

第八章　飞翔生命的诗意

别开生面的采访

下午上完电影课，汪哲背起书包正要回宿舍，杨老师叫住她，让她到他办公室去一下。

杨老师放下课本，给汪哲倒了一杯水，示意她坐到靠墙放着的黑皮沙发上。汪哲坐下来，发现沙发旁放着两个哑铃，不禁举起，老天，足有十斤。笑着说，怪道杨老师身材好，原来一直锻练呢。一次能举多少下？

杨老师心不在焉地说一二百下吧。

汪哲看这架势，知道不能没话再找话了，看杨老师眼睛只盯着课桌，便觉情况不妙，怯怯地问：杨老师，有事？

是这样，你去编辑部的事黄了，原因嘛咱就不说了。不过，我给你在北京某部队医院联系好了，先借调在宣传科搞新闻报道，这对你轻车熟路，然后再想办法留下。他们院领导说了，借调最多一年，很快就可办调动手续。

汪哲一听，站了起来，说，谢谢杨老师，我原本就没想留京。军区让我回去，要调我到创作室。她看杨老师仍面有愧色，又说创作室主任说了，让我跟他到边防哨所好好体验生活，一定能写出好作品。杨老师这才抬起头说，那也行，搞专业总归是好的。文学，生活是第一的。汪哲要走，杨老师又开腔了，说，你看光顾说事，把正事倒忘了。你晚上到音乐学院去，院长在那上课，点名让你去听。老头对你印象不错，有

啥难处尽管跟他说，现在还来得及。你知道，有些事，我甚至系里也无能为力，但是我还是很……很欣赏你的才华的。

谢谢杨老师，我明白。

你不明白。杨老师突然语气加重，看着汪哲的眼睛，一字一顿地说，从第一次到你们宿舍，我就对你有好感。你看，你穿这条裙子就很漂亮，清秀而纯真。杨老师终于艰难地把话说完。

汪哲呆愣了片刻，醒过神，说，谢谢杨老师，这两年来我给你惹了不少事，但都不是我的本意，有些事，连我自己都没想到就发生了。再次谢谢你的赏识。汪哲深深地鞠了一躬。

杨老师拿出一个袋子，说，你的影片分析论文，我给你打了全班最高分，那篇评《法国中尉的女人》的论文我准备推荐给一家学报。这些录像带都是我最喜欢的，送给你，回去了，需要看什么电影，告我一声，我给你寄。

谢谢杨老师。

汪哲走到门口了，突然转过身，说，杨老师，你知道杰瑞米·艾恩斯吗？

杨老师以为她会哭，会求他，甚至会做出其他的事来，可没想到她问的是这么一个问题，他走到她跟前，指着她手中的带子说，他是英国著名的电影演员，代表作就是《法国中尉的女人》《洛丽塔》。以后看电影，不但要看剧情，还要看演员的名字、片尾、音响、音乐、特技、声响之类的。他说着，感觉自己话多了，特别是在这种情境下，便收了口。

汪哲深深地看了他一眼，竟然笑了，说，我知道了。

她走在校园美丽的主干道上，看着来来往往年轻的身影，看着蓊郁的林阴道上斑驳的光影，提着沉甸甸的电影录像带，她不知是怎么回到宿舍的。

她可以不留京，但没想到是人家没选择她，这对自信满满的她来说，当然充满了失败感。

杨老师给她的带子里，装的都是她最爱的电影《洛丽塔》《西西里的美丽传说》《毕业生》《克莱默夫妇》《罗拉快跑》《乱世佳人》《发条橙》《飞越疯人院》《现代启示录》《蝇王》等，足有三十盘。

吃完无滋无味的晚饭，终于把她的思绪拉回到现实：院长让我去听

课是要让我写专访？可他早已蜚声海内外，汪哲小时就听过他写的歌，当然那时是不知道的。上学后，不但知道他毕业于中央音乐学院，还上过前线，后转业到京艺，现是中国音协副主席。

听课怎么采访，写个印象记还差不多。

回到宿舍，她拿着采访本跑下楼，楼梯口却站着江天，背着相机，朝她咧着嘴笑。

干吗去？江天问。

我去听院长课。你呢？

跟你一样。

院长也邀请了你？

不敢，咱又不是美女，自古英雄爱美女。咱蹭课，顺便写篇专访，挣点小钱花。

汪哲心里纳闷他咋知道的，脚下步子加快，说，地方远，咱们要打车，否则来不及了。

刚出楼，一辆黑色奥迪停在宿舍楼下，汪哲绕过就要朝外走，江天说，那是一号车呀，会不会是院长接你的。

想啥呢？汪哲急着还要往前走，车玻璃摇下了，院长的白发冒了出来，说，上车。

汪哲看院长坐在后排的右边，便想往前坐，江天几步跑到院长车前，说，院长我也是文学系的学员，想去采访你。

院长看看他脖子上的相机，说，上车。

江天抢先一步，说，我坐前面带车。

汪哲一看到院长，紧张得全身不住地往外挪。坐在前面的江天一点都不紧张，转过头说，院长，我听过你写的歌，《满山开遍红杜鹃》。

院长哈哈大笑，你叫什么名字？从哪考来的？

听说江天是南方人时，院长笑道，江南好呀，江南好，春来江水绿如蓝，能不忆江南？

我老家就如电影《闪闪的红星》中唱的：小小竹排江中游/巍巍青山两岸走……说的就是我老家呀。现在河上面的人字桥还在，只是水不再深，山不再绿，连竹排都没人撑了。男人女人们都到城里去打工了，村

里留守的都是老人小孩。

院长叹息了一声，道，所以，我们的音乐和文字都要把最美的东西写下来，让后代们记着，我们曾经有多么美的山水，有多么动人的旋律。汪哲一时不敢开口。院长说，汪哲听过我写的歌没？我可不是光让学生偷白菜呀。说着，哈哈大笑起来。

汪哲说，我听过院长谱曲的毛主席的《沁园春·雪》。

院长，你啥时开始学音乐的？音乐给你带来了什么不一样的人生？江天扭过身，已经拿起了本子。

这采访就开始了？院长笑着对司机说，小王，你开好车。我老头子一开口，话就多了。我在娘肚子就开始听歌了，我妈最喜欢唱《天涯歌女》。院长说着，轻轻地拍着大腿唱起来："天涯呀海角/觅呀觅知音/小妹妹唱歌郎奏琴/郎呀咱们俩是一条心/爱呀爱呀郎呀/咱们俩是一条心……"院长唱完，说，刚才这位小伙子，对，江天，问我为啥唱歌，我觉得唱起歌来，心情就好。我爸跟我妈感情很好，他们是大学同学。可我爸去世得早，他走时，我还在我妈肚子里，那时，我妈只有二十三岁。从我懂事起，我就经常能听到她唱歌。她说唱着歌，苦日子就被风吹跑了。我上前线，你师母哭得几天都吃不下饭，我就给她唱这首情歌，你别说，我这一唱，她就笑了。汪哲，不要忧伤，来，跟我唱起来。院长说着，双手轻举，一会儿瞧着汪哲打拍子，一会儿又把手势递给坐在前排的江天，边打边唱。

汪哲看着白发院长唱情歌，起初感觉好玩，后来听着听着就哭了。先是啜泣，后来就是泪流满面。

江天禁不住喊道，院长，给我们唱一个欢快的。

白发院长摆摆手，闭上了眼睛。

汪哲为自己的行为失控感觉不好意思，院长说，我要道歉，是我选错了歌。

江天一看气氛不对，马上说，院长，我要跟汪哲一起写你的采访记，你到时看看我们谁写得好。

院长说，写没问题，但一定要实事求是。江天你的稿子我看过，作品有些夸张呀。哈哈。记着，动人之作在于真，把自己的情感投进去了，

肯定就是好作品。还有，写歌跟写诗一样，一定要有具象，比如歌曲《映山红》用天明、春风、映山红，把一个抽象的世界用大家熟知的物象呈现出来，歌的意境和画面就出来了，也就深化了电影主题。而且映山红，在革命老区遍地都是，这又契合当地风物，就有了地域特色。

院长，你最近在创作什么新作品？

我最近要写一首歌，是为我们校园那片消失的银杏林写的。

银杏林？

是呀，我知道你们背地里不知骂了我多少遍，嫌我这个不懂欣赏美的糟老头把校园像画般的银杏林毁了，建成了一幢幢教工宿舍楼，没办法呀，这解决了上百户年轻教员住房难的问题了呀。昨夜，我梦见那一片片被伐倒的树木全变成了钢刀，一刀刀戳进了我心里。我连夜爬起来，谱成了这支新曲子。

院长说着，双手捂住了脸，那是一个老人无声的啜泣。

汪哲急得不知如何安慰，江天从纸巾盒里正要撕纸，院长忽然抹了一把泪，说，不说了，说些高兴的，年底，教员就搬进新房子了。

课堂上，六十岁的院长更年轻，手势一会儿是波浪，一会儿是春雨，一会儿又幻化成钢枪。脚下也没闲着，一会儿蹦，一会儿跳。如果说张家伦给汪哲讲的音乐课是一种感觉的话，那么老院长的音乐课，则把美丽的音符变成了一个个世间的物体。听得汪哲更想张家伦了。

到宿舍楼下，江天说，抓紧写，后天给院长审定，然后批量生产。

汪哲写的院长一个字也没改，只写了一个词，感性。给江天写了什么，汪哲不得而知。但她写的发得却很少，不过规格高，在《中华儿女》上发了。配的照片是江天照的院长在山间采风的照片，江天特意叮嘱一定要写上摄影者的名字，这可是版权问题。江天样报收了一大堆，不过，他给院长时，也就挑了《光明日报》，配的是院长载歌载舞的照片。院长请他们到他家喝茶，江天先给院长一个人咔嚓了好几张照片，然后又让汪哲给自己跟院长拍了好几张合影。走时，还没忘记把院长家门口的垃圾给倒掉。汪哲说，我不知道你有多少个眼睛，就那么一会儿工夫，不但记住了院长家的门牌号，知道了师母家在哪，还知道倒垃圾？江天笑道，服了吧，咱这人，一心能十用。

赏　梅

　　再也不用给谁写信，走到门口的电话亭，也不会再想进去排队打电话了，汪哲觉得日子过得好慢。好在，还有书读，还要上课，否则她感觉自己的世界如北方的原野，干枯而寂寥。

　　这年的冬天来得比往年要早，零下十几度的气温，使往日明艳的校园冷清得院子都很少见人了。窗子都关上了，宿舍还冷飕飕的。明天又是周末，刘娴淑已被小车接走。汪哲写东西到夜半，天亮才睡去。感觉刚睡没多久，楼下的喇叭就喊她下楼。

　　她以为是江天，电话却是刘琦，请她到他舅舅家去玩。她一想起跟刘琦在一起并无多少话，便婉拒。正失望间，江天从楼外跑了进来，头顶雪花，嘴哈热气。一见汪哲，说，十分钟后下楼，他在飞天女像下等她。

　　汪哲说，你怎么那么确定我会出去？

　　江天一笑，说，我一说你肯定去。咱们去学古人踏雪寻梅，如何？中尉。

　　你以为北方也像你老家呀，大冬天腊梅就开了。

　　傻了吧，静园的梅花开了，我听美术系师弟说的。十分钟后见。

　　不是还在下雪吗？

　　所以才叫踏雪寻梅嘛，笨死了，快去换衣服。

　　一出校门，汪哲就要往车站走，江天拦住她，挡了一辆出租车。汪哲说你疯了，静园在郊区，这么远的路，打车得花一百多块呢。

　　千金散尽还复来！上车，美女。江天一手拉车门，一手背在腰后，好像酒店受过专业训练的门童。

　　静园在西山之隅，院内依照江南园林，修筑回廊水榭，再加几排平房，听说是书院，却无读书之人。此时，琼花飞舞，别有风致。汪哲顾不得天冷，取下羽绒服上的帽子，仰脸接雪，很是可爱。江天说别动，就这样，说着，举起了相机。

梅花在后院。

你没发现松树上的雪也这么美么，白中带苍绿，也有风致。汪哲说着，拿手触雪松，不经意间，啪的一声，树上的雪团落进脖颈，她啊地叫了一声。江天跑上前，就要抓雪，才发现雪化成了水，他掏出手绢，就要帮着去拭，又生怕汪哲恼，瞧着她的脸，看她仍在看雪，他手轻轻地伸到她脖颈，好白呀，一时忘了擦雪，直盯着那白白的脖子发呆。汪哲说快呀，人家都冰死了，他立即给擦，就要把脖子上的毛衣往外掀，有人进院子了，忙把手收了回去。

一时两人无话。汪哲小脸通红，也不看他，顺着红色的回廊朝前走。

他喊从中间走，路便捷。

汪哲停下脚步，呢喃道多美的雪，踩脏了多可惜。

江天愣了片刻，再瞧刚才人路过时踩出的一行雪窝，生生破坏了本来静美如画的雪景，便也学着汪哲的样子，走回廊后，沿着墙角蹑足而行。

梅树七八棵，开的都是黄黄的腊梅。大多都是花骨朵，只有一树，微开，在雪中晶莹透亮，愈显得梅花的娇嫩。江天个高，不经意间一回头，几朵开得极盛的梅花凋落，汪哲拾起来，感叹半天。

而江天并没认真听她的话，只管啪啪地按着相机，里面是一张张汪哲的倩影。汪哲一时高兴，脱掉羽绒服，露出特显身条的红色羊绒衫。胸前高耸，江天在相机里看了半天，直对着那神秘的地方，照了好几张。

汪哲却无暇理会，看着满村繁花，被大雪压得弯了枝，也不顾雪势渐浓，不忍遽去。

正在这时，一群青年学生也来赏梅，大家你争我抢，不一会儿，院子里就是烂泥成串，落花满地。正在细瞧梅花又落新雪的汪哲不禁喟然长叹，说，走吧。

回头才发现江天正在给漂亮的女学生拍照，便一个人走至后院，只见一棵小树，花也颇繁，如举个小蜡烛。立时想起张家伦照片下的黄菊，不禁淌下一串眼泪，与落在脸上的雪花交融。这时，江天气喘吁吁地说，她们让拍，不好意思。再说我可不是瞎耽误工夫，有几张照片，绝对可以上报刊，这不，出租费就有了。

你怎么了？吃醋得都掉泪了。

汪哲频频回头，再瞧腊梅，又是一串眼泪。腊梅的花瓣活像用透明的蜡纸裁剪而成，质地极为单薄，尤其是那些含苞待放的蓓蕾，宛如镶嵌在枝杈上的一个个蜡丸，小巧玲珑，晶莹剔透。汪哲又想起了张家伦像前的那些纸花。

江天不再言语，握住她的手，说，我不该让你看雪中腊梅，应看红梅。过一阵，植物园的梅花开了，咱再去。

汪哲由着她握着手，双眼迷离，欲语又凝噎。

两人坐进车里，江天边解上衣扣子边说，给你看样好东西。汪哲不明就里，江天说闭上眼睛，开车的年轻司机哈地笑了一声，江天说，哥们，学着点，如何讨女孩喜欢。汪哲闻到一股花香的味道，睁开眼，是两枝正含着苞的腊花，花叶渐显，不禁从悲中缓过劲来，说，多俊的花呀。

古人用上好的纸写上诗再送上花，我这就因陋而简，估计插到花瓶里，能香几天吧。

到了校门口，汪哲说我先进去了，你一会儿再进来吧。

江天问，又怕千光？

她呀，我怕她干什么？

那就跟我成双入对进宿舍！

有什么不敢？汪哲说着，还扯住了他的胳膊。

两人刚走到宿舍门口，看到千光从宿舍里出来，正低头扣大衣扣子。江天明显步子放慢，说，对了，我去下收发室。汪哲冷笑一声，径自朝前走去。

你去哪了？千光带着笑。

跟江天去静园赏梅了。汪哲大声回答。

江天在哪呀，我四处找他，打他电话也不回，我妈请他到周末到我家吃饭呢。

汪哲在宿舍楼门口看了一会儿松树上的雪，又看了会儿不知是谁堆的一个戴着红围巾的雪娃娃，额头冰得厉害，也没见着江天。

回到宿舍，汪哲用口黑色细管花瓶，把腊梅剪插得参差错落。凝重的黑中更显黄之娇嫩。果然如江天所说，花开了两周，满屋都是香气。刘娴淑说浇花时，不能加水，要把整瓶水都倒掉，且要净瓶，剪掉烂叶和朽根，拿花也要轻轻放。两人一会儿怕房间暖气热，花受不了，一会

儿又怕放在窗台外冻伤，如此费尽心血，花还是逐渐凋敝得不忍再看。汪哲叹息道世间最悲伤的莫过于看花凋零，美人迟暮。

刘娴淑却说，那是你们作家的思维，世间最痛苦的是你眼看着亲人去世，却无能为力。刚说完，发现汪哲脸变色，忙说，该死，我又惹你伤心了。

一部作品的反响

人再伤感，日子还要过，花开了，谢了。

汪哲的长篇小说《葵园》，被京都出版社作为重点图书，在全国图书订货会期间，隆重推出。书的封面在汪哲要求下，以迷彩绿与梵·高色交错组成，既彰显了绿色的凝重典雅，又带着金色高贵精细的美感。

评论界对她的作品一致叫好。京华艺术学院文学系、全国知名的欧阳教授为她写了一篇两万多字的长篇评论，其中有一句话：大气、厚重、荡人心魄的军事题材的好小说，近年来军旅女作家中无人出其右的颇具尚武精神和铁血气质的好作品。

她被请进了中央电视台的《半边天》，请进了《读书时间》。在杨老师张罗下，出版社在京都给汪哲开了作品讨论会。

江天把她当作了又一个炒作对象，说我要给你写篇有分量的专访，且拍几张最漂亮的照片，我敢说不到一个月，祖国的山山水水都知道你了。你想一想漂亮的女中尉、农村来的小保姆、训练场上的假小子，走红的女作家，再加上和三四个男人的恋情，足够拍一部连续剧了。

她淡然一笑，无论什么规格的采访她只说一句话：我是女人，写作的目的是因了军人的那份炽热的情怀。

不久，《京华文化》发表了江天写的《从保姆到当红女作家》的专访。文章是这样的：

从保姆到当红女作家

江 天

她是一个有父母不敢叫、有家不能回的黑户。

她是一个从农村来的小保姆。

　　她是一个具有清丽之相的京华艺术学院的高才生。

　　有三四个男人把爱系于她，可被她狠心地拒绝了，却钟情于一个离了婚，带着小孩的比她大七八岁的穷大兵。

　　一位诗人说：千万不要忽视那些头顶草屑的孩子。当你用温热的目光去注视他们时，你会发现他们头上飘满了许多金灿灿的小星星。我最好的朋友、本文主人公汪哲最喜欢这句话。当我仔细想想我们两年来的交往，发现那些小星星，如她那急于倾诉的文字总是一股脑地涌向我的眼前。

走过《葵园》，走过生命里如花的岁月

　　近日，汪哲的长篇小说《葵园》出版后，在全国五百多家出版社数百家大小新华书店参加的北京图书订货会上隆重推出，首印两万册，全部订购一空。

　　难怪，她要花半年时间，跑遍了某集团军大大小小十几个团队，跟着战士一起摸爬滚打，学会了一个优秀炮兵的一切绝活，并采访了一百多位官兵，创作了《葵园》，并取得巨大的成功。笔者问及她的创作动力，她说：在爱人生前的部队里生活，我每天都能听到他的心跳声，每夜都能触摸到他温热的气息。

　　据知情者透露，全国现在电影票房超过十亿的名导孙武已买断了《葵园》的电影改编权。还据一位名导说他将把《葵园》拍摄成二十集电视连续剧。不日，演员将在北京某影视基地选秀。

　　一时间，各报纸杂志的约稿信、约稿电话纷至沓来，汪哲大有应接不暇之势。甚至有些报刊为了得到她的稿子，都先预付稿费。她恨不能生出三头六臂，不吃饭不睡觉，一头扎进电脑里，写得电脑烫得都快冒烟了。

　　女军官汪哲最爱看芭茅草，爱穿白衬衣牛仔裤，在文学系五朵花中，她的芳香如深谷幽兰，风致卓然。常爱在风中漫步。她说她在呼呼啦啦的风中行走，感觉那滋味像谈恋爱。具体滋味说不清，反正喜欢长发被风飘起来的那种感觉。大概是有一种沧桑感吧。当然还得背一个能装下书和笔记本的牛仔包。她最烦那些挎在身上金属叮当作响的皮包。她说这行头不适合于一个青春在路上的行者。

衣服也是，她最烦穿一些名贵的衣服，说真没耐性来呵护它们。一身布衣随随便便，不至于坐了怕皱了，装东西多了变形了。她的衣柜里差不多全是牛仔装。买了化妆品，用得极少。倒不是她不想山清水秀，实在是她描困了手腕照模糊了镜子，她情愿洗尽铅华返清爽。在世纪末的今天，这样的好女人真的难找。

抓不住机会，我就对不起那片土地

汪哲出生在西北高原的土窑洞里，奶奶因她是女孩，要置她于尿盆中，姥姥心软，在她出生的第二天，含泪抱回了她。

乡下孩子最快活的日子是夏天，白天放学回来约三五个小伙伴一起到田间地头挖野菜打猪草。晚上大人们七个一堆八个一伙地围坐在打谷场上谈天说笑，孩子们则追跑打闹笑个不停。她却静静地躺在姥姥的怀里，仰望着天空看月亮数星星，听老人讲织女牛郎嫦娥奔月天女下凡的故事，梦想自己有那么一天也能长上翅膀。

她对文学的热爱可以说达到了如痴如醉的程度。上小学的时候，班里一个男同学上课拿着一本《中国神话故事》在看，说什么也不愿意借给她，整整一天，她的脑子里全是这本书，老师讲的什么她一个字也没听见。放学前，她趁别人不注意，偷偷把窗户上的插销打开，好不容易挨到放学，等同学们都走光了，她迅速打开窗户，拿出那本书，一口气飞奔到麦子地里看，夜里又在昏暗的煤油灯下看了差不多一个通宵，第二天，天不亮就赶紧跑到学校，把书放回了原处。

后来，因了爱情，她参加了陆军，以优秀的新闻报道成绩，立功并破格提干。

穿着军官服再回到那个鸡鸣狗吠猪哼哼的小山村，汪哲觉得自己是天底下最幸运的人。内心不由得生出一股感激之情，她感谢命运、感谢生活。儿时的伙伴，即便是比她聪明学习成绩又好的女孩子，年纪轻轻无一例外地做了乡下男人的老婆，甚至是两三个孩子的母亲，有的因生了儿子而庆幸；有的却因一连生了三四个女儿，遭到丈夫的毒打或者抛弃，于是，生儿子成为她们生活中唯一的希望。刚开始，她每次回到老家，女伴们总要抢着穿她的军装去照相，

后来她们连这点心气儿也没了。"她们被生活揉搓得像一块擦饭桌的抹布。"她感叹道。

看到儿时形影不离的姐妹们如今一张张沧桑、淡漠又无可奈何的脸，她总想把自己的感受表达出来，总觉得有很多很多的话等不及了非要马上自己跳出来走进文章里，否则，这一天无法过去。汪哲最可贵的地方就是真实，坦坦荡荡做人，真真切切为文。她用真诚打动了读者、赢得了市场。所以，我们读汪哲的文章，实际上是在读她这个人，读她的心，读她的情感世界。汪哲把稿纸当成了知心朋友，把自己愿意说或无处可说或特别想给人说的话全写在了稿纸上。她说一天最幸福的时候，就是一个人坐在书桌前，整理自己思维。她每天都得写作，否则，过不了两天就难受。在她眼里，身边的一切人，一切事都能入文。她把自己的一切毫无保留地写了出来，大多数女人，尤其是有些成就有些名气的女人们最不愿轻易告诉别人个人隐私，而汪哲却敢于毫无掩饰地直面解剖自己。她有灵气，凡事凡人皆能入文，和她接触，你极有可能一不留神就成了她作品中的主人公。一节课一个周末一次舞会一场电影一杯咖啡一碗茶一顿饭，似乎都很平常，天天能碰到。而在她眼里就大不相同了，正如她所说："我写的都是琐屑小事，一些朝花夕拾的往事，揉进了我对平常日子的一些感悟，更多的是在平淡中寻求到一缕光亮。大概正因了这份光亮，我才能在面对各种利欲诱惑的时候，保持一种恬静单纯的心态。"

在汪哲身上，特别能真切地体会到那种"文如其人"的感觉。前几年她以写少女情怀为主，如散文《过去了，梦》《春天无法保守秘密》《第一次放飞就碰上下雨》，小说《满被飘香》《扣儿的梦想》等，文笔纯真浪漫，充满梦幻与遥想。这几年，她的小说走向平实的生活，一部《葵园》使她一举成名。

写作是心灵的飞翔

把写作当作倾诉的汪哲，一开始就将读书当成一种飞翔。置身戈壁滩军营多年，她的梦想从未被风沙蒙尘。于是在工作后，她再次考上京华艺术学院文学系。在这个被誉为培养作家的"黄埔军校"

里，在被人称为插根筷子都能长成大树的肥沃土地上，她如饥似渴地接受着全国重量级的作家们的轮番轰炸。生活好像为她打开了窗子，她大口大口地吸着新鲜的空气，手中的笔也按捺不住了。连同屋的同学都说听她的钢笔在纸上唰唰作响，对自己是一种刺激。

笔者作为她的同学，想炒作她，结果让她大骂一顿，现在写的只是笔者与她同学时的一点感受。

她是个急脾气，干什么事都急急乎乎匆匆忙忙，兴致来了，无法抑制。读书，她一夜一本。学电脑，她不吃不喝不出门，两天就能自如地直接在电脑上写作了。写作，她一气呵成，不愿雕琢，喜欢趁着劲儿一口气写完。她写作看重的是以情感人，所以，她不在乎形式。她认为能感动自己的，一定能感动别人。通常她写的是小说，被编辑当成散文发表了，而她的散文又被当成小说发了。在学校读书期间，她几乎每天都泡在图书馆里。同宿舍女孩说说笑笑打打闹闹的，她仿佛置身无人之地，读书写作头也不抬。若有人偶尔喊她一声，她好像从另一个世界走来，脸上纯净如诗。

她喜欢逛公园，喜欢到自然中到田地里去寻找生命的真谛。她说文学不是生活的全部，我只是以文字的方式触摸生活。为此，她多次到部队、院校，到天南海北去体验生活。在西北一个没有淡水、没有人烟的连队里，当她听到一个战士一字不落地背起她的文章时，她落泪了。她说是文学使我更美好，使我更成为一个优秀的女人。容貌、财富、青春、爱情都会使女人的美质大量地释放出来，然而以书滋养的美质却会使前面的一切黯然失色。她认为一个女人，只有爱过，恨过，经历了生和死，才会真切地去爱生活，才会寻找到自己人生最佳的方位。她看到一张照片，感慨道：在美丽的西藏，在人类居住最高的地方，在只有内地一半氧气的哨所，我看到一束鲜花在战士的窗台里开花。生命原来是如此地坚强和有韧性，我又有什么痛苦不能释怀呢？

也许因了这种认识，她对军营，对女性，才有了更深切的关注，也才有了《葵园》。这预示着她终于走出了个人情感的小小世界，迈入了大千世界的芸芸众生。尤为关注小人物的命运，底层人物的恩怨。这是一个作家的幸事，也是一个女人的极致。

　　她是一个好母亲，一个好妻子。她视丈夫的孩子如亲生，给孩子撑起了一片没有委屈的天空。可是命运多舛，她新婚不到两月，丈夫即命归黄泉。

　　漂亮、才气逼人的女作家，纯金年华，却独守空房，怎能不让人慨叹命运不公。不知哪位有福之人能与她共度一生？据说有三位追求者，一位是腰缠万贯的老板，一位是军中新贵，还有一位是妙笔生花的书生。三雄竞争，将是一番热闹。好女人，祝你一生平安幸福。

《京都文化》发行三十多万，一时间汪哲成了名人。一到晚上，大妈就在楼下的喇叭里不停地叫，汪哲，文学系的汪哲，电话！

　　要么就是汪哲，下来，有客。

　　逗得刘娴淑嘻嘻笑说，我怎么听得好像叫你下去接客，好像把你成了妓女。

　　汪哲脸一阴，没说话。按说她对刘娴淑印象不错。五个女生中，刘娴淑年长，办事老练。当了班长，对汪哲也不错，自从两人共居一屋，对汪哲还是关爱有加。晚上汪哲写东西晚睡，她睡得早，从没说过影响休息之说。为此，汪哲心里很是感激，一次逛商场，发现一个眼罩，就买了送给刘娴淑，刘娴淑说不用的，不用的，但还是收了，两人经常出入成对，形影不离。自从毕业渐近，刘娴淑时不时打听汪哲去向。汪哲都说，回原部队。

　　刘娴淑说你为什么要骗我？我又不跟你争。咱们关系挺好的，你竟然不给我说实话，可见你没把我当朋友。

　　汪哲说我肯定回去。

　　刘娴淑却不想回贵州，有次晚上，刘娴淑突然说她要跟丈夫离婚，原来说她跟丈夫恩爱其实是假的，他们老早就分居了。这次出来上学，就没打算回去。为此，从上学，她就一直找各种关系，为毕业去向准备着。现在毕业越来越近，经常早出晚归，也不知活动得如何了？汪哲想问，怕对方多心，便止了口。自从自己出书后，刘娴淑对她冷了许多。难道是我神经过敏？汪哲越想心里越乱，翻着书，却什么也没看进去。

　　看汪哲没说话，刘娴淑走到汪哲身边，推了一下她的肩膀说，生气了？跟你说着玩的。

汪哲说，你工作怎么样了？

差不多了。听说你的长篇小说《葵园》大导演要拍成电影了，还要改成二十集电视连续剧？

不要信，那是江天瞎说。

汪哲，我好羡慕你，有三个男人都爱你，真幸福呀。大家都说江天给你写的不是文章，是用文字在抚摸你。

刘娴淑！

我真的羡慕你。给你说实话，有个领导答应帮我调动，可我送钱送物，他都不要，我心里就没定心丸。你说他到底要啥呀。说着，长叹一声，踢了一下桌子，说，我有时想，真的豁出来了……汪哲说我回来咱再说话，踅身下楼。

跑到楼下，看大妈不在，钻进电话间，拿起电话狠狠地把江天骂了一通，列举了他的几大罪状：

一、为赚稿费，谎话连篇。影视改编只是意向，并未签约。

二、本人并非嫁不出去，不需要免费征婚广告。

三、从今往后，同学情谊，一笔勾销。阳关大道，各走一边。

电话一扔，放声大哭。细思，文章本身写得不错，除过有些言过其实，总之还算到位。我为什么要发这么大的火呢？汪哲自己都说不清楚。

江天本想让她改变回到老部队的想法，没想到汪哲已经把行李托运回原单位了。忙没帮成，反惹了一顿骂，真是哑巴吃黄连，有苦说不出。他仔细看了看文章，觉得有点调侃的味，汪哲如此大发雷霆毫无道理。再说娱乐杂志，就是要有卖点，这样做真不是故意的。再说炒作和创作毕竟不一样，汪哲就是不懂。没办法，越解释越说不清。

然而说不清的烦心事不少。江天自认为千光是自己最可靠的港湾，然而前段时间，两人一起吃饭，江天无意中说了帮汪哲还张家伦住院欠钱的事，没想到情况突变。

千光满满喝了一杯酒，脸上带着泪花说："他妈的，爱情到底是个什么东西。你爱的人总也不爱你。"

江天笑着在她的啤酒里加了少量的可乐，摇匀递给她说："来，宝贝，尝尝我调的鸡尾酒。我单位的事你不是说联系得差不多了么，马上要毕业了，我们是不是……"

千光酒杯贴在唇边，淡然一笑，你工作的事，与我有什么关系？

我是你老公呀，你不是说毕业咱们就结婚吗？

你以为我是傻子吗？

江天一看千光不是开玩笑的，便一下子僵在那里，边闷头吃饭，边想对策。听着旁边人大声说笑，很是刺耳，便恶狠狠地骂了声"傻逼"。

千光以为在骂她，冷笑道，你他妈才是傻逼，你以为我不知道你那肚子里装着什么货色。你想留京了，再跟我分手。我早看出来你的如意算盘了。你有一手，我就没留一手？说着，拉开椅子，说，从今天起我不想再看见你。

江天本想扇她一巴掌，又想大丈夫能屈能伸，大将军韩信还曾受过胯下之辱呢。便一把拉住她的手说，宝贝，我约你来就是要告诉你汪哲要回去。你再好好想想，我对你可是一腔真情呀。

千光也不理他，任他拉着她手。他一阵欣喜，便贴在马路最里面，挡着来来往往的车，说，我给你买支冰激凌，你喜欢吃哪种的？草莓的、巧克力的，还是樱桃的？

说话间，两人到了校门口。千光刚掏出大哥大，一辆凌志车就停在了他们面前。

下车的男人，冷冷地看了江天一眼，对千光说，上车！

千光挽着男人的胳膊，走到江天跟前，拉长腔调说，介绍一下，这是我男朋友！在市委组织部工作。这位呢，是我同学，江天。

男朋友，不错呀，就是个子小了些，脸上还有麻子。江天把千光拉到一边，说。

没想到你也有吃醋的时候，告诉你，他给我已经找到了一份好工作！

没想到你如此神速呀！他心里想妈的，在我的眼皮底下竟然就如此胡作非为。

眼巴巴地看着他们走进了摩天大楼，江天真想拿个炸药包把楼炸了。一个你并不真心爱的女孩走了，你生哪门子气？即使我不爱她，她也应该爱我呀！男人的自尊让他半天回不过神来。自己一直对千光不错呀，生怕得罪了她，事事小心。即便跟汪哲有限的接触，也都背着千光，她怎么知道了？汪哲言紧，不会说呀！那到底怎么回事？转眼又想，假若是你，能受得了男朋友吃着碗里的还想着锅里的？况且一个漂亮年轻的

女孩子，家世又不错，能甘心永远当替补？在这样的思量中，他释怀了。我不是还有汪哲吗？她现在不还在独身吗？我并没有失去什么。

张家伦走了一年了，他觉得这是一个绝好的机会。

我一定要让红旗插上我的阵地。汪哲，等着瞧吧！千光走了，也好，自己根本就没喜欢过她，只是现在这个小婊子摊牌，无疑釜底抽薪，看来她也不是自己以为的那么单纯。江湖险恶呀！感叹之余，他马上给一个大姐打电话，说自己半小时到，有急事。然后提了袋水果送给传达室的大妈，把给汪哲写的一封短信，让大妈转交：

汪哲：

走过了风雨，才知道了爱情的可贵。相信我，和你一样，经历了很多，才知道自己到底需要什么。我这个人很浮躁。只有在你面前，我才真正地感到自己的心是安静的。相信我，你是我永远的诗魂。我想了很久，明白你为什么不喜欢，你认为我这个人太不严肃地对待生活。其实，我何尝不想这样？扎在女孩子堆里我才感到我不孤独。可是多年过去了，我仍然感到内心渴求着一种真正的爱，这爱是纯粹的，不掺杂任何杂质。现在，我要尝试一个人生活，也要净化自己，等我真正地能与你站到一起时，相信我，那时候我就是一个新人了。

江　天

6月5日

江天在北京的大街小巷里为工作奔忙着，大哥大、呼机整天响。即使见到过去认识的漂亮女孩，他也只是点点头，人家说："晚上吃饭吧。"他笑一笑："没空。"

快要考试了，所有疯跑的学生陆续回到了学校，静寂的校园一下子又热闹起来。此时虽热闹，却跟开学时的热闹两样了。开学时的热闹好似手里拿着香喷喷的蛋糕，怎么瞧，都新鲜，每个人都咧着嘴，带着笑。现在，虽然手里拿的还是蛋糕，有些人，看了一眼，就扔了。有些人咬了一口，艰难地咀嚼着，咽不下，又吐不出。

大家最发愁的是考文论，听说张韵依约教文论的唐教授吃饭，掉了两颗门牙的唐教授当时正在办公室，身着一袭灰色长袍在练毛笔字，看到一张漂亮的脸，还有一阵温煦的邀请，非但没答应，还把张韵依说了

一通：我唐某一不贪食，二不贪色，三不贪权贵。想在我这走后门，走错门了。

此消息一传出，大家更紧张，有人分析，唐教授年纪大了，吃喝玩乐当然拿不下，那么是人就有软肋，既然他爱好书法，对症送药，方是良策。真就有人跑到荣宝斋给老夫子扛了一卷泾县红星宣纸。

谁料惹得老夫子大恼，把一卷纸生生从窗户扔了出来，砸肿了一个正走过的戏剧系的学生的脸，大家方知老夫子的厉害来，便硬着头皮，看起竖排的很多繁体字都不认识的文论来。

从孔子的思无邪到贺拉斯的诗人修养，汪哲一遍遍熟读了中外文论原著，一看到考试卷，题简单得超出了她的想象，再瞧瞧四周一个个皱着眉头的脸，很是得意。谁知她第一个交卷时，被张韵依掉在地上的皮包带子差点绊了一脚。

回到宿舍，正要上楼，张大妈叫住了她，说有人找。此人戴着墨镜，头发灰白。汪哲有些面熟，忽想起开学时，是这个人给刘虹开的门，那人说是李局长让我来的。汪哲紧张地看了他一眼，说，你有啥事？

那人说，到车里说。校园的路灯亮着，学生们三三两两地在湖边、草坪散步，便胆子大了些，坐到车里。那人坐到她的旁边，说，李局长给你的信。

汪哲拿着就要下车，那人说，就坐在这看。看完给我。

汪哲打开一看，很短，就一段话："汪哲，你有才华，如放在合适的位置，你定能成功，我已经给京都军区的田政委说好了，你明天下午三点去找他，带着你的简历和发表作品集。我已告诉他，你是我朋友的女儿，他会关照，当编辑或当创作员，都应没问题。"随信是一张名片。司机拿走了信，名片递给了她，又说，李局长说，你爸爸跟他是老朋友，你任何事都可找他，他都会帮忙的，不要干傻事。干了傻事，一辈子就毁了。切记。

汪哲回到宿舍，想了一夜，这可能是自己最后一次机会了，怎么办？话已说得再明白不过了，可我不能拿好朋友的命换自己的工作。即便不能帮她洗冤，也不能踩着她的血上去。天一亮，她把名片扔到了垃圾箱里，想想不对，又捡了起来。第二天除了上课，一直在图书馆，哪儿也没去。

森林温泉邂逅

刘娴淑几乎不在宿舍住了，上完课，背着包，穿着一件比一件漂亮的裙子就出去了。每次走时，都对汪哲说，若有人问，就说我马上回来。回来时我给你带好吃的。

刘娴淑说到做到，不但带了好吃的，还把汪哲带到郊区一个名叫星光森林度假温泉中心，美美地享受了一把。

温泉中心占地面积一万多平方米，泉池皆在露天，顺着台阶遍布的全是大大小小的温泉。大者容十几个人，小的仅容两三人。后面则是一排排依山而建的十几幢大小不同的山间森林木屋别墅区。

刘娴淑告诉汪哲，温泉水温常年保持在四五十摄氏度，富含氡、锂、氟等二十多种对人体有益的矿物质和微量元素。有日光浴、月光浴、森林浴、温泉浴、冷泉浴、山溪浴、野花浴等为一体的温泉项目。可谓"春赏山花烂漫，夏泡冷泉消暑，秋观红叶飘飘，冬沐无界温泉"。

望着周围遮天蔽日的树木，汪哲感觉气温比市内凉至少七八度。

晚上咱们就不回去了，住小木屋，明天会被小鸟叫醒。刘娴淑仰望着天上的星星，自豪地说。

不回去没事儿吧。

没事。你一直不知道，有多少人晚上都不回校了，怕只有你一个人晚上在宿舍待着吧。

对了，汪哲，张韵依说你留京的事定了，是吗？听说已经有位大领导给系里打招呼了。咱们是好朋友，不到一周就毕业了，你还瞒着我。

汪哲说，我肯定回原部队，不信，咱打赌。

水太热了，咱们换一个。刘娴淑说着，出了池披起浴巾。汪哲忙起身，跟到后面，绕过一个小假山，来到一个上面有个茅草顶的小泉，里面放着一层花，两人头枕着泉沿泡起来，这时，服务生端着两盘饮料让她俩选。汪哲选了一杯水，刘娴淑选了一杯红酒，喝了一口说，感觉怎么样？

梦中的日子。

那就留下吧，我感觉咱们会成为好朋友的。

汪哲一时不知如何说，只说听天由命吧。

你对孙晓薇这个人怎么看？

虽是同学，几乎没说过话。

她是咱们班里最能成大事的人，她每天干什么，你不知道吧？可我知道，她已经结婚了，找的丈夫还是你们部队的。听说在海军总部工作呢，刚分了新房，正在装修呢，一毕业就随军。

是吗？我可是第一次听说。

这水太凉了，咱们再换一个，今天我要一个个地享受。刘娴淑说，我刚看路标了，左边好像有个专门泡脚的酒吧，咱们去吃些东西。汪哲说，好的，你先走，我把这杯水喝完。

水喝完，汪哲出了温泉，沿着左侧上了台阶，才发现还有不少小池，正要往上走，忽听到一阵熟悉的声音："难得跟你在一起。"一个男的声音。

"人家不是课紧吗？"是孙晓薇的声音。

"你真的决定结婚了？"

"不结，就留不下。"

"那当兵的你喜欢他吗？像喜欢我一样喜欢他？"

"讨厌！"

汪哲听得云遮雾罩，想借着暗淡的灯光确认一下是否是孙晓薇，但两人紧拥着躺着，女人戴着泳镜，看得不分明。这时，女的说话忽然证实了她的猜测："别难过，我工作安置好后，就离婚。"

汪哲立即闪身离开。

刘娴淑果然在酒吧温泉里。这个酒吧很有意思，人坐在圆形的吧台前，吃着点心喝着酒，温泉绕着吧台从脚下潺潺流过，很是舒坦。汪哲坐到刘娴淑跟前，很想把刚才所见告诉刘娴淑，可又怕对孙晓薇不好，便咬了咬嘴唇，发誓跟谁也不说。

电视里是一个综艺节目，讨论的主题是有没有真正的爱情。刘娴淑看着，笑着，不时举杯跟汪哲碰一下。

刘娴淑嘀咕道，爱情，嗨，什么叫爱情？两人睡在一起了，就是爱情。

汪哲说，也不见得。

所以说你们当兵的傻嘛，跟社会都脱节了，刚才你猜我看见谁了，咱们的同学孙晓薇，你别看她整天写什么七里香呀、薰衣草，百年一遇千年一逢什么的骗人的爱情诗，做的事比我们任何一个人都俗。马上要嫁给一个海军军官了，结果今天又跟另一个男人在温泉里海誓山盟。

汪哲本想说出自己的见闻，想了想，还是装作不知道，说，是吗？

孙晓薇以为自己藏得最深，可还是露出了马脚。所以咱中国这地方，邪门了，说谁就能碰上谁。孙晓薇打死也想不到隔池有耳，哈哈哈！别笑，小声点，搞不好，他们也会上这儿来，咱们再泡一会儿，撤。

旗袍秀　灯

就要离校了，终于尘埃落定。学校要组织一台毕业晚会，这可愁坏了不擅长表演的文学系师生。

班主任杨老师说，文学系免了吧，我们的学生既不能唱也不能跳。此理由被院方驳回。

按说是班干部开会，与汪哲没多大关系，可偏偏班主任叫她列席，还笑着说，在他心目中，汪哲仍是班长。又说，文体委员江天说，只要汪哲参加，晚会必定成功。她读书多，鬼点子不少。

杨老师的小办公室，坐满了班委，七嘴八舌，不一而足。汪哲一直抬头望窗外的云。夏天的云，像彩练，一片片地涌过来，涌过去，好像也知道汪哲他们马上要毕业，想给他们尽情展示一下自己的美姿。杨老师说，汪哲，说说。

汪哲回过头，笑笑说，既然瞧得起我这个落马班长，我就说一下自己的想法。咱们系我想出两个节目，就够了。一个是全班三十四人，都上，诗朗诵，名字嘛，就叫《星光灿烂》。我只想了个大概，大家如果感兴趣，我就简单说说。说着，她朝大家看了一眼，江天说，说吧，我们大家都听着呢。

汪哲又看了一下张韵依和刘娴淑。张韵依低着头，不停地双手互换上下揉搓着，力度有些大，在阳光下，飞起一些白色的东西，是手上的皮，还是微尘，说不清。刘娴淑朝她点点头。张韵依安静后，跟旁边的

班长又咬起耳朵来，不知是赞同还是反对。杨老师说，汪哲，你说，大胆说。

得到鼓励，汪哲的语调更加自信，舞台布置借助咱们阶梯教室两边墙上的彩照，每一个照片前，放个灯箱，灯箱是知名师兄们的作品和照片。然后，所有同学都在舞台上找属于自己的灯。找灯呢，就是在谈自己两年的创作体会，比如从阅读、想象、细节，或寻找自己的创作源泉，这样既体现了我们文学系的特点，表演难度也不大。

她还没说完，江天说，这个主意好，诗我来写，灯箱照片我来做。说着，朝杨老师眼睛一挑，说，我推荐的人没错吧。

还有一个节目呢？

汪哲看了一眼班长刘娴淑，说，昨天我们刘班长为节目的事想了一夜，你看她急得嘴角都上火了，我们女生虽然不多，但也要上场。文学系女生比舞台表演，肯定比不过戏剧系音乐系女生，人家往那一站，全身是戏。

张韵依看了汪哲一眼，不屑地说，你不能长别人的志气，灭自家的威风，我最瞧不起那些花瓶似的人物，空有一副好皮囊。

别急。杨老师拿着笔说，汪哲，你继续说。

咱们女生能不能搞个旗袍秀？

旗袍秀？好几个男生眼睛瞬间亮了。

对，女人穿上旗袍，就有种耐人寻味的诱惑。旗袍，对于女人的气质、身材、皮肤，都有着水乳交融的诠释。一个女人，总有穿旗袍的梦想。《天涯歌女》中的小兰、《一江春水向东流》中的王丽珍、《花样年华》中的苏丽珍……她们的旗袍，给影片增添了无尽的亮色。

这主意不错，我们班五个女生身材都苗条，穿旗袍肯定漂亮。只是有个问题，我们不会像模特那么走呀，搞不好，就会洋相百出。刘娴淑说着，挺了挺她值得骄傲的胸。

所以才叫旗袍秀。我们目的主要有几个方面：一则呢，秀旗袍。因为昨天刘班长说了后，我想了一夜。没错，我们班女生身材苗条，穿旗袍肯定绰约多姿。而且旗袍别的系学生不一定想到，从她们平素话里，感觉穿着洋气才是好，其实错了。大家想想，经典的东西才是长久的，我们不赶时髦，以书卷气的淡定来应对浮躁的社会。二则呢，我们就是

随便往舞台一走，一对对亮相，都会夺人眼球。三则呢，旗袍，我能在军艺借到。然后我请音乐系的胡茗给咱们女生伴唱，她的歌，我听过，声如裂帛，感人肺腑。

主意是不错，不过我们只有五个人，如果成对出来，人不够，怎么走？张韵依打着手势，又提出了新问题。

汪哲手一摆，说，这问题我早想到了，把咱们文学系的三个女老师吸纳进来。这样总共八个，先是一个个上台，给每个人有足够的亮相时间。第二遍一对一对迎面走近。最后是集体在舞台中央穿插争艳，这样差不多五至八分钟，刚合适。

妙，这个主意很妙。大家还有什么意见？杨老师高兴得眼睛都眯成一条线了。

众班委都说没意见，汪哲说，这样让大家都上场还有一个目的，我们同学两年，有不少小摩擦，包括我在内，无意中也可能伤了不少同学的心。希望借排演节目之机，让大家一笑泯恩仇。说真的，就要回我的沙漠部队了，怪留恋大家的。汪哲说着，感觉自己的声调里带了几丝哭腔。

本来很热闹的场面，一时沉默。

讲得好！杨老师接口道，这样，既有思想深度，又能代表咱们文学系特质，我感觉非常之好。如果大家没意见，我看就这么定了，就明天一天排练时间，大家抓紧，这可是咱们文学系难得的上台表演机会，希望每个人都把自己的优长发挥出来，把有可能是自己人生最美的也可能是最后的表演，演绎。等你老了也很得意，跟儿女说，爸妈当年也上台表演过，那可是在京艺的舞台上，在一大堆艺术家或准艺术家眼皮底下的表演呀。

杨老师的话逗得大家都笑了。

对了，我想参加旗袍秀的同学，手里拿什么呢，空着手好像不好。特别是对一些没有表演自信的同学来说。张韵依的问题得到了杨老师的夸奖，说，不错，想得细。

如果手里东西太多，反倒不能突出主题。不过，大家自由发挥，也可以。汪哲说。

散会后，张韵依傲慢地说你不要给我借衣服，我从不穿别人穿过的

衣服。

汪哲说没问题，借一件还要交租金呢。

回到宿舍，刘娴淑把众女生叫到一起，商量具体细节。汪哲说，衣服的事，除了张韵依不让我借衣服，还有谁，不穿别人的，告诉我，省得再借。

千光说，旗袍我十几件，不用借了，我让我爸的司机把衣服全拉来，大家想穿哪个，随便挑。

孙晓薇说，我有。

刘娴淑怔了一下，说，也好，旗袍是咱们的国粹，每个女人当有自己的旗袍，我计划买一件。

千光接口说，这么一来，只有汪哲是穿我的了，你喜欢素的吧，我给你带我那件白底黄碎花的，契合你的性格。

众女生又用那种大家闺秀瞧乡下人的眼神瞧汪哲了，汪哲脱口而出，我有了。

拿出来瞧瞧。张韵依抢先说道。

衣服当然还在商场。汪哲拿不出，可她淡定地说，到时我会穿出来的。

刘娴淑说很好，衣服的事就定了，明天上午开始排演。咱们再议另一个问题，音乐系的胡茗唱歌肯定增彩，只是唱什么歌，大家商量一下。

千光说，当然是现在最流行的音乐了，什么《我的未来不是梦》《你总是心太软》之类的，大家都能唱，就能吸引观众看下去。

胡茗最擅长的是《绒花》，特别是开句特好听："世上有朵美丽的花，那是青春吐芳华。"恰合我们的青春岁月。汪哲说着，感觉到眼睛又湿了。

不行不行，咱们走的是旗袍秀。歌词前面不错，可是后面太革命，太伤感，也太落伍了，什么"铮铮铁骨绽花开，滴滴鲜血染红它。啊，绒花，一路芬花满山崖"。而且血呀什么的，怪吓人的。本来毕业了，大家心情都不好受，再这么一唱，怕全礼堂哭声一片了。张韵依坚决反对。

汪哲不甘心，又说你再听听后面的词，"花载亲人上高山，顶天立地迎彩霞"，一点都不伤感。

你说说？刘娴淑朝一直低头看电脑的孙晓薇说。

我想了想，张韵依说得有道理，我们穿的是旗袍，李清照这首《月

满西楼》，我给大家念下，大家听听能不能配得上："红藕香残玉簟秋，轻解罗裳独上兰舟。云中谁寄锦书来，雁字回时，月满西楼。花自飘零水自流，一种相思两处闲愁。此情无计可消除，才下眉头，却上心头。"

这个好，文学系女生表演李清照的词，既代表了我们的艺术品位，词意也代表了女人的心绪，还有我们致敬千古词人李清照。我看好。孙晓薇，你平时不露相，露相即惊人。我们同学两年，我最不了解的就是你。

班长不等愣在一旁的孙晓薇接口，马上又问汪哲，你意见呢？

很好，我听得都想哭了。

千光，你呢？

同意。

张韵依，看你皱着眉头，还有什么难题？

张韵依说，我在想，是不是也问问三个女老师的意见，人家要是不上场，怎么办呢？

这个任务就交给你落实了，想尽一切办法把她们说服。

好的，张韵依笑着望了望大家，说，我相信我会说服她们的。对了汪哲，听说你一直打听杰瑞米·艾恩斯是谁，要不要我现在告诉你。

谢谢，他演的《洛丽塔》很棒。

张韵依说那是讲一个老流氓的电影。千光，我们走。

曲解。汪哲头也不抬道。

千光都走出汪哲她们宿舍了，又扭过头，说，汪哲，你出来一下。

汪哲出来，关上宿舍门，说什么事？千光说，下楼，这儿太吵。

两人来到湖边，荷花开得正艳，有人在练台词，有人在唱歌。千光却不急着说话，反倒侧着耳朵说，你听，谁在唱歌？

汪哲说肯定是胡茗，她的声音很特别，有股伤感、沙哑的味道。

你结婚了？

汪哲正要开口。忽看到湖边一丛八角金盘湿光闪亮，禁不住看了起来。

我们没选江天对了，他跟好几个女人都有关系。最近又迷上了一位女总编，你别让他蒙了，他看起来一直对你不错，却给我说了你不少坏话，说你一直勾引他。我把你叫出来，就是想说说这个。咱们同学一场，

我恨过你。现在，一切都烟消云散了。不过，还是要提醒你，说得好听的男人大多靠不住。我说的事你别告诉江天，他那人报复心挺重的。

千光走了，汪哲半天才醒过神，快快地回了宿舍。

她开门时声音很轻，没想到刘娴淑还坐在床边发呆。汪哲说，怎么了？

刘娴淑说，我要结婚了。

祝贺呀，啥时办事？如果毕业前，我们去闹闹，看看姐夫。

有啥看的，满头白发了。刘娴淑又说，不过，咱也是京都人了，不亏。对我好。家里有电影厅，我超爱。

你爱人就是那个龙老师？

刘娴淑点点头，他还请你去玩呢。不过，他老婆还没死。快了。绝症。晚期。

汪哲倒吸一口冷气。

刘娴淑买了件奶油色印花旗袍，胸前一支墨绿的荷花，腿间一支大荷叶自小腿弯曲至腹。她穿着到楼梯口照了半天，回来说，不好看，见到的人都说不好看。汪哲，你的呢？

我明天去买。

你快些，后天晚上就演了。新衣服跟谈对象一样，还要有个适应的过程。要不，你别买了，我让千光把她所有的旗袍拿来，咱们再选选。

她胖，我瘦，我还是买。汪哲急着赶稿，头也没抬。

第二天，千光提着一皮箱的旗袍，让大家试时，一向有主意的刘娴淑每件都试了，还拿不定主意，不停地说，大家看看，我穿哪件好看。张韵依打量了她一下，说，你穿紫色的好看。刘娴淑穿了紫色的，又脱下，换上一件素色碎花的，千光说，不好看。刘娴淑又问汪哲，汪哲笑着说，还是那件紫色的好看吧。刘娴淑又穿上千光的粉色，她还没穿上，自己都笑得说自己镇不住这个轻飘飘的颜色，感觉衣服随时要飞起来。

千光跑到汪哲屋里，问，你怎么不去试试我的旗袍？

我买了，谢谢。汪哲急着赶毕业时代表学员发言的稿子。

千光却不走，说汪哲，我最近有个瘦身的好办法，易学又不费力。

汪哲抬起头说，以后再说吧，我真的忙着呢，你看，明天上课前就

要交稿。

我占用不了你多少时间，你看，只管站直身，把双手举到头顶，坚持五分钟，你准保瘦十斤。

谢谢，我不用减肥。汪哲说着，把她往出推。

好好好，我不打扰你了，对了，张韵依让我问你，你会穿什么样的旗袍？

我穿什么，与她有什么关系。再说我不是安娜，她也不是吉提，用不着互相比。

什么安娜、吉提的，还搞那么神秘干吗？我猜你是素色，你是清纯型的，这招男人喜欢。

汪哲嘴一咧，说，知道了还问什么。快走吧，真的，我忙着呢。

正式演出，文学系的诗朗诵还没开始，别的系师生们一看粉色的节目单就不住地摇头，说，又是老一套，估计旗袍秀还有点看头。坐在后面的杨老师抱着胳膊胸有成竹，作微笑状。

说话间，舞台漆黑，礼堂须臾间静了下来。

酒红色的天鹅绒大幕从左向右缓缓拉开，一盏灯，两盏灯，三盏灯……无数个灯箱依次亮了，最醒目的是灯箱上面一个个大字，它们是文学系历届学员或获大奖或拍成影视剧的优秀的作品。

在一片掌声中，江天从左边的观众席上走上舞台：

> 为了找到心中的灯
> 我从江南来到了享誉中外的京艺
> 一盏灯，两盏灯，三盏灯……
> 师兄师姐一个个站在了耀眼的路口
> 我的灯呀，
> 你在哪里，你在哪里
> 我朝高山喊　我向大地唤
> 原来我的灯在家园那片黄土里。

这时灯光打在了右边的台阶上，走上舞台的是汪哲，她穿着一身耀眼的绿军装。

> 我从戈壁的军营来到了桃李满枝的京艺

身上充满着酸枣花的清香

在一片喧嚣的世界

我听到了神的呼唤

那是福克纳　　那是福楼拜

那个偷笑的是邪恶的美国南方女人奥康纳

从公园深处露着智齿告诉我

灯在阅读的经典里

这时从舞台侧边走出了张韵依：

我找到我的灯

学习委员叶子林从对面也走向了舞台：

我也找到了我的灯

然后两边走来了全体同学，齐声说：

溪流汇成海

梦站成山脉

两年的春花秋实

七百二十天的寻寻觅觅

我们终于找到了自己的灯……

舞台上，所有的灯都黑了，只有一个个写着学员名字的灯汇成了星星海。

……

掌声雷动。

文学系好样的，节目有新意。满头白发的院长使劲地鼓着掌，不停地说，不错，真不错！

文学系的女生没有听到，她们正在更衣室忙碌着。

一看到汪哲的旗袍，千光惊叫一声，张韵依呵斥道，赶紧准备上场。

"压轴节目，旗袍秀。"报幕员的声音刚落，胡茗的歌声从舞台后面传出："红藕香残玉簟秋，轻解罗裳独上兰舟。云中谁寄锦书来，雁字回时，月满西楼。"

一曲终后，第一个上场的是千光。一件粉色的立领泡泡袖旗袍，让她更像个洋娃娃，她以青春律动的脚步奔向了舞台。掌声响起。

千光手拿团扇，站立舞台中央后，张韵依着大红色印花立领真丝短

袖旗袍，左手叉腰，腰一扭一摆地上场了。

　　孙晓薇则是黄色腊梅的黑色旗袍，冷艳，孤傲，好似一个锁在深宫哀怨的姨太太。

　　刘娴淑穿了一件紫底广玉兰图案的长旗袍，手执肩上白色披肩，步步沉稳。一出场观众就窃窃私语：一看就是大房，一脸的国母相，正大容若。

　　汪哲一出场，掌声哗地响起，江天竟吹起了口哨。她一改过去清纯的打扮，大红的唇色，精心修剪的眉形，画得挑起的眼角，蓬松又规整的卷发，与往日判若两人。最夺目的是她的孔雀蓝丝绸旗袍，几束黄色郁金香妖娆着从她耸立的右胸蜿蜒到左半边屁股上，含笑望着观众一路走来，凸起的胸与翘起的屁股，在花枝摇曳中，风情万种。

　　是美轮美奂的旗袍舞台音乐遮掩了她们心中的姑婆勃溪，还是最后的晚餐消除了她们之间一切的恩怨？反正，那次五个女生眼神交集，充满了真诚。我敢说如果让她们上战场，一定会为对方堵枪眼。

　　当听到胡茗唱到"花自飘零水自流，一种相思两处闲愁。此情无计可消除才下眉头，却上心头"时，汪哲眼前一片恍惚，好像看到刘虹从舞台对面的观众席飘了过来。

　　学校最后一个晚上了，明天上午毕业典礼结束，大家就各奔西东了。

　　江天到女生宿舍来看汪哲，说自己到一家报社当记者了。

　　汪哲说祝贺。

　　我知道你瞧不起我这种曲线救国。

　　汪哲摇摇头，我说的都是实话，京都，四处都有新闻，都有名人，是个取之不尽的宝藏，你就像鱼跳大海，肯定会成功的。说着，鼻子酸酸的。

　　江天岔开了话题：你知道吗？在舞台上，你淑女装扮成风尘女子，妙绝！纯真与放荡兼备的女人，最具杀伤力。

　　汪哲说你回吧，我要收拾行李。

　　刘娴淑进来，笑着说，我是不是要回避呀。

　　江天说回避什么呀，都是同学。我要告诉你们，心里有什么事要做，什么人要见，赶紧的，你看最近一会儿是南方发大水，一会儿又是世界末

日的，谁知道明天会发生什么。说着，走到汪哲跟前，出去，我有话说。

他一出去，汪哲就关上了门，任他再叫，也不理。

有什么话好好说嘛。刘娴淑说着，看看汪哲，走了出去，手里拿着几件旧衣服，不知是给大妈了，还是去给男同学了。

汪哲收拾行李时，发现刘娴淑的一本书从柜面板缝里掉进了她的柜子里，书里夹着她曾经让刘娴淑转班主任的请假条。

这么说，她错怪了张韵依？但张韵依毕业留言又让她气恼无比：你一直说市场跟纯文学两条腿走路，那么，用四条腿走走，如何？

千光大声念完，道，这四条腿的是人吗？

汪哲没理她，拿起本子出了她们宿舍门，千光却跟着她来到汪哲宿舍，刘娴淑不在，千光又翻着汪哲的毕业留言，说，杨老师也给你留言了，我看看："倏闪的生命，诗意的栖居。"真好。杨老师这张照片帅呆了。你别以为这方格子衬衣牛仔裤是寻常之衣，都是名牌，那个金狐狸图案，我认识。至少好几千元呢。汪哲也不接她的话，只听她说。

千光终于静了。一个平时热闹的人，一时安静了，却让人一下子感觉怪怪的。

你要回去了，我心里怪不舍的。千光停了一会儿，又说，咱们同学一场，虽说闹过不愉快，可我还是希望你留在这儿，对事业发展有利。你不选择江天是对的，我也放弃了他。有些男人，适合做朋友，有些只能当丈夫。朋友和丈夫，我们女人都要有。

没想到两年读书，你成了哲学家。

汪哲呼机响了。千光临出门，放了一枚核弹，炸得汪哲眼前一黑，她一把扶住了椅子：知道为什么我下了决心跟江天分手的吗？他说他把你办了，你天生就是荡妇，还没动，就全湿了。汪哲冲下楼，快到男生宿舍了，又扭头返回。

毕业典礼开始半天了，千光戴着墨镜才走了进来。听说她今天回校时，在校门口忽然被一胖女人揪住打得花容尽失，那人打完说，天呀，对不起，我认错人了，我以为你是勾引我丈夫的那个破鞋。

明天就要离校了，汪哲以借书名义到戏剧系 410 女生宿舍转了一圈，刘虹的床上空荡荡的，只有一副棕毛垫孤单地铺在那，不，还有梦露迷

离的眼神，让汪哲一时忘记了来意。宿舍里一位小巧玲珑的女孩，高兴地跟汪哲说，我分到本市话剧团了，有空找我去玩呀，大作家。说不定，以后还要找你写剧本呢，你写的那个剧本听说得了一等奖呢。

市话剧团正是刘虹最想去的地方呀。如果她还活着，那今天就是汪哲送她走了。

深夜两点了，汪哲仍睡不着，鬼使神差，她走到学校大门口的公用电话厅，此时，电话厅空无一人，她拨李局长大哥大，关机，她一咬牙，拨通了李局长家的电话，半天没人接，她耐心地等着，一个女人接的电话，说，谁，她说让李局长接电话，单位有急事。李局长的声音出来了，你谁？

她放开嗓子唱起秦腔来：

怨气腾腾三千丈，
屈死的冤魂怒满腔。
可怜我青春把命丧，
咬牙切齿恨平章。
阴魂不散心惆怅，
口口声声念裴郎。
红梅花下永难忘，
西湖船边诉衷肠。
一身虽死心向往，
此情不泯坚如钢。
……
一缕幽魂无依傍，
星月惨淡风露凉。

当唱完，才发现对方不知啥时已挂了电话。

虽有不甘，可想终于有人半夜也睡不着了，便解气地回了。

刚到宿舍，才发现呼机连响了好几次，自己忘带了。是江天，让她立即下楼，他在楼下。

她没理。

呼机又响，只是一句话，你若不到操场，明天就等着给我收尸。

汪哲关了呼机，第二天天没亮，谁也没告诉，就离开了学校。

爱是忍耐

桂花飘香时，汪哲接到 J 市 M 军区创作室调令，成了一名专业作家。

张家伦走了两年了，别人给汪哲介绍过三位男朋友。第一个是博士生，未婚，在省城某科研所当所长，到她的单位只来过一次，办公室的人就老问："这次行了罢，我们看小伙子挺好的。"汪哲回答："是挺好的，我一个结过婚的女人，还带着个孩子，这样的人能看得上我，这是我的造化。"

第二位是团职干部，在某部机关当处长，爱人去世，无子。有名的好丈夫再加上组织处长的头衔，也是蛮诱人的。组织处长第一句话就说："我会待张家伦的孩子如亲生，家伦是个好同志，是个好干部。为我们的部队贡献出了自己的一切。"你们猜汪哲怎么说，她说："处长，谢谢你，你以组织的名义评定家伦，很恰当。再见！"

前面两位只相处了两周，第三位时间长些，谈了一个月。男方已迫不及待地要求结婚。忘了告诉读者，这一位是个大老板，儒商，北大毕业的，满嘴的经营策略，每天开着宝马往军区门口一停，迷得歌舞团的女演员们老打听他何处高就。当他得意地把这事说给汪哲时，汪哲淡淡地说："你应该给她们每人发张名片。"从此，老板再也找不着汪哲了。

细琢磨，在当代这个浮躁的时代，一个结过婚的女人，再带一个孩子，又并不年轻，好像确实没有优势可言。朋友们总是这样说，汪哲也厌烦了这一次次地被动相亲。

每次回到家，汪哲都对着镜子自言自语：下次只许成功不许失败。可每一次都是毫无例外地提不起精神，都是她率先挥别了那些匆匆走过的身影，待字闺中。每一次，或长或短或曲或直的爱之路使她一次比一次疲惫不堪。她觉得她身上心灵里每一道皱纹无疑都是这几次爱之路给她的痕迹。也许我会为爱去献身的。这是她对好朋友朱洁说的，说她已闻到了死亡的气息，感觉一股阴森森的黑影逼近她。朱洁听了哈哈大笑，说：我的汪小姐，就是天底下的女人都自杀了，我也不会相信你到地狱报到，除非张家伦在阴间不放你。说完这话，朱洁先是被自己的话吓了一跳。当她看见汪哲已哭成了泪人，慌忙拉住好朋友的手道，我是说着

玩的，你别当真。汪哲怪怪地说：我其实已死了。说完背起包，冲出朱洁的房间。她的衣角被门上的钉子挂了一个大口，在风中飘着，好像给她致悼词。她想，我不死，死了对不住养育我的姥姥。我从一个农村来的小保姆成了一名少校军官，其间的艰辛只有自己知道。

汪哲带着宝宝仍独自生活。

朱鸣光现已在京都的摩天大楼开办了自己的公司。向她求婚多次，她说："我对你没有那种感觉，真的。"她一脸的真诚，让看见她那模样的人都会相信这是她的心里话。

最后经汪哲大力撮合，他娶了朱洁。

朱洁开着自家的奔驰车来劝她说："张家伦又活不过来了，你何必如此苦自己呀！告诉你，世界上没有那种让人永远守望的爱，爱更多的是一种梦想。"

她说我早就知道，可我总说服不了自己。一个个约会的人，我总爱拿他们的短处比家伦的优点。这样我永远也走不出自己设置的迷宫。不过我不会丧失信心的。活着，多好。为了那些爱我们的人，我们也该好好地活着，对吧。她觉得说这些话时，感觉心到了月球上，高远又寒凉。

当了营长的大刚和妻子来看她，说葵花开遍了营地，漂亮极了，邀请她去玩。

汪哲听完心猛地跳了一下，说：营地我一定要去看，葵园里有我的青春在荡漾呢！说着，大把大把的眼泪流下来，她想我终于敢在人面前哭了。

九月的塬上，一片片的葵花，像赶趟似的，遍地开放。我们的生活其实也是葵花向阳开。汪哲想着，步子不觉走向了那一片片葵园。

她和宝宝穿行在葵园里。

宝宝，想爸爸吗？

想。

妈妈，你想爸爸吗？

汪哲拉着孩子的手，轻轻地说，宝宝肯定知道妈妈的想法呀。

一高一低的身影和那一柔一脆的声音飘到了很远很远的地方。那地方有张家伦，有军号，有炮群。人世间一切美好的东西，那里一样也不缺。

第九章　底　片

亲密者如斯说

书稿接近尾声，亲爱的朋友，到我正式露面的时候了。细心的读者大概猜出那些括号里是我的发声了。现在郑重介绍一下，我就是给汪哲那个宝典的师姐、此书的作者，在小说引子里，本人露了个小脸，只是神龙不见首尾。当我看到江天的那篇关于汪哲的报道后，一直对汪哲这个女孩很感兴趣。作为京艺毕业的高才生，我也是历尽周折，毕业后，先在外地一家报社工作，后辞职，在京都北漂三年，终回到母校。家人和朋友都不理解，放着省报首席记者不当，跑到京都，当个临时工，住地下室，吃方便面，工作有今天没明天的，还离婚舍子，图什么？怎么说呢，我喜欢京都的这种艺术氛围，把自己逼到绝处，才能逢生。我有好几个同学，就是辞了工作，有的在大街上画画，有人当枪手，还有人，写电视剧，现在人家都住上了别墅。我倒不是艳羡这些，而是不可知的生活，对我的创作更有刺激。在京都，我能看到最好的演出，能听到最新的话题，也能结识来自全国各界的朋友。否则待在小城里，现在就能看到我三十年后的生活。上班喝茶，下班，跟丈夫没话说。一月月，一年年，周而复始，如此行尸走肉地活着，有什么意义？

江天看完书稿，给我打来电话，说："师姐，看了你的书稿，我才知道汪哲为什么不选择我，我真是聪明反被聪明误，其实很多事是误会。不说了，请你看看这些我费了很大劲才搞到的材料，说不上能对你的书稿有些用。我爱她，希望你能写出一个真实的她来。"

选摘：京艺文学系女生班会记录：

班长刘娴淑：汪哲是咱们的同学，创作颇有实力，为人处事欠老练，自恃才高，跟大家搞不好团结。今天咱们在一起，讨论一下她不假外出的问题，大家先谈谈个人意见。

孙晓薇：汪哲能写点东西，学习也不错。只是太狂妄，班里同学没有几个她能看得上。有次创作会上，她亲口说："我们的创作水平比上几届差远了，古典文学知识非常欠缺，你想一想，闻名全国的京华艺术学院文学系学生连《牡丹亭》的女主角叫什么，只有一个人知道，可这个人却连战国七雄都不晓得。真让人羞愧。特别是女生，普遍基础差。"这不明明让我们女生下不了台吗？谁不知道那个能回答《牡丹亭》女主角的人就是她？！

千光：汪哲是我的情敌，按说我应回避。不过，客观地说，她人还是不错的，只是她性格太直，说话从来不顾及别人感受。一次，我让她看看我写的一篇小说，说穿了，我只是尊重她，没想到她把鸡毛当成了令箭，在教室里，当着那么多同学的面，从情节到语言，硬说了三十九个问题，击得我一无是处，颜面顿失。

张韵依：汪哲这个人生活不够检点，谈恋爱没有分寸，脚踏几只船。听说当保姆时，就勾引男主人，害得人家离婚。要不，一个农村女孩能当上女兵？为了提干，不惜采取一切手段，挤掉她的老师和恋人。这可不是我编的，是她亲口说的。现在，她又喜欢班里某个有点钱的同学，听说某军校还有一个男的整天追她。男人们经常为她争风吃醋，有次，还在饭堂打了起来，只是系里领导有偏心，虽然撤了她的班长，但凡好事必找她，名编来约稿，参加讲演，哪样事能少了她？而且她还出过政治问题。比如她在一篇散文作品中说，院长看到文学系男生偷白菜为了晚上熬夜写东西，不但没制止，还笑哈哈地让他们多拿些，听说辅导员还找她谈话了，说文学作品也要讲政治，一代学人的院长不可能这么没原则。这样的人，怎么能进步？

班长刘娴淑：我把大家的意见归纳了以下几点：

第一，对同学漠不关心，也没集体意识。除了上课，就是写东西。经常把墨水甩得满墙都是，影响了环境卫生。

第二，没有大局观念，经常想写东西就爬起来写，根本不顾及

别人在休息。

第三，她这个人品质也不好，听说为了上军校提干，挤掉了男朋友的名额。她不以此为耻，反以为荣，在公众场合，津津乐道。

第四，生活随意，作风不检点。在十一期间，超期不归，她说是回家看男朋友。据核实，她根本就没回去。她跟本班一男同学同时返校，难道是巧合？

总之，我们小组一致认为对汪哲同学不但要撤销其班长职务，还应给予纪律处分。

关于撤销汪哲班长的决定

文学系三班汪哲同学十一不假外出，超假6小时，为了严肃校纪，系研究决定撤销其班长职务，记行政警告处分一次。望该同学吸取教训，严格要求自己，做一名合格学生。

文学系
1996年10月15日

最后还有江天的一封信：

师姐：

我为什么要把以上材料寄给你，只是想让你知道这个世界什么人都有，什么事都可能发生。有人说，历史是由传说写成的，我深以为然。

我想补充的是，汪哲并不是毕业不想留京，当某杂志社准备调她的时候，上面这些材料都寄到该单位。不瞒你说，在毕业分配的时候，我们班这种下作的事不少，你可以想象一个品学兼优的女孩知道这样的消息后的心情。当杨老师把此事告诉了汪哲后，她表现得非常平静。

我告诉她："你要好好查一查，是谁搞的，还有要查清系里的决定为什么会在个人手里？这个问题不查清，对你的前途和声誉极为不利。汪哲呀，做人不能这么老实。我猜测这一定是嫉妒你的人搞的，对这种人不能姑息迁就。毛主席他老人家说过'人不犯我，我不犯人；人若犯人，我必犯人'。"

可是你猜她怎么说，"谢谢你的好意，我实在没有精力管这些事。我很累。听天由命吧。再说一个好作家，到任何地方都能写出东西

的，京都虽好，并不是唯一造就作家的地方。"

你说我还能说什么呢？我真想不通一个女孩这么好，为什么命运就这样待她？有父母却不敢叫，有爱人却不能爱，有才气却不能放到合适的位置。你说这世道公平不公平？男人们喜欢她，不是空穴来风。我给你说件事，你就知道我爱她什么了。我父亲在京都住院，有阵我因出版社要的书稿急，每天一万字，差点写死了，没时间到医院看我爸，汪哲自告奋勇照顾我爸。给我爸剪鼻毛、掏耳屎，甚至掏大便，好多事我这个儿子都没做到。我爸脚上有灰指甲，一双新袜子穿不了几天，脚尖就被那个又厚又黄的指甲戳破了，是她给修剪得跟平常趾甲一样光滑平整。如果说，在那之前，我对她还有点三心二意，你知道我一心想留到京都的，千光能帮上我忙的。从那之后，我就决心跟她结婚。我就想不通为什么还有人这样不容她？难道仅仅因为她长得漂亮，有才气？看来真是木秀于林，风必摧之。

我一直以为我不会动真情的，一直以为我纯粹是男人的占有欲在促使着我锲而不舍地去追求她。可好几年过去了，我仍然无法忘记她。我明白了，这就是爱。

还有，看了书稿，我很难过，我跟汪哲之间产生过许多误会，都怪我，聪明反被聪明误。后悔迟了，心中难过无以排遣，唯对明月伤怀，但愿汪哲能晓我一片冰心。

最后，我建议你把书稿让汪哲本人看看。

江　天

2013 年 12 月 1 日

写到这里，作为汪哲的朋友，我第一次不知该如何给她说这些。她的故事是在夜深人静，跟我倚在宿舍的单人床上讲的。我不知道当我把它们白纸黑字写下来时，她满意不？为了我的小说，也为了真正了解我的朋友汪哲，我给她寄去书稿及她的同学对她的看法，让她审定。

一周后，汪哲打来电话："师姐，现在我的窗外，天润蓝透明。同样都在一片天空上，云呢，各具风致。对面高楼上的那片，像羽毛，总体雪白，但仔细看，边沿粉紫。还有银杏叶间露出的那片，你看像不像条小河，我要拍下来。哎，那片羽毛现在分成了三片，中间嫣红。不对，

它们又变了，最下面的那片成了一条粉色的河。"

不久，她给我寄了一包东西，像个礼品盒样包装着，甚是精美。

当事者说

回到家里，我迫不及待地打开，是汪哲的信，还有两本日记：

师姐：

　　首先谢谢你，为我一个普通人费了这么多心血。从脉络看，把我的生活道路，按我讲给你听的都写出来了，你采用了信件、谈话、会议记录，甚至连书名，都用了接近事实本相的原生态，而且还征求我及我同学的意见，证明你想尽力地抵达我，写出一个真实的我来。看了小说以及同学们对我的看法，除过一些细节不实外，基本是真的。有些细节连我自己都脸红。你把我写得过于理想，有些章节明显走了韩剧的套路。特别是张家伦得病去世段落，我没有那么纯情。烦躁，对病人缺乏应有的耐心，甚至还……

　　我想重申的是，开学的第一年国庆回家，我确实是回去看张家伦的，并没有和江天到外面去玩。再说就算是，我未婚，他也未婚，两个人出去又咋了？只是有同学给张家伦单位打电话，让我心寒。我超假系里撤掉班长职务，我对此处理没有意见，本身就是我的错。好在，你不是给我写传记的。看了这么多人的发言，让我震惊。为了澄清一些事实，给你寄去张家伦的日记、录音带，还有我的一些日记，相信会为你的小说增加一些素材的。但切记，避免对号入座，请你要技术处理。毕竟我们不是生活在真空中。虽然发生了些不愉快，但我很怀念我的大学生活，及所有的同学。如果能重新开始，我会加倍珍爱一切。

　　我也犯过错，挖开内心，也有许多见不得人的想法，我渴望钱，渴望情感，渴望生活过得美好一些，自己有成就些。心里也为各种利益争执过，也在情欲中挣扎过。真的。这些你会在我的日记里看到。

　　我跟张家伦的结婚证是假的，他怕连累我，故意让他在办事处

的朋友给他行了方便。他连宝宝的将来都安排好了。他事事都为我想，可就是没有想到自己。这样的人世界上还有吗？曾经沧海难为水，除却巫山不是云。我上天入地寻遍，怕再也找不到这样值得爱的人了。为此我很后悔我对他不够好，我曾经在我们的情感问题上犹豫、徘徊过无数次。

当然，张家伦不是圣人，他犯过我曾经以为我一生都不能原谅的错误，可我错了，我竟然原谅了他，这件事我没有给你说，因了我内心的虚荣，也怕给张家伦造成不好的影响，现在我觉得还是有必要说出真相，我想这些并不能说明张家伦不好，人犯错误有时候只是偶然的，包括我在内。如同葵园的浪漫只是我的一厢情愿。老百姓种葵花是想创收的，可一场冰雹就可能把所有黑白清晰的葵籽变成既难看又没人要的霉籽。很像老人斑，惨不忍睹，我只在那待了不到一周就返校了。在那个偏远的部队待久了，你会发现你在京都的烦恼，在那同样存在。

对于小说本身，你是我的师姐，我就不班门弄斧了。

汪　哲

2014 年 12 月 20 日

我一看，两大本日记，一盘录音带正静静地看着我，我一口气读完，天已亮了。为了充分地搞清事实真相，保持日记的原汁原味，我摘抄了有关章节。如果我前面写的小说与日记细节有出入，那么请以日记为准。日记是人心灵里最真实的声音！

汪哲的日记

1996 年 10 月 19 日　　天气：晴

女人到底要找一个什么样的男人？我经常这样问自己。影星费雯·丽和劳伦斯相爱真乃绝配，然而费雯·丽患了因爱而生的疾患，劳伦斯却离她而去。劳伦斯尽管伟大，但是他对于费雯·丽这样敏感脆弱的需要呵护的女人是不适合的，或者是不安全的，这便是生活中的一类男人，他们有着无穷的魅力和天赋，但是他们对于女人没有恒久性。当她离婚后，一个名不见经传的男演员给了她新的一天。这是她生命最后七年所做出的选择。她找到了平等的爱。

还有杜拉斯、伍尔芙莫不如此。假若杜拉斯没有扬的守护，她

还能在晚年写出那些名作吗？精神失常的伍尔芙遇上了伦那德，他成了她的第一位读者和最有权威的批评家，还对她的生活关怀备至。可惜的是她因战争而永远离开了心爱的男人。他们整整三十年的婚姻，告诉了我们什么样的男人对于写作的女性是适合的。

张家伦是这样的人吗？很多次我这样问自己。

《京都文学》杂志社在西双版纳举办为期一周的笔会，我们班请了我和江天。电影《孔雀公主》中西双版纳那茂密的森林，成群的大象，我从小就向往。可这事给不给家伦说？不说吧，我心里不安，说了，怕他误会。最后决定，还是等回来再写信告诉他，相信他会理解的。人常说，行万里路，读万卷书，才能成就一个作家。

江天知道我们一起去的消息时，非常高兴。说心里话，张家伦有的他没有，他有的张家伦没有。如果他们两个合成一个人该多好。产生这样的想法，让我也感到吃惊。难道这世上什么好事都让你占尽？再说你自己都不是圣人，为何还求全责备地要求别人。走了不少地方，我发现真正的爱人还是张家伦。他成熟、理智，有责任感，像一个真正的男人，他身上的那种军人特有的精神让我陶醉。这样纯正而成熟的男人，我再也没有见过。江天也有他的长处，热情、奔放、浪漫，他好像总也没有忧愁。他往你面前一站，你就想到一股朝气，一股让你总是感到有许多你不知道的东西。我最欣赏的是与他在一起，你的脑子一直处于现在进行时的状态。让你进取，让你奋斗，也让你享受生活。而且最重要的是他能认清当代社会，能顺应潮流。这是优点，也是不足。至少在我看来是这样的。一个男人太浮躁，要是这个男人还想搞文学的话，有这种心态肯定不行。也许张家伦正是这点让我感到满意。

那么我到底喜欢谁呢？如果喜欢张家伦，我为什么又喜欢跟江天在一起？如果我爱江天，为什么又想着张家伦？这到底哪一种是爱情，我真糊涂了。

10月21日　天气：晴

昨夜，我跟江天在西双版纳的曼听公园坐了大半夜。夜真美呀，远处偶然几声虫鸣，天空繁星点点，周围则是北方难得见到的一片片

绿植。江天提议在月光下跳舞。我们随着音乐起舞时,我醉了。我感到我渴望的生活真真实实展现在面前。可奇怪的是,当我听到江天在我耳边轻轻呢喃时,一下子没了兴致,独自起身坐到草坪。事后我老在想,你不是一直渴望过这种浪漫的生活吗?你不是一直烦平常的日子吗?原来我还是忘不了张家伦。我多么渴望我能犯一次错误,把他的影子从我的头脑里挤走,可是我做不到,我即使心里多么地想,可是腿脚总是不听使唤,它们与心灵轮换着为爱情守护。

现在,列车轰隆隆地行驶着。

江天忽然隔着桌子拉住了我的手:"汪哲,让我看看你的手相。"

我不知道我是否该给他看,自从回校以后,家伦一封信也没回,难道他喜欢上别的女人了?

不想他了,我展开手指,让江天看。江天趁机拉住了我的手,我感到一股说不清的欲望涌了上来,我想把手收回来,可是做不到,我不知道自己怎么了,手心全是汗,心跳得根本就按捺不住。

江天握着我的手,用手指点着我手心密密麻麻的纹路说:"你的事业线清晰,说明你有福气,有才气,在关键时候,总有贵人相助。感情线却时断时续,像个半死不活的人总缠着一个不属于自己的东西。"

这话让我一下子眼泪流了出来,我想抽回手,擦擦泪水,江天帮我擦了。他充满男性的气息涌进我的鼻腔里,那是不同于张家伦的,那是一种清新的,充满朝气的。那手也是轻柔的。张家伦是什么样的,在我的记忆里,好像只有那么一次,我刚提干,他紧紧把我抱到床上,充满了力量。

"你想什么呢?"江天说着,帮我整理了额前的头发,说,"我想问你一件事,但是不准生气。"

我说你说吧,我不会生气。

他握紧我的手,说:"你和张家伦好到什么程度了?"

好到什么程度?我喃喃地说:"当然是离不开他了。"

"那么,你们有没有做那事?"他的话让我气愤,可是我答应他不生气,于是说:"你说呢?我们在一个家待了三年,你说好到什么程度了。"

"我相信你们没有。你看你的手相，看你脸上的表情，你仍然是一个纯正的处女。我一摸你的手，你都脸红。你看你脸上的汗，手心的汗。是不是少女，人能看出的。还有你身上，有着没人动过的干净的气息。"

我说你又胡说了。我不知道我的手相上是不是这样展示出来了，也不知道我是不是身上飘着那股干净的气息。但江天的手，握在我手心，我感觉心跳加快，呼吸急促。

10 月 27 日　　天气：晴

现在，夜深了。同宿舍的同学不在，夜静悄悄的。我坐在台灯下，心里长长地舒了一口气，总算不怕影响别人的休息了。听说我们上届的宿舍全挂着布帘，创作互不受影响。可现在一个宿舍住三个人，那两位睡得早，我又习惯晚上创作，不写就睡不着，真想给学校建议解决一下这个难题。

回想昨晚的事，脸蓦然发烫。白天，我在一位编辑家碰上了江天。回来时没了车，他第一次提出跟我好，我气极了。这是他第一次的表白。我真生气，可仔细一想，爱也没有错呀！

在花园里的时候，他靠近我，其实我没睡着。那时候我心里非常紧张，我怕他会强迫我，我咋办？虽然在路上我拒绝了，但是男人想干什么事，女人能拦得住吗？

可是他没有，一直陪着我度过了黎明，让我心里非常感动。我不是圣人，也有汹涌的情欲。有那么一瞬间，我甚至盼着发生些什么。我不知道是街心花园的花香诱导了我，还是他那身上特殊的气息让我着迷。

我假装睡着了，靠在他肩上。

现在是一个开放的时代，性爱并不是什么见不得人的事。无爱的性我不需要。

我爱江天吗？如果不爱，为什么喜欢跟他在一起；如果爱了，为什么又不肯把自己交给他？真说不清。

事后，我为自己而骄傲，我战胜了自己。可是这骄傲又有什么用，没有人知道。我的心里充满了悲伤。

12 月 31 日　　　天气：雪

今年最后一天了，本来我是不打算出去的，可是在静得如墓穴的宿舍，同学们都不知道去哪了，我的心里充满了焦躁。想应该去做点什么了，我的忍耐是有限度的。

江天来了，他穿着一身牛仔很帅气，头上还沾有雪花。他说今天是今年的最后一天了，咱们去过一个狂欢夜吧。

为什么不呢？我穿了大衣，坐在江天的自行车后，感到冬天的夜一点儿也不冷，让人心里暖暖的。我们一起到歌厅里去蹦迪。我使出了浑身的劲在那儿蹦，感到彻头彻脑的晕传遍了全身。

我说抓住我，江天，我要倒下了。江天扶着我，说咱们出去休息休息。

我说，咱们就玩它个一醉方休。我挣脱了他，又在灯红酒绿的厅里蹦起来。我的头发散了，浑身的怨气全随着音乐和这狂躁的气氛释放出来了。我回头看看江天，他也在激情充溢地跳着。我抓住他的手，他的手也紧紧地抓住我，那一刻，我下决心，晚上我不回去了。

其实在半夜时分，我们还是回去了。到了宿舍，我感到非常非常累，感到特别孤独。我真想骂张家伦是个浑蛋，从十一放假回来，他连个电话都没打。

江天送我后，他说你好好睡吧，明天又是新的一天了。

在他走时，忽然回头吻了我一下，我紧紧地抱住了他。我不想放开，我真怕一个人陷在这孤独之中。

炽热的吻让人不能自已。江天受到了鼓励，爬在了我的身上，我感到天地为之晕倒。我想该好好休息了，是呀，该休息了。江天急切地脱着我的衣服，在黑夜里，我感到我离不开他，不，现在任何一个男人陪着我，我都离不开他，在新年将要到来时，我不想一个人待着，再有半个小时就到明年了。

我们都处在欲望的顶峰上，都需要释放。

然而，这时，我不知怎么会喊道：家伦！身上的人不动了，然后我就听到了门的猛烈关闭声。我真想说：你别走，你别走，马上

就到明天了。

　　离明天只有五分钟了，可是仍然没有一个人来陪陪我，没有。在我情感处于亢奋状态的情况下。好绝望！过元旦，我不回去了，我要让张家伦看看我的决心。

1997 年 1 月 9 日　　天气：晴

　　好几天没有心情记日记。这是一件让我耻于写下的事，听刘琦说军区有人给他说张家伦跟军区那个小护士有了那事，让她前妻发现了，他前妻要求复婚，他不答应。她前妻一气之下，告诉了她当将军的爸爸。我没想到在那么多的人面前，我都没有失去自己，可他竟然和一个并不爱的人发生了关系。以后咋办？到底何去何从？我打电话质问张家伦，他没说有，也没说没有，只说他配不上我。

　　我不想写了，如果别人有这样的事不知会如何处理。我原谅了他，以后的生活能忍受了这份耻辱吗？我真的不知道。为什么这事让我碰上？该放假了，我还回去吗？

　　晚上我做了一个梦，我梦见了宝宝，眼泪又哗地流了下来。

2 月 5 日　　天气：晴

　　寒假我还是回到了家伦所在的团队。他给我讲清了事情的全部经过，他说为什么不给我写信，为什么要那样做，只想让我离开他，过更美好的生活。可我一回来，他就知道他对我没办法，只有和好，可是我还是高兴不起来。

　　每当夜深人静，耳边总是回荡着这句话：

　　"男人，有了第一次就会有第二次，谁敢保证他再不会和晓娜来往？再说晓娜不来了，还有晓狗晓猫什么的，现在这样的女人又不是没有。"这是谁说的，我不知道，只知道自己心里非常难过。

　　我没想到我一直认为的至爱原来是这样的不堪一击。

　　已经晚上六点半了，张家伦还没有回来。我淘了米，洗净菜。然后机械地炒着菜，电话也不想接。

　　家伦是七点才回来的，一进来就解释："连队有点事儿，给家里打电话又没人接。"

　　我没有说什么，把饭菜端上桌，说："吃吧！"他看我情绪不好，就立即吃完饭洗起碗来。我忍了忍，检查完宝宝的作业，走进家伦的书房，搂住他脖子，把脸贴在他脸上，他却说："你累了吧，早些休息。我还有些稿件要处理。"

　　我回到自己的小屋暗自垂泪。

　　"你忙你的吧。"话这么说，心里还是不舒服。没想到我大老远地回来，他却老往外跑，还躲着我。难道他仍有隐情？他会不会这些日子跟晓娜联系了？难道他们真能剪断情丝？还有我一想起他们在一起的情景，眼泪就不由自主地流了下来。

　　一会儿，他过来搂住了我柔柔地说："还是你好！"我看了看他，没有吭气。心里很难受。"还是"是什么意思？显然是在比较，是在眷恋。我想质问，想起了姥姥的话，爱是一种忍耐，终于忍住了心中的怒火。强装着摸了摸他的头发。他没有看我，继续说："真的，哲，现在我才知道我是多么爱你。我就喜欢你现在的样子。既性感，又温柔。还特能善解人意。"

　　我却说："当然比不上邓晓娜。"这是我们和好以后第一次提起这个名字。我实在忍不住了，眼泪流出了眼眶，终收不回了。我想这是他有意引诱我进去。他说："咱不谈这事，好吗？"

　　我咬了咬嘴唇，感到自己失了口，就说："夜深了，我也累了，你也休息吧。"

　　我还是睡不着。

　　为啥我一提起那个女人来，他的脸色就变了。我越想心里越难过，越不知道咋办。一直到天亮，他竟一点都没来安慰我。这让我心里特不是滋味。越想越不想再看他了，他的身体的每一部分都让我想起另一个女人。

　　有一次我问他跟邓晓娜有过几次。

　　他说重要吗？

　　我认真地说："当然。"

　　他说了他们的认识，还有几次亲密的接触。在我的追问下，他说了她的优点。我原来以为我知道了，心里就不难受了，结果知道了心里就恶心得不行。没想到这些像蛇一样缠得我再也无法像正常

人一样生活。

我不让他碰我，不愿亲近他的身体，甚至一看到他的身影我就难受。我们不停地谈心，不停地争吵。

我瘦了，满目憔悴。他也是，脸上表情一天比一天难看。这种情绪被他带着上班，这多少影响了他的工作。

终于有一天，我们之间的战火爆发了。

那天，他疲惫地推开家门时，又是七点。他赔着笑脸说："以后我一定注意。"

"是真加班了？"我的眼睛充满了冷淡。

"你这是什么意思？"

"什么意思，你当然明白。"

"我不知道你为什么变得这样不讲道理。"

"你讲理，讲到了别的女人床上？"

他说你这样就等于把我往她那儿推。我一下子来气了，这么说你还是没有忘掉她，还是想跟她和好？难道你就不能不提起她？真是吃了迷魂药，是老虎进了山林不由自主，是春天的树苗由不得春风的煽火，那股劲就攒着直往上蹿；还是水壶里响得哗啦啦的水直叫唤？张家伦呀张家伦你说清楚，你说不清楚你就不是人就不是男人，只是一个根本连自己都管不住的花脚蚊子，要不就是堆在厕所马桶怎么也擦不掉的黄痕。

你不要逼我，你现在越来越让我无法忍受了。你太霸道，你让我跟你谈心就得跟你谈心，根本不知道我心里在想什么需要什么。这一天两天可以忍受，长此以往，我真的不敢保证我不去找别人。

他的眼睛血红，如狼一般。我感到胸中块垒，一股脑往外涌。

家伦砸了桌上的果盆。我毫不示弱，顺手拿起他的一大沓光盘摔到地上。

两人说着吵着就动手了。这是我们第一次打架。是我先动的手。

他显然是被抓疼了，起身一看，是两个血迹，就起身把我的胳膊扭在了身后。

我揉着发痛的胳膊，恶狠狠地在他的身上打了几拳，他没有再还手，转身给了我一个脊背。

第二天他上班后，我冷静下来，很内疚。下午到菜市场去买了他最爱吃的小黄鱼，回到家细心地做起来。

饭做好了，已经七点半了，他还是没有回来，我心里不由得一股火全涌上来。我拿起电话，想给姥姥打个电话，说说心里的难过。可是姥姥老了，经不得难事了。我把心里的烦闷装进心里，倒在床上。

就在这时，他回来了，手里提着菜，抱歉地说："汪哲，真对不起。部队事太多，明天我一定早些回来。"说着，亲了亲我的脸。我压住心里的不快，说："吃饭吧。"

他感激地搂住我。

我的情绪好了没几天，再一次被推到了痛苦的边缘。这是一个电话引起的。

那天一大早，电话铃响了。我拿起电话，半天没有人说话。我大声喊了半天，仍是无声音。就在我要挂电话时，那边说话了，是个女的。对方说："你是汪哲吧！"

我说："我是！"

"张家伦跟邓晓娜在一起。"

"你是谁？我不相信。难道邓晓娜在 J 镇？"我一下子眼泪就出来了。

对方一听这话，挂了电话。

难道是真的？不信吧，他为什么这几天老是回来那么晚；信吧，好像又没有充足的理由。当面问是问不清的。我呆呆地坐在床前，任电话的忙音无休止地响起来。

家伦出来问了一句，谁的电话，就去洗手间了。我放了电话，陌生地看了看他，我发现他看起来越来越不对劲。他的言行，他的举止，都让我想起了前几天他坐在电脑前一句话都没说。难道这一些还不能表明他仍和那个女人暗度陈仓？

他说如果你再这样猜疑，咱们只好分手。

这是撒手锏，我只好无语。

2 月 10 日　　天气：小雪

今天收到妈妈的来信。这是她第三封信了，我一直没有回。是

不是我心太狠了。毕竟在陈旧的世俗面前，母亲没有办法。她高中毕业，据说上学时还是先进分子，可是现实让母亲越来越成一个旧式女子了。妈妈还说，姥姥病得挺重，说老想我。还说她跟爸爸都希望我回家，不要再叫他们姑姑、姑父了。不让我跟家伦结婚，在她的观念看来后母不易。如果她知道他还不忠于我的爱情后肯定更不会同意。

我怎么办？江天、刘琦，哪位是我最终的恋人？他们仍在不时地给我打电话，写信。刘琦经常来，我们曾经是同事，按说了解多，应该有机会，可是为什么我还是下不了决心。为什么一想起他们，我就觉得心里没底，而张家伦为什么我就离不开他？

如果和他和好，我能保证永远原谅他吗？能保证永远不提那事吗？昨天我就提了，我讽刺了他半天，他忽然说："如果你恨我，别表现出来。要不，咱就算了。我真怕你老提，这样会让我重新去犯错误。"

当时我跟他生气，说："你自己胡闹，还找借口？难道我逼的你？"

我决定，回家看姥姥，跟张家伦的事先放放，等回校再做打算。

2月21日　　天气：大雪

我以为离开了张家伦，就不会再想他了。可在失去姥姥的日子里，我第一个想到的还是他，想着他的一切。特别是走到县邮局情不自禁地想给他打电话时，我清楚地意识到我已谅解了他。如果江天、刘琦、杨老师，还有我的同学们知道我的选择后，会不会瞧不起我？唉，不想了，我已听到了他的脚步了，上帝呀，再不要折磨我们了好吗，让我们好好相守一辈子。

我真想报复张家伦一次，他让我那么痛苦。

开学后第二天的一个晚上，我跟江天在宿舍的时候，我把我心里的痛苦说给他听。他默默听完，紧紧地抱住我。那时夜很静，我说我非常难过。我说我快要支撑不住了。他把我抱得更紧了，我听到了他的心跳，也听到了我自己的心跳。我倒下了，我的眼前全是张家伦跟那个护士的画面，我闭上了眼睛，我说："江天，如果你爱我，那么就上来吧。"可是，门响了。

4月29日　　天气：晴

我现在在火车上，随着轰隆隆的列车声，我的心早就飞到了张家伦身边，我多么想一下子就扑到他怀里，梦里多少回见到，真要见了，我不知道我还能否如以往满腔热情地对待他。

我没有告诉他，我是忽然想回家的，我一直以为张家伦的家就是我的家。

上午自习。我在读《浮生六记》。我不知是文字让我触景生情，还是节日逼近，我恍惚听到有个声音在呼唤着我。好不容易等到中午，我到邮局把给张家伦的信发了。这时我在一个旧书摊上无意中看到张家伦编辑的一本旧的《××军事文学》，心一下子跳得不正常了，我感觉那声音是家伦在叫我。书很脏，里面有很多页码都没了，我还是毫不犹豫地买了下来。

5月5日　　天气：晴

张家伦得的是癌症，竟然是晚期。黑色的日子。我一定要和他结婚。哪怕跟他只过一天。我立即给班主任杨老师打了电话（当然不敢再给刘娴淑请假了）。我要带家伦到北京，想尽一切办法治好他的病。

9月20日　　天气：阴

家伦半月前走了，又开学了。千光对我忽冷忽热，我当然知道原因。原来我还有顾虑，现在无所谓了。我跟江天去看一位编辑老师，他扛了一袋足有五十斤的大米。我说你干什么呢，有这么大鸣大放送礼的吗？晴天丽日之下，扛一袋大米，往老师家走，别人不说闲话？老师怕是连门都不让进。他说那就试试看。我们到了老师住的院子里，正是大中午，烈日高照，蝉鸣不断。他坐在米袋上，边擦汗边说，我容易吗？点灯熬油给你写专访，还汗流浃背地背着米为把你的专访登在杂志上，去求编辑。我何苦来着。我踢着脚下的石子，说，我又没让你做。

没良心。走啦！他像个农民似的左手叉腰，重新把米袋扛在肩上，歪着头走在前面，我马上跑到前面，帮着他开单元门。

编辑老师的爱人手抓着白花花的长脚米，不停地说，真香，有啥事，给嫂子说。你大哥，他听咱的。

回去时，江天笑着说，我送得没错吧，你猜徐编辑咋说，烟酒俗了，一袋大米不值多少钱，可我知道那是兄弟的情意。

你能干。

错了，我再能干也拿不下你这个高地。唉，香港都回归了，我却遥遥无期呀，告诉我，我还有希望吗？

我笑着回答：希望就在脚下。

1998 年 4 月 14 日　　天气：晴

坐在公园一个高高挺起的土丘，闻着对面的海棠花溪，花开得灿如壮锦，一阵风来，花雨纷纷，我想起了林黛玉的葬花词，默诵着花谢花飞花满天，红消香断有谁怜？又想起了家伦，不知他的魂魄飘向了何处。回到宿舍，晚饭吃不下，硬逼着吃完。

5 月 10 日　　天气：丽日

又到星期天了，我还在睡觉，呼机响了。

到江天屋里时，桌上饭盒里放着土豆和豆腐，塑料袋里是生菜和粉丝，他手里拿着一块固体酒精放在炉下。我看着他墙上原来写的毛笔抄录的《沁园春·雪》不见了，现在印刷体的黑白照，里尔克、阿赫马托娃、茨维塔耶娃、黑塞、兰波、阿多尼斯、帕斯，在墙上冷冷地打量着我。

"这两个女诗人知道是谁吗？"江天问我。

"什么我也不珍惜，什么也不保存，可您的书我要带进棺材——放在枕头下！"这是茨维塔耶娃 1921 年致阿赫马托娃的信，她同时寄上自己收藏的阿赫马托娃诗集《念珠》和《白色的云朵》，希望对方题词后寄回。那年，茨维塔耶娃 29 岁，可叹的是 49 岁，她就去世了，而阿赫马托娃比她年长 3 岁，却活到 77 岁。

"女诗人你肯定知道，阿多尼斯知道不，他有一本诗集叫《我的孤独是一座花园》。"

我背着手背道：

玫瑰旅行，去往的最美所在，是眼睛的疆域。

梦想也会长大，不过是朝着童年的方向。

玫瑰，在忧伤时是一个角落，在欢乐时是一盏青灯。

江天接着背道：

每一部伟大的作品，总能同时催生秩序与混乱。

快乐降临于我成群结队；不过，只在我的幻想中行进。

你真正的凯旋，在于你不断地毁坏你的凯旋门。

我的祖国和我身披同一具枷锁，我如何能同祖国分开？

我如何能不爱祖国？

我们相视而笑，突然江天惊叫一声，跑向桌前忽然起火的报纸，上面的宝马车图片在火舌中卷了上去，直至成一把黑末。我一把抓起江天的手，说，没烫着吧。江天一双花眼，说，心疼了？去你的。我说着，坐到桌旁，把粉条放在了锅里。

江天拿出足有一个砖头大的绿色的小汽车，我以为是玩具，他说干活，不能白吃，给我熨衣服。说着，他掀开小汽车旁边的盖子，灌上水，插上电，说，行动呀。

说实话，我从来没给家伦熨过衣服，一想到他一个人在地里躺着，我就想落泪。拿着熨斗，满脸是汗，一怕把他新买的衬衣烫坏了，二怕自己笨手笨脚地让他笑话。越紧张，越出错，把扣子熨得格嘣嘣响。真笨呀，他说着，把衣服缓缓往我手下送。

"哟，这夫妻俩都过上小日子了。"是千光，大星期天的，没想到这么早就返校了。

我说，刚好，你来熨，我才不干这劳什子事呢。说着，把熨斗往桌上一放。天呀，你怎么能这么放。江天说着，拿起烫得发红的熨斗，竖着墩在了水泥地上。他看着仍皱巴巴的衣服，说，千光，你来接班。

千光看了我一眼，对江天说，想得美。说着，坐在锅前自顾吃起来。边吃边说，我真是有口福。来得早的人，苦命，汗流浃背地干活。来得巧的人，有吃有喝。说着，还端起啤酒喝了起来。

结果，是我扶着她回宿舍的。她上楼时，腿直打弯，好在，还是上了楼。她一直说，汪哲，你不要以为你跟我不在一个宿舍了，

你的行踪我就不知道。我长着一对雷达眼，一只眼看着你的411，一只眼盯着213（江天的屋）。这学期，你平均每周去213三次，每次约一小时以上。还有你每天都在笑。有时在课堂，有时在饭堂，有时，在队列里，你也在笑。最多时，一天笑了八次，我知道你为啥笑。你一笑，我的心就疼。别说了，你喝多了。我看着来来往往的眼睛，劝她。

你知道不知道心痛的滋味，就像刀一下下地往心口上剜，就像躺在雪地里，就像人没了气。我感觉她的宿舍好漫长呀。相府小姐崔莺莺遥望见十里长亭，减了玉肌，那么从一楼到四楼的漫漫长征路，就足够让我，不，让我跟千光，肝肠寸断。

6月8日　　天气：晴

公园静寂，月亮好圆。我给江天讲了我的一篇小说，他听完，沉吟了半天，说，你的主人公有什么癖好，她住的什么房间，爱闻什么味道。她的周围都有什么花草、饭店、公交车，还有，她的朋友跟别人怎么不一样？你都回答上了，这个小说就写成功了。

我大睁着眼睛，静静地望着他。

他说不认识了？

我说别说话，快看月亮。就这么一直能坐到老，该多好。这时，从荷塘忽然飞过来一个不明之物，我惊叫一声，江天一把搂住了我，说，别怕，有我呢。

一直到宿舍门口，他才开口，说，你必须想办法让杨老师去掉你的处分。还有，必要时去找院长，这样才能留京。我们必须把握住这次机会，否则再也没机会了。

我问，留京有这么重要吗？

这是俺老爹一辈子的念想，他在京都当兵，却没提干，后来回了南方。去世前，他说，儿子，实现老爹的理想后，到那个甩了老爹的臭娘们家门前，替爹出口气。然后到墓头告爹一声。

我听得心里好沉重，说实话，我对留京一点把握也没有。我找过宋主编，他说他快退休了，没法帮我。我知道原因。他儿子其实条件很不错，还在市府上班，我为什么就不能像我的同学一样？闭

220

上眼的事。

昨晚我看张大妈不在，就关上楼下传达室的门，走进电话间，我想给院长打电话，可是院长不在家。他会不会去跑步了？我抱着撞运气的心情，来到操场。夜深了，操场没几个人，我跑了起来，越跑心里越难过。跑完七圈，我走回宿舍，结果在宿舍门口碰到了院长。他说刚出去了，听爱人说有学生找他，就想到了我。

我们重新走到操场，院长这次没有跑步。他喝了酒，身上有股酒的味道。我有点紧张，但还是小心地陪着他走，几次想张口说话，却又开不了口。

这时，院长突然说，你们班那个男同学找我了，说想留校。我马上就退休了，不想让别人说晚节不保。

我心想幸亏我没说出口。

对了，小汪，你找我有什么事吗？

没有，就是想马上毕业了，想跟院长您告别。我说。

其实也不是我不帮你那个男同学，关键是系里对他评价不高。他几次找我，一会儿带酒，一会儿带烟，太功利，我讨厌这种人。你有什么事，尽管开口，我对你印象很好。你的好几篇小说我看得眼角都湿了。

我很后悔刚才把话题堵死了，便想错了就一错到底吧，也好在院长心目中留个好印象。

院长得知我要回原部队时，先是怪我不找他，我不回答。他沉吟半天安慰道，对于写作者来说，舒适的环境并不是什么好事，越是独特的环境，才易于写出来。我深以为然，给他保证一定要深入沙漠部队，写出好作品来回报母校。

又想起了张家伦。写不下去了，夜好漫长。

7月16日　　天气：雨

明天就要分别了。在恼火中。不，在激情中。密林。大雨。我飞起来了。我说你不是说我是荡妇吗？水多吗？这样的日子。如此地告别。争辩。发誓。手电光。哭泣。

（后文有用黑笔画掉了，写的啥？看不清。）

2000 年 8 月 6 日　　天气：阴

家伦走了三年了，好多天我都无心记日记，现在又一次提起了笔。

今天收拾房间，在他的书房的抽斗里，我发现了千光给他写的信。他为什么不问我？为什么这么做？他怎么不解释？我好内疚，夜深人静，我常常自责，家伦得病，一定与这封信有关。我为什么要同意他放弃治疗？否则，也许还有希望。一切的错，都是因我而起。雅斯贝尔斯说："我是有罪的，因为当罪恶发生时，我在场，并且我活着。"

2001 年 9 月 5 日　　天气：晴

快三十岁了，忽感到有些男人往你面前一站，你就能感到他身上的力量和激情感染着你身上的每粒细胞，让你感到所有的日子都是流动的，如音符。这样的男人只可欣赏，不能当丈夫。还有些男人站在你面前像棵树，安静地站在那儿，让你感到所有的风雨都不在话下，他让你感到踏实。这两种男人如果能结合在一起，将是多么美好！我明知自己就不完美，为什么要如此苛责别人？

妈妈来信说你还是把张家伦的孩子送给他母亲吧，要不，你一个人带着孩子咋嫁人？宝宝就是我的孩子。我会爱他一辈子的。

可他还是让他外公接到省城去上学了。他外公说省城教学质量高。还说，宝宝没有妈妈不行。家伦，我对不起你，没有留住咱儿子。谁让我不是他妈妈？要是你不开那个假结婚证，也许我还能争取到抚养权。

宝宝走后，晚上我起来，看到他屋门开着，说，天这么冷，别感冒了。快到门口，才想起宝宝走了，不再属于你我。

朱洁说，后悔了，就赶紧要一个。我知道你是骗张家伦说你生不成孩子了。

我说难呀，自己跨不过这一个坎。

2006 年 9 月 1 日　　天气：阴

江天打电话来说，他到 J 市来出差，想吃我一直给他说的臊子面，我说要出差。

2010 年 3 月 5 日　　　天气：小雨

江天说，你得赔我的衬衣，那件被你烫坏的衬衣还在柜里放着。他还说，你现在一定会熨衣服了，不过要记得刚烫完的熨斗，要竖着放。还有，吃药，不能认药的颜色或形状，得记住药名。

2014 年 11 月 21 日　　　天气：雪

好甜蜜呀，那种感觉由我身上的某个点，逐渐弥漫到全身的关关节节。长长的树荫下，一辆红色的车。他说中午路上没人，说着，一只手伸了过来。在我感到花香袭鼻时，我从车顶玻璃窗上望着一片片云彩，像条长长的河，朝我涌来，席卷了我。

醒来，我闭上眼睛，好希望那种感觉再来。可我知道，它只是个梦。什么叫旖旎之梦，这大概算吧。当年的校园生活，像帧帧画册，一一浮现在我面前。

想起夏日午后的荷塘划舟。我们俩人一前一后坐着，两边全是粉色白色的荷花。荷叶上的水珠晶莹透亮。划船的小媳妇，不停地看着我们。他面对我坐着，闭着眼，让我也闭上眼，感受风从何处来，又如何轻抚到脸上。

有天黄昏，刚吃过晚饭，他打电话说想不想去看落日，在水之涘。我朝窗外一瞧，一轮像刚剥掉皮的鸡蛋样的落日正挂在窗外。我蹬上球鞋。校园虽也有湖，可太阳被高楼挡得落不到水面。他在校门口的飞天女像前站着观看，此时天女的头发上落着一缕黄光。看到我，他手一挥，赶紧走。怕警察发现，人多时，我们推着车跑；没人时，我跳上自行车，搂住他的腰，骑着车跑。浩淼的湖前，落日真是太美了。我们都没说话，就那么一直望着湖面渐渐变黑。

还是夏天，我们逛郊野公园回来，路遇一书店，进去两人花光了身上所有的钱，最后是走路返校的。我们穿过银杏林立的钓鱼台国宾馆，走进一条小路。他忽然惊叫，原来旁边院子里的蔷薇从铁栅栏里伸了出来，一朵朵，简直像云彩。他伸长鼻子不停地闻着，说，真香呀。而我摸着那丝绸般的花瓣，感觉平滑而舒展，好几天，感觉手指还是花香。

又想起了食堂打架。那天校园湖面蓝得好像南方的大海，明艳艳

的，本来我们穿过小径去食堂吃饭，因为湖水的美，让我稍后了几分钟。张韵依跟千光在前面走，两人都穿着修身的裙子，其背影十分的绰约。就在我细细打量同性之美时，我听到了魔鬼的声音。张韵依小声说，知道不，我寒假回来时，发现汪哲跟一个男人在屋里，干什么我就不说了。她俩一个肩撞着另一个肩，咯咯地笑着。张韵依继续说，我开门时，发现她急得裤带都吊在了脚面。我一听很想上去抽她一个耳光，然后揭发本应是她的丑事怎么能这么无耻地栽在我头上？可一想到我已经被撤了班长职，打架势必影响分配，便咬着嘴唇放过了她。谁料刚进食堂，张韵依又在排着队的队伍里跟周围的同学讲，有人指指后面的我，张韵依终于闭住了嘴。我一气之下，端起刚打好的饭盆就砸到了她身上。她满身油污地跟我厮打起来，在场的人没一个人拉开我们，只听班长刘娴淑那略带南方口音的声音说，别打了别打了。她也没动。是一个人挡在了我面前，想劝架，结果张韵依拿着铝制的饭盒砸到了他的头上，害得他直嚷头痛了好几天。他在冲进我跟张韵依之间时，我能感觉到那宽大的后背，是能挡得住所有风雨，而脖子上的黑痣竟然跟我长在同一个部位。

快离开了，我们又到学校西门的静思私家菜馆，这饭馆是美术系学生设计的，里面全是挂着竹帘的雅座，我们每次去，都坐314，因为那是我的生日。服务员是个漂亮的浙江小姑娘，从没因为我们是穷学生，而怠慢我们。每次见我们，不问，就把我们带到314房间，然后给每人端上一大碗肉丝面。面上放着葱花榨菜，肉丝切得瘦而长，既让我解馋又不油腻。面条也是手工的，韭叶宽。他说，你若不在，我当是多么孤单。我说，你不是有那么漂亮的妹妹吗？他长叹一声，说世界上最悲哀的事不是生与死，而是我在你身边，你却不知道我离不了你。

回忆是什么，回忆就是把所有的往事都想成了美好之事。

那天记得是周日，他说咱们去教堂玩玩，好不好？我脑子一闪，德瑞纳夫人就因为跟于连的事，到教堂去告解。还有，于连枪杀德瑞纳夫人，也是在教堂。当下，不顾炎热，我俩倒了三次公交，到了教堂。在车上，他的右手一直插在牛仔裤口袋里，鼓鼓囊囊的。我说大热天的，你这是干啥？他诡秘一笑，保密。西什库教堂有四个高高的

尖塔，三个尖拱券入口，正中圆形的玫瑰花窗，它们使教堂端庄而绮丽。教堂内的三百根巨柱撑起的金色穹顶跟德国的科隆大教堂有几分相像。八十扇镶彩玻璃的花窗总能让人联想到巴黎圣母院。他给我不停地说着，我说别说话，你听。教民们唱着赞美诗，我听着感觉到有股神的照耀。可是我一上公交，突然想，人生全如赞美诗，也不见得好，让人提不起奋斗的劲头。他说是呀。我说你发现没，有张画上圣母圣子穿的都是清朝皇后皇子的穿着，排水口也是中式龙头。门洞是西式的，大门却是中式的朱红色。他说是呀，答得心不在焉，手还握在口袋里。这人怪了，在里面老说个不停，出来，一路无话。到了校门口，我正要进去，他突然在飞天女画像下，"扑通"一声，单膝着地，右手拿着一枚戒指，说，嫁给我吧。

十几年了，我还是忘不了月光下飞天女那淡然的笑意，还有那闪闪发光的戒指，它们就像教堂柱子上的阳光，让我感觉好像一个梦。旖旎之梦。

12 月 3 日　　天气：阴

今天整理旧物，发现在京都走的路，比我这十年走的地方还多。当得知不能留京时，我几乎天天往外面跑，很想把这个既恨又爱的城市全部记在心里。约略统计：公园门票：三十五张（不含免费公园）。各种画展：三十二次。演出票：十九次。参观名人故居四十八所。走访胡同四十九个，最喜的是百花深处、花枝胡同、黑芝麻胡同、胭脂胡同、小礼沙帽胡同、翠花胡同、绒线胡同、头发胡同、松树胡同、刘兰塑胡同、磨刀儿胡同、粉房刘胡同、豆腐陈胡同、沙锅刘胡同等。听名字，就可见我是多么世俗。有家门上写着的对联深得我心：横批：云霞呈秀。上联：青山不墨千秋画。下联：绿水无弦万古琴。难忘的画面：墙上花叶繁茂的蓝紫色牵牛花，纤细婉转的枝条伸向黑木上的"国恩家庆"。石圆桌上的白猫，桌上落着几片黄栌。胡同里掉漆的门上残留的对联，阳光下槐叶的灿亮，屋脊瓦棱的形影洒落在半院，包着座椅的自行车。写到这里，我失声恸哭。如果我答应宋主编儿子的事，是不是今天哭的就不是我？如果我找了院长，会不会就发现不了往日这般的美好？

12 月 14 日　　天气：阴

宝宝昨天打来电话，说他在公用电话亭给我打的，想我了。还让我参加他的大学毕业典礼。我说宝宝，妈妈也想你。见到宝宝，他长成男子汉了。宝宝说他要给我拍张照片，做屏保。家伦，你说宝宝每天看到屏保上的照片，会怎么想？我的眼角有了皱纹，心仍如以往易激动。你走了十七年了。可我感觉你一直就在我身边，身上飘着烟味，脸上充满了忧伤。可我喜欢。喜欢，在我看来，就是无论白天黑夜，那人就在你跟前，即便他跟你阴阳两隔。我那天在你的墓地，看到一只蝴蝶不停地在我的头顶飞舞，后来落在我手背，我没敢动，就那么一直望着。它宝蓝色的花纹，由浅到深，好像我给你买的那件你最喜欢的羊绒衫。蝴蝶不动，我亦不动。天空，明艳妩媚，岁月真好。要是有你，我一生何求？

（日记前面及后面，看参差不齐的痕迹，大约撕掉了七八十页）

张家伦的日记

1996 年 9 月 23 日　　天气：雨

我给汪哲写了好几封信，一封也没发。单位的同事都说你一定要抓住汪哲，否则她迟早会离开你。再说你们又没有结婚。

他们还说了不少难听的话，如果我给汪哲写了信，他们会不会认为我跟前妻离婚就是因为爱上了汪哲呢？

昨天岳父打来电话，我离婚多年多了，他仍然把我当作他的女婿，他说："你跟小萌离婚是不是看上了那个小保姆？"

我说不是。

他说："小萌对不起你，她现在错了，你们和好吧，家里还有小孩呢，小孩跟着谁都受苦。听说那个小保姆到京都后，风流事不少，你为什么还那么死心眼呢？男人当干大事。"

我无力地放下了电话，我知道汪哲不是那样的人，但人们的嘴是刀子，我不能让她受到牵连，也不能授人之口实，让汪哲的前途因我而受到影响。我坚信一条：是我的谁也拿不走，不属于我的再

努力也没用。

昨天在《人民文学》杂志上看到汪哲写的一组小说，很不错。我费尽周折让她去上学，看来是对的，我不希望她过早陷入家庭之中，趁年轻，应该学更多的东西，拥有更多的经历，包括在爱情上。经过认真的选择，这样才不至于以后做了决定后悔。经历了一次失败的婚姻，再婚，我一定要慎之又慎。

1997 年 1 月 5 日　　天气：寒

收到那个叫千光的女孩的信和汪哲提出分手的信后，一切传闻终于坐实。

我半夜睡不着觉，审稿时，竟然没发现一篇报告文学的军委首长名字写错了，主编把我叫去狠狠批了一顿。

李萌刚来找我，要求复婚，听说那个老板不要她了，又找了一个比她更年轻的。我说不可能。她先是哭，说了不少后悔的话。我仍是冷冷地说，你走吧。

她忽然站起来，说："我要把你的所作所为告诉我爸爸。你先勾引小保姆，然后人家赖上了你，你打着我爸爸的名义让她参军。又怕我爸知道，又让她去京都上学。得知被甩后，又纠缠上小护士。你能写几篇破文章，就以为自己多么了不起，我要让你看看，你不再是将军女婿了，是什么下场！如果我们复婚了，我爸可以让你当主编、社长，可以让你手中拥有更多的权，让你更能发挥自己的才干。"

我把门打开，说："请便！"

我难过的还不是这些，而是怀疑这个女人心是不是石头做的，否则为什么连自己亲生的儿子都不过问一下呢？哪怕是礼节性的。

一周前，我接到命令，调到炮兵团任职，想想生活真是没意思透了，这时，下班了，我不知该去何处。晚饭后，邓晓娜给我打来电话，说她一会儿过来玩玩。我犹豫片刻，同意了。

我们说了不少话，然后就不知道谁先主动的，反正发生了不该发生的事。

事后，我非常后悔，让邓晓娜半夜离开了家。

从那以后我再也没和邓晓娜来往，她几次打电话我都没有接，

还是知错就改吧。

快放寒假了，我不知道汪哲会不会回来，如回来，我该如何面对她。

1月7日　　天气：阴

汪哲的信先到了，当然仍然爱我。然后就是她漂漂亮亮的人回来了，她对我仍是那么热情。她越对我好，我越忍不住想要告诉她自己的荒唐事。多少个日子了，我仍是没有勇气开口。不行，我再不说，心就要爆炸了。晚上我给她讲了，她除过哭了一句话都没有说。但愿这一切都会很快过去。她能不能原谅，我都说出来了。如果她原谅了，我就会加倍地去爱她。她大老远地从北京来到这个小山沟，不是真爱又是什么呢？她的到来抚平了我心中的忧伤。

2月15日　　天气：雪

年，过得马马虎虎。我身体明显不适，又怕汪哲发现，只好在办公室多待一会儿。结果引起了她的猜疑。她回校后，我再去总院体检。估计情况不会乐观。

5月1日　　天气：晴

放假，汪哲回来了。

心里热乎乎的，我知道她对我很好，可是不能因为我影响了她的前程。真是个傻孩子。我就跟她开玩笑说："我这病恐怕好不了啦，我死了你就可以无牵无挂了。"

她一把捂住我的嘴，一字一顿地说："张……家……伦，你……不……能……丢……下……我，你……不……能。"说着，扑到我怀里大哭起来。

我笑着说："好了，好了，我这不是说着玩的吗？你看你竟然当真了。"

晚上我们出去吃了一顿饭，又到影院看了一场电影《泰坦尼克号》，我们为主人公的命运掬了一把同情的泪。

回来的路上，坐在自行车后的汪哲抱着我的腰说："露丝真傻，

她应该和杰克在一起，永远在一起，随着爱情的航船化作天上的星星，化作海里的浪花。她一个人活在这世上干啥呀，孤零零的，再也不会爱上一个人，活着还不如死了？"

我的心里一沉，说："话可不能这样说，如果杰克知道露丝活着，一个人孤零零地生活，他在另外一个世界一定不会安宁。他肯定会难过，难过得如孤魂一样四处游走。"

夜特静，静得我能听见汪哲急促的喘息。

"咱们别说这话题好吗？我害怕。"

我不知道她怕什么，难道她预感到什么。有人说，女人的第六感觉特别准，是真的吗？

没想到晚上睡到半夜，我就病了，这一病就住进了医院。

汪哲没有能按时回校，她请了假。我心里真不好受。

5月7日　　天气：晴

疼痛越来越无法忍受，余下的日子不多了，汪哲却要和我结婚，我骂她，用冷漠对她，她都默默地守在我跟前。我能跟她结婚吗？给她心里留下创伤，给她留下孩子？想了好几天。可是我如果不答应，她就不吃不喝。她明显瘦了，我不忍心让她再受折磨。最后动了一番心思，我说你一定要和我结婚，就必须答应我，等我死后，让我的母亲和妹妹照顾宝宝，你还年轻，应该有自己的生活。

她流着泪答应了。

我们踩着初夏的脚步去领证。那儿有我的一个朋友，昨天他来看我，我让他给我行个方便，办个假证。他诧异道："你呀，都到现在了，还想着别人？"

"求你，答应照着我的话去做，汪哲会明白我的心的。难道你还让一个躺在病床上的人给你跪下不成？"我流着泪说。

他想了半天说："我答应你，可你太苦自己了。办假证是违法的，再说汪哲又不是小孩，你能骗过她？"

"凭着你二十年的工作经验，一定能想出一个两全其美的办法。"强烈的疼痛让我再一次大汗淋漓。

朋友答应了，沉默片刻说："你们来领证吧。"

第二天，汪哲用轮椅推着我到了街道办事处。

办事处的人热情地接待了我们。填表，在结婚证上贴照片，我的手哆嗦着，我紧盯着朋友的眼睛。他大声说："你们放心，这事办得妥妥的。"说实话，我真怕那张纸成了真的。朋友给我使了眼色，我的心稍稍放下了。

等我们贴好照片，一位女同志带着汪哲拿着证出门了，说是去打钢印。

她们一走，我的朋友悄悄说："其实钢印机就在我这儿。"朋友把它锁在保险柜了，我才彻底放心了。

她们回来了，汪哲说："不巧，打钢印的人不在，明天我们再来。"

"不用了，嫂子，我就给你们领了。我现在宣布你们已经结婚了，明天我打完钢印就亲自送去，你们可要请我喝喜酒呢！"

一路上不用说，汪哲高兴得像个孩子，对我悄悄地说："现在我们能光明正大地住在一起了，今天就是咱们的新婚之夜。"

我真怕，这一关刚过，另一关又摆在了面前。

朋友当然没有来，第二天他打来电话，说："钢印已打了，可是他要出趟长差，等回来再送来。"

晚上真的到来了，她热情似火。我为了怕她怀疑，当然也没有战胜自己的情欲，我们做了夫妻之事。

她如我猜测的，是处女。

我知道我的日子越来越少，想着汪哲以后就是别人的妻子了，心如刀剜。天，我怎么能有这样自私的想法？走之前，这些日记要烧掉，否则汪哲看到，会更难过。

看了这些信和日记，有些章节与我写的明显不符。我的小说写完了，咋办？如果重新写，就赶不上年底出版，就可能影响我正式调进京艺？不写，又觉得作品失真。想了一夜，在天亮时，我忽然想为何不就照着现在的样子如实去写呢？真实是艺术的灵魂呀！这些材料的旁注弥补了第三者讲故事的许多缺陷，比如，在某些方面认识的误区，对主人公隐私的不知情。为了亲爱的读者，我就照搬了，相信汪哲会理解我的。朋友，你说呢？

对了，汪哲给我写信时，说她忽然很累，想结婚了。那人是谁，她没说。

第十章 醒 了

同 窗

书稿已二校，听说师妹汪哲结婚了，同学一个都没有告诉。这消息是前不久已在《京都晚报》当了副总的江天打电话告诉我的，他说这个女人总是不按常规出牌，别人还没出成绩时，她呼呼地出。毕业后，当了专业作家，却悄无声息。现在又闪婚。真是谜般的女人。我说她一个同学都没告诉，你怎么知道的。他说这个世界上我想做的事，就没有做不成的。我不但知道她结婚了，还知道她家是 J 市花园路 16 号 1 号楼 1 单元 401。还知道这个疯女人嫁了个司机。如果你跟她联系，告诉她，结婚我只送她一首诗，作者是诗人里尔克："我怎么能制止我的灵魂，让它不向你的灵魂接触？我怎么能让它越过你向着其他的事物？"

你为什么不亲口跟她说？

她从来不接我的电话，也不给我回信。她是个落伍之人，不用手机，不开微博。

你个人情况怎么样了？

独身。

千光现在怎么样了？

不瞒你说，跟我在一个大楼，不过，她在一家文学刊物当了编辑部主任。

请问这么多年你是如何奋斗的？

天机不可泄露！

江天，我听说你现在是你们女总编的男秘，又开车，又陪饭，至于其他，我就不知道了。我开玩笑道。

姐姐，这样的玩笑可不能瞎开，本人早就凤凰涅槃，脱胎换骨了。江天一向没正经，突然如此严肃，让我感觉好像不认识他了。是他介绍我认识汪哲，又是他鼓动我跟汪哲成为好朋友的，他说，师姐，汪哲心里挺孤独的，你有空找她玩。她这个人你一见，就想跟她交朋友。

我是用自己的智慧而不是用肉体杀进报社的。告诉你，我敢肯定汪哲会不久就到京都来的，真的，我有预感。你一定要相信，我的预感超级灵验。

何以见得？

直觉吧。我知道她瞧不起我，别看我表面嘻嘻哈哈，那是为了保护自己。世界上人最不设防的就是傻子。事实证明，我赢了，现在不用戴面具了。对了，师姐，原来我不明白你为什么要写汪哲一个小人物，现在我知道缘由了。

我一惊，为什么？

你借此也在怀念你的青春。他说完，不等我接话，就挂了线。他装傻，且亲口承认，这是我没料到的。

说实话，听到汪哲结婚的消息，我心里先是喜悦，有个归宿了，终是好事。接着一阵不祥就毫无来由地涌上我的心头。她怎么这么快就轻易地决定了自己的终身大事，没听说她谈恋爱呀。让人不可思议的是她已小有名气，还有那么多优秀的备胎，却找了个丈夫是司机，据说过去根本就不认识，见了一面，就闪婚了。

这是那个视情为命的汪哲？

我拨通了汪哲家里电话，电话响了半天，接了又没声音。我说："汪哲！"

电话里马上传出了她的声音，师姐好呀。我问她是否结婚，过得如何？她说："是呀，结婚了。日子嘛，过得不错，师姐，有空到我家来玩。"电话里声音明亮而热情，还是我记忆中的汪哲。

"你生活在平地啦，我心里也踏实了。其实我们大多数人的生活都是这样的。"说完这话，我说不清是心里难过还是替我的朋友高兴，也许因了外面阴沉沉的天气，一股哀愁涌上心头。

我们虽然相隔不远，可我疲于应付事务，专门去看她，没时间，好像还没那么深的情分。

不久，一位从 J 市来的朋友告诉我一个惊人的消息：汪哲生活放荡，先后曾与不少男人发生性关系，据说还吸上了毒品。世界上所有的女人都变成了这个样子，我也不会相信汪哲会变。然而朋友后面的话更让我心跳加快，他说，这个消息的来源是她丈夫给组织写信揭发的，且有名有姓。世界上哪有一个丈夫能平白无故地给自己老婆头上扣屎盆子？甘愿给自己戴绿帽子？听说 J 军区为了彻底查清事实真相，纯净人民解放军形象，已派了工作组了解情况。试想一个荣获过"五个一工程"奖的最有潜力的女作家有生活作风问题、吸毒，还多次性贿领导和同事，这是多么大的堕落。

刚好到 J 市出差，这样，我就有机去给我的故事画一个圆满的句号了。江天得知我要去看汪哲，让我帮他带给她一封信。信递给我时，没有封口。我说这么信任我？江天笑着说，凭我对你的了解，你不会看的。再说，如果让人带信，还封上，这是对红娘的极不敬。

我说知道崔莺莺为什么赖简吗？就是因红娘知道了张生晚上要来约会。说着，我拿胶水当着他的面把信粘好，又递给他，让他再检查一遍。他说师姐呀，拉长腔调，后面却再无语。

事实，不是你以为的那样

京都，好几年，冬天无雪，人纷纷感冒，医院输液的一大片。谁知我脚刚踩到 J 市地面，迎面就是一场铺天盖地的春雨。雨的清冽，让久居雾霾之城的我，感觉口鼻一片清新，眼睛呢，如雨后的天色，润蓝清朗。但一想到即将见到的人，一股伤怀袭上心头。我没来由想起了在铁路徘徊的安娜。我立即拿起电话，生怕我慢一步，汪哲就要被那冰冷的钢铁吞噬。

"欢迎，师姐，你大约多长时间到？"她声调平稳，让我提着的心放了下来。

从车站到她家打车也就一个小时，可是我还是说：

"大概两小时。"我看了下表，想无论给我，还是她，留点时间，大家从容些，虽说可能伪装，但至少我的心情因为有了长久的准备，不会太失落。

在路上，我想象了无数个汪哲的新形象，毕竟我们十几年没见了：荡妇？骷髅？怨妇？复仇女神？

她家住在军区大院里。营区大院，宽敞齐整，一场春雨，把周遭洗得干净透亮。离她越近，我恍惚间，眼前浮现出十几年前台灯下的汪哲，她的背影映在宿舍墙上，很像一张剪纸，只不过映在墙上的剪纸活动着，在光影下，随着主人的情绪而变化。她坐在书桌前，搓着双手，给我讲着她的初恋。说到害羞处，脸不时微微发红，神态颇不自然，不是喝口水，就是站起来在宿舍里来回走，不停地说，你这么问，让我怎么开口呢？说吧，怪难为情的。不说，又没把真实感受给你表达出来。好难哟。说着，捂着脸，好可爱。

走走停停，我还是比预计的时间提前到了二十分钟，敲了半天门，一个男人开了门。我一惊，活脱脱的张家伦再生。张家伦在医院住院时，我见过一面。那男人看了我一眼，我一瞧他伸出鼻外的几根黑毛，就知道他是山寨版的了。张家伦即便在病床上，留给我的印象，都清爽干净。因为汪哲给他刷牙，给他剃须，按护士的说法，把他收拾得每天都像个新郎官似的。

还犹豫什么呢？请进呀！穿着睡衣的汪哲打开大门，让我进去，又走到那男人跟前把他折到里面的外衣领子翻出来说："你看就是笨，来人也不招呼一声。这是师姐。师姐，我爱人，老王。"

男人朝我点点头，看了汪哲一眼，就要下楼。

汪哲扳过他的身子，亲昵地说："开车注意安全。别忘了吃药。带上钥匙。"说着，递给爱人一个小包，还拥抱了一下他。男人接过，对我点点头，说了句，晚上锁好门，还有关上煤气，然后扭身下楼。

我脚下已有鞋了，我还是很快打开鞋柜，不是我想象中的，有两三双男人皮鞋、拖鞋，刷得干干净净，不像临时摆上去做样子的。汪哲的鞋小，我穿不进去。

别换了，家里乱得很。我整天在外面跑，家全仗着我爱人收拾。男人收拾家，你知道，擦了锅底，忘了锅盖。汪哲说着，指着鞋柜下面一

排鞋子，你看，都是他给我买的。

脚上有泥，我还是穿上了汪哲的小棉拖。

汪哲进屋，夸张地伸出双手，我怕她又要以拥抱丈夫的动作膈应我，便推开她，一屁股坐到沙发上。屁股感觉硌得慌，起身一看，是眼镜。

而对面的汪哲，也不再是我在学校见到的那个清纯的少女了。十几年风霜，呼机再也没人用了。电脑办公系统从 WPS 变成了 WINDOWS。从磁带、录像带到 CD、VCD、DVCD、DVD，互联网从拨号到宽带，交往圈从博客、微博，到微信。砖头厚的大哥大越来越薄，名字也叫了手机，一部手机，就能走遍天下。我们焉能没变？关键是汪哲变得太让我措手不及了，眉目间的倦怠不说，个体的形貌也失去了往日的雅致，穿着一件大红睡袍，半只胸露了出来。看来传言非虚。

"坐呀。"她到厨房半天，端出一套刚拆封的茶具搁在我面前的茶几上，用茶水草草烫了一下，递给我一杯。

我接过杯子，喝了一口，红茶的味道不错，但显然放得太多了："你丈夫挺像张家伦呀。"

"是的。"她说着，递给我一只芒果，显然刚从超市买的，上面还有标签。她抱歉一笑，接过给我削起来。拿刀的手很生硬，我生怕刀片割破了她的手指，说，不用，看你那么忙，我一会儿就走。

"说什么呢？"她夸张地哈哈大笑道，眼睛瞧了一眼窗外。雨水落在玻璃上，瞬间，就淌成了一条弯曲如蛇的脏迹。

"你以为我说什么呢？"

我发誓面前的女人根本就不是我的好朋友汪哲，我的好朋友绝对不可能是现在这个穿着大红睡衣满脸充满了欲望发泄之后倦怠的女人。她以她夸张的举动给我昭示着她淫迷而虚假的生活。

客厅倒还整齐，一张她和丈夫婚纱合影照挂在客厅沙发后面的墙上，显然是刚挂上去的，榔头还在茶几上没来得及收走。我细细打量照片，发现一条裂缝从新娘的眼角一直延伸到她高耸的胸前。

我冷冷地说，你是不是故意让我看到你的幸福生活？

她笑道，谁家不都是这样过日子的。师姐，你过得如何？

我说马马虎虎。

然后我们就沉默了。我看着她，她看着我，最后还是她坐不住了。

她说，师姐，喝茶。我刚喝完。我知道她没话找话。

她烧了一壶水，再进来时，好像汽车加满了油，开始连珠炮似地发射：

哎呀，师姐，我刚看到新闻，从陕西到汉中的高铁通了，过去十几个小时的路程，现在四十分钟就到了。一个罪犯因强奸罪被杀了十几年，现在才知道是冤枉的。一个人钓鱼，费了好大劲，钓上来的却是一只死鹿，还有……

你结婚为啥不跟同学们说一声？我打断了她没话找话的窘境。

大家都忙呀。她笑着，打开窗子，一股冷风吹得我哆嗦了一下，她马上关小了，说，初春的风虽冷，但清新明丽，师姐，你来闻闻。

我坐着没动，半天才说，你还记得音乐系那个叫胡茗的同学吗？

我在电视上看到她的演出了。

她现在可出大名了，开上了大奔，在京都郊区有了三层的别墅。虽然出名了，为人低调又念旧，经常跟师姐师妹到苏杭街玩。她说还是大排档吃得舒服，脚放在椅子上都没啥，可是在公众场合你放个屁，那些记者都能给你整出事来。特别是一进三十层的录音棚，总觉得不是在地上立着，好像在空中悬着，老怕掉下来。你说她是不是说得有些玄？还有舞蹈系的那个李安安记得吗？她的《处女血》获了全国青年舞蹈家大奖第一名，听说已转行拍电视剧了。

"哦。"她淡淡地应了一声。我感觉这次见面太让我失望了，不打开她心扉又不甘心，便说："你那个出了车祸的好朋友刘虹有了新消息。"

"刘虹？"汪哲一下子停住了削芒果。

"听说那个肇事的司机给公安局报了案，说'刘虹是执法部的一个姓李的局长让他撞的'。原因是李局长答应给他十万元，当时妻子做手术，急需钱。可事后李局长只给了他五万元，还说如果他再去要，就把他法办。现在这个李局长已被判刑了。"

"即便把这个猪狗不如的东西上了绞刑，刘虹也醒不过来了。她那么年轻，就走了。"汪哲说着，抹起了眼泪。

"张韵依跟丈夫去了国外定居，整天在微信上写异域风情边晒幸福。孙晓薇在一所大学当老师，一直为生孩子奔忙，现在一胎生了四个，三男一女，四个孩子都上了高中，整天忙得团团转。刘娴淑，总算嫁了那

个画家，住上了小楼，可结婚一年，老画家心脏病突发去世，她被老头儿女赶出来了。现在，听说以给小学生讲作文课谋生。"

"大家都不错嘛。对了，师姐，作为京艺的元老，你听说过一份关于京艺女生成功的宝典吗？"

我笑着说，始作俑者就是本人。难道你没认出那个给你宝典的就是我？

汪哲看了我半天。我以为她会说什么，她却没说。把桌下的垃圾桶盖盖上，半天才说，师姐，不知你们教务部统计过没，咱们京艺毕业的女生，有多少人实现了理想，又有多少人嫁入豪门，成为名媛？或有多少人成了明星、作家？

想起至今一无所成的生活，我语塞，半天才说，至少影视界和文学界，目前活跃的百分之八十的还是我们京艺毕业的。

师姐，你认为你成功了吗？

你呢？

我是大学毕业了，才感觉学习刚刚开始。汪哲说着，走进卧室，说，师姐，过来，跟我说说话，我好整理一下，晚上的飞机。我不收拾，我爱人能让被子放到我回来。我跟着汪哲走进了卧室。汪哲边收拾床边说你看这房子乱的。说着，把叠起的被子放进衣柜。我睃了一眼，柜子里，不是我想象中的，男人女人衣服均有。床上散发出一股体味，让我确信刚才也就是在我来之前的一个小时里，这儿进行过一场战斗。汪哲拿起床上压得皱巴巴的浴巾，在我面前没有丝毫的不好意思，反倒像展示万国旗似的，抖开，又搭在胳膊上，拿到阳台的洗衣机里。

这是那个洗澡都不好意思让同学给她搓背的京艺女学生吗？她说别人手往她身上一搭，她就浑身不舒服。是那个半天连"性"都不好意思说出来的汪哲吗？

我一言不发地坐着，她夸张似地说："你看，你看，他这人就是这样，总是这么黏人。"她笑着，眼睛里却有了我说不出的落寞，这让我心里有了答案。我低下头，看见自己的脚下踩着一卷卫生纸，突然想吐。

她边收拾边说："你看看，你看看，怎么说他呢？"

我站起来，望着他们的结婚照说："你竟然还跟这种人生活在一起？"

"师姐，你这话什么意思？"她有些发黄的眼珠死死地盯着我，我

感到她脸上的肌肉蓦然抽搐了一下。

"你不清楚？满世界都知道了，你还秀恩爱？就那个让人恶心的人四处告你，你还和他在一起？"

"坊间闲语你也信？"汪哲脸上露出游移不定的笑容，从床柜边烟盒取出一支细烟，只顾自己点了一根，走进客厅。

我跟着走出内室，几根白发突兀地挡在她的耳边。

"告诉你，我花了好几年写的那部关于你的作品，一见你，突然不想出版了。你根本就不是我认识的那个汪哲，不是我喜爱的作品中的主人公。那个主人公高傲，有才华，纯真，有自尊，可你……"我感觉自己作为她的好友，有责任让她醒来，活出人的尊严来。

师姐说什么呢？我挺好的呀，你也看到了。

"我没想到你会这样作践自己，拿出你昔日在学校的魄力和精神。虽然我比你高一届，可我知道你在你们系里是学习最好的，是最倔的，而且最能经受住各种诱惑和打击。对了，你肯定知道，江天现在是晚报的副总了。整个人也变了，说话不再开玩笑，好像一下子成熟了。他还让我告诉你里尔克的一首诗：'我怎么能制止我的灵魂，让它不向你的灵魂接触？我怎么能让它越过你向着其他的事物？'汪哲，你为什么一直不跟江天结婚？听说你们毕业时，他就跟千光分手了，而且我看得出，你很爱他。"我把江天让我带的信交给她，她随意地扔在一边。

"江天？不，你不了解他，他其实一直是两面性。"她走进书房，从柜子里拿出一瓶红酒。我说："也是，你们关系挺好的。想必了解得更深。"

"随着时间的推移，我更看透了人性，每个人都有不同面。只是我们不愿意承认。江天为什么毕业前才跟千光分手，你没想想？还有，他还给院长递了一份自己的简历。"

"我明白你的意思了，所以你就匆匆找了个张家伦的替身嫁了？"

"什么替身，我们挺好的呀，你也看到了，结婚快一年了，我们还跟热恋时一样，你看，柜子里全是他给我买的衣服，厨房里全是他给我买的我最爱吃的菜。他知道我不爱吃芹菜，爱吃韭菜，就专门买了韭菜鸡蛋饺子。知道我爱吃樱桃，就不买他爱吃的橙子。过日子不就是实实在在的吗？来，喝一杯。"

她说着，端起两杯红酒，递给我一杯，我却手抖得将酒洒在了木地

板上。我设想中的这个画面的主人应当是她呀，怎么会是我？她不作理会，举着杯子，畅然笑道："来，为了日子，不，为了梦想，干！"

一听梦想，我忽来了精神，兴奋地说："我来的时候，发现咱学校对面商贸大楼海报上写着二十层成立了一家艺术公司，专门搞影视剧，公开向社会招兵买马，你去试试。"

"那是我的退伍的战友朱鸣光办的，他半年前就给我打电话让我到他那里一起干。"

"来吧，咱们一起在京都好好干一番事业。"

汪哲没点头，也没摇头，又望向窗外，突然说，我感觉我们女生关系最好的是毕业晚会那天，就是演出旗袍秀时。快上场了，张韵依给我化妆，她坐在我的对面。粉底霜擦到脸上，细，润。她的手摸到我脸上时，我闻到了来自她身体的一股体香。我从来没有离她那么近过。当她化妆时，忽然说，我其实还是挺钦服你的。虽然我们后来没怎么来往，可你的存在，使我羡慕嫉妒恨。我总想不能被你打败，不能被你打败。

当她步入台中，我紧跟出场。当我们两个从对角靠近亮相时，我的手碰到了她的手，她的手指细长，眼神充满了柔情。就在灯光打到我脸上时，我叉在腰上的手紧张极了，她悄悄说，别紧张，跟着我走。她在前面走，穿着大红的牡丹团花旗袍，我在后面跟，穿着诡异重生的孔雀蓝旗袍，好似一块硬币的两面。就在那一刻，我相信我们和解了。我跟我们所有的同学，都和解了。至少在舞台上，我们是一个整体。是因为不再争斗，还是我们原谅了彼此？我说不清，反正，那一刻的美好，我即便白发苍苍，也忘不了。若没有千光，没有张韵依，没有刘娴淑，没有江天，没有刘虹，我从部队到学校的每一步，京都的每一个地方，流逝的每一个时刻，似乎都是不存在的。

我一时不知说什么。

汪哲说完这些话，好像费尽了她所有的气力，半天没说话。我也没说话。她重新积聚了力量后又说，一个月前，我打了转业报告，最近组织上批了。我今天晚上就离开家，去干自己想干的事。汪哲一口气说完，脸上出现了第一次笑容，这笑容让我的心情也好转了许多。

"我就说嘛，京艺的高才生怎么会变成一个怨妇！"

"怨妇？怎么可能？我知道你来的目的，你想来求证我生活得是不

是幸福？我会给你骂我的司机丈夫，甚会制造我们幸福的假象。因为传言毁了我在你心中的形象。师姐，其实好多事并不是外人以为的那样，发生时是偶然的，有时连当事人自己都不知道为什么选择了某种生活。就像生活，有时浑浊、色衰、昏暗，却盛满了人间烟火。如爱情，人们赞颂它的光艳，其实底色才是真相。我给你的信、日记，你并没都引用，你按着你的喜好剪辑了它们。我，也不是把所有的日记或信都给了你，即便给了的，里面或删或撕掉某些内容，也就是说它离真相还有距离。再则你写的即便就是真实的我，难道里面就没有你的影子？或者说，我只是你心绪的代言？"

我一怔，无言应答。

汪哲又望向窗外，喃喃自语：前阵重读了《红楼梦》，好像一觉醒来，才发现要做的事情那么多，要走的路那么长。海明威能冲锋在解放巴黎的前线，可以去西班牙侦察敌情，一次又一次经历飞机失事，死里逃生，全身留下数不清的疤痕。他不是用生命去作冒险，而是充满了对生的自信。还有咱俩都喜欢的尤索纳尔，她居住在荒山岛，在不同的大学里任教讲学，甚至在纽约郊区的一所中学教书。一会儿到巴黎，一会儿到奥地利，一会儿又去美国过冬，到荷兰和希腊旅行。她一生未婚，但并非一个人居住。她对爱，对人生，都有独特的见解，所以才有《哈德良回忆录》《一弹解千愁》。

"你是说你要去周游世界，到哪？做什么？"

以后你会知道的。说着，电话响了，她几乎如少女般地跑出屋外，拿在手里的是一部翻盖手机。她指指手机，向我点点头，嗯嗯嗯着走进了洗手间。

我随手拿起书桌上一本封面撕烂又重新粘好的书，是汪哲的长篇小说《葵园》，里面是她们文学系五个女同学刚开学时在京都门前的照片，一个个风情万种。背面是汪哲的字：

张韵依	26 岁
千 光	22 岁
汪 哲	23 岁
刘娴淑	28 岁
孙晓薇	25 岁

　　我正思索着她写此的用意，一段熟悉的音乐响起。师姐，快看电视，是胡茗！汪哲在客厅里叫我，我跑了出去。容光焕发的胡茗，穿着一身黑衣在彩灯闪烁的舞台上，以她那略带沙哑和伤感的嗓子唱起来：

　　　　世上有朵美丽的花

　　　　那是青春吐芳华

　　　　铮铮硬骨绽花开

　　　　滴滴鲜血染红它

　　　　啊　　啊

　　　　绒花　绒花

　　　　啊　　啊

　　　　一路芬芳满山崖

　　　　世上有朵英雄的花

　　　　那是青春放光华

　　　　花载亲人上高山

　　　　顶天立地迎彩霞

　　　　啊　　啊

　　　　绒花　　绒花

　　　　啦啦……啦啦啦

　　　　一路芬芳满山崖

　　我搂着汪哲的肩，两人跟着唱起来，唱着，唱着，我们俩不约而同地跟着小声哼起来，在哼唱中，两人都潸然泪下。

后 记

我一直想写一部关于爱情的小说。因为爱情是女人一生的梦想。

我一直认为世间是有真爱的，虽然很多人都给我相反的佐证。人已中年，我仍坚信不疑。

在大学校园里，在一群搞艺术的少男少女当中，我经常能看到爱情的故事每天都在如火如荼地上演着，然而保持长久的，寥寥无几。在都市，现代生活快速而浮躁，要让情感之船持久地在一个港湾停泊，这对崇尚激情的少男少女来说，未免太奢侈了。

然而在宁静的村镇，在我钟爱的军营里，我却看到了另一种单纯而朴实的爱。于是我的心告诉我，可以动笔了。

汪哲是我一直喜欢的一个角色，因为我也是一名女兵，也是从农村来的。在农村，女孩的降生，注定充满了艰辛，如果她不幸是家中第二个或第三个女孩，那么她就是见不得阳光的黑户。

我用过三个保姆，各有所长，她们都为我分担了不少家务，她们的梦想只是希望我能让她们当个女兵，或者帮找个在城里工作的男人，老实而体贴。

作为一个百无一用的秀才，我为她们能做的微乎其微。为了感谢她们在我生活中，给予我的温暖，我下决心为她们写本书。

九十年代末，我在北京某艺术学院上学。在都市，不少人都会被各种利欲诱动，于是有人迷失了，有人逃离了，也有人保持了本真的自己。

在北京美丽的四月，鲜花总是催动着我的情思。我喜欢春天，总在春天开始写自己的一部部长篇，感到这个季节，总有什么会发生。在春天我写完了《月子》《结婚》（后出版名为《爱情总是背对着我》）。

　　这些东西我并不满意，因为我有一个计划，完成女性三部曲。后两部完成了，前一部却总是不想把它过早地收官，因为我太喜欢它了。如果说已完成的两部是现实生活的话，那么这第一部则是我的理想，是我情感中最浓郁的一缕芬芳。

　　春天写作总让人感到花香随时会穿透时光的隧道，固执地飘到你的心里，让你感到一种神灵之光涌于笔端，所以在春天写作，我认为我是为女人而写的。换言之，我把它当作一种心灵倾诉的最佳载体，在纸上你可以任意地或哭或笑。当然春天总会过去的，所以我着急地写着。由于急于倾诉，我常常不能冷静地把它们仔细地研究透了。就像谈恋爱，难道你要把对方的一切都搞明白了再谈吗？抱着这样的想法，我进行了我的精神恋爱。我不认为它是一次创作，而是一次真正意义上的爱情游历，换言之，是我和我作品中的每一个人进行的一次关于爱情的重新思考，它如恋爱一样，让我痛苦，亦让我喜悦。我在狂热下完成了这篇纯属私人的一种情感过程。我喜欢用一种情绪化的语词，叙述人物的某种心境和感受。我总觉得故事本身并不重要，重要的是一种情绪。我在写到人物内心的时候，感到一种诗意的温情弥漫在周遭。

　　我动笔是在 2015 年 3 月，完成于 2016 年的春末。中间总是不忍草草写完，于是写一写，停一停。特别在我感情非常激动的状态下，我强行停了笔，而去写另外一本书。因为我怕由于冲动，把人物写糟了。但没想到，真写完，也折腾了两年。

　　我还没有来得及打到纸上，电脑病毒突然把我的梦想化为一片空白。我如失恋的少女，呆呆地在桌前坐了一上午，欲哭无泪。一会儿打开电脑看看，一会儿打开看看。我总想也许电脑只是跟我捉迷藏。没有绝望的我，在烈日下，抱着笔记本电脑在中关村穿行着，我一次次地抱着希望，一次次地失望而归。

　　半月后，我不想再提它了。

　　2017 年的春天，我又一次想到了这部小说，舍不得把它放弃。就像一场投入的恋爱，总舍不得放下。于是通过半年的重新记忆和思索，稿子写完了。

　　既然是一次恋爱过程，里面就有太多的心理描写，就多了一份说不清的迷恋甚或神经质。如汪哲写给张家伦的一封封信。在信里说着什么

呢？光谈爱显然是不够的，于是我采用了最随意的办法，就像聊天，她把张家伦当作了她精神的驿站，所以她的信就显得凌乱，甚至有些语无伦次。让人看了一直在想小说是这样写的吗？信是这样写的吗？我一直认为这个世界如果有真实的语言，那它肯定存在于不经意的只言片语中。

创作的源泉只能是一个人的内心。一个人既在现实中，又在现实外。内心世界是现实的，常常被现实所拘役，所改变。写作的意义，便在于，它可以使我们被现实日渐缩小的"内心"重新变得开阔。

总之基于各种考虑，我希望这部长篇小说能好读一些，希望在样式上稍稍别致一些，让人觉得小说也可以这样写。我把汪哲放在两个特殊的境地，就是想让主人公在这两个极端不同的地方，在纯朴与奢华、平淡与激情、情与欲的极端反差下，来体现一个现代女性的精神史，淋漓尽致地展现她的痛苦与喜悦。

为了让人物真实，我采用了许多形式：发表的作品、书信、会议记录、处理决定，还有引用不同人前矛后盾的说法，只是想说人性是复杂的，情感更是混沌暧昧。人性是人类无法抗拒的引力。外在的符号可以抗拒，可以偏离，可以不同。但是落叶归根，人性会要求你回到地面。这部书算是对此的一次探索，也是文学的一次追问。对于结尾的处理，我修改了好多次，朋友意见让汪哲堕落。我不同意。我认为她是成年人了，她经历了许多，一定能走出自己的痛苦。一个梦使我下定了决心，这个梦里汪哲说了一句话：你就是我，我就是你，你照着你的思路去写我吧。

秋天不知不觉就过去了，在年末，我想我必须收笔了。可在马上要交稿时，忽然发现，我原来塑造的汪哲跳出来了，说我把她写得太假，她说张家伦去世，我在学校生活还有整整一年呢，在这一年，不想念张家伦，失真，可我一直想他，不跟其他男人接触，肯定假。把汪哲一直放在张家伦曾经的部队，潜心写东西，不错，可是失重了。于是我又重新进行了修改。这时，我忽然发现我不是在写汪哲，不是在写一批大学生，甚至写的不只是爱情，而是在纪念我曾经的青春。通过爱情，写出我们一代人的精神迷茫，甚或反思。

新的问题又来了。她爱江天吗？怎么爱的？怎么处理她跟千光既是同学又是情敌的关系？还有一伙极其敏感的女孩如何争艳斗媚。张家伦

在，我可以让汪哲不关心她周围的生活，可现在我必须让我的主人公生活在光怪陆离的校园，置身在大都市中。起初那样浮浅的表层肯定不行了。

为此我借日记讲述，来补充作者——师姐一个局外人讲述的不足，或补充汪哲在特定情境下的隐瞒。用感性的日记来讲述张家伦去世后汪哲真实的校园生活，学校周围的交通、公园、饭店、采访、看演出、宿舍等场景，有了质感的描述。这样，日记的比例就增多了，也显得真实了些。当然最主要的是体现其情感的纠结。与同学张韵依、千光等同学的矛盾，对张家伦的思念，甚或她在后来婚姻生活中的闪闪躲躲。当然最主要的，还是与江天的爱欲与现实利益的纠结。

虽有主角，但小说始终没有把塑造人物作为主要任务，故事冲突也不明显。我试图让读者忽略情节，而去关注主人公们的生存背景，他们和其他人一样面临的困境。光怪陆离的城市、喧嚣的校园、充满欲望的男女……这是一部也许不是你想象的爱情小说，在不愉悦中，你去检视灵魂，去反省我们曾经青春时的焦虑、不羁、迷惘、彷徨，去寻找年轻岁月的质感，那么，我的目的就达到了！

一稿，2016 年 2 月末
二稿，2017 年 10 月末
三稿，2018 年 2 月 23 日